月亮來的女兒
前傳
玉環
Mrs. Q / 著

推薦文

在 Mrs. Q 的新書《月亮來的女兒前傳：玉環》裡，Mrs. Q 編織了一個穿梭於奇幻和真實間，令人為之著迷的世界。其鋒迴路轉的劇情，更是讓人欲罷不能。而最終，最寶貴也最讓人為之動容的是，故事主角在超能力下的那善良溫暖的人性。我想我們都可以在，玉環從小女孩到女人的成長歷程中，得到鼓舞和啟發。很期待接下來的《月亮來的女兒系列》故事，又會給我們帶來什麼樣的新驚喜！

Dr. Craig Quintero

教授，劇場藝術總監

《月亮來的女兒》系列是一套充滿台灣海洋氣息的故事，裡面包含了奇幻、冒險與成長等元素，作者採用輕靈的筆法，化為清風，乘載著大小讀者，在盈盈月光下，拂響一串串的貝殼風鈴，忽又變身為龍，帶領大家穿越重重劇情的漩渦，取得人性智慧的驪珠。緣此，我樂於推薦給各位家長與年輕讀者們。

黃玄

老師，《阿貴》動畫編劇暨圖文書作者

細細咀嚼著Mrs. Q的文字，就深深陷入了《月亮來的女兒前傳：玉環》，那彷彿施了魔法的世界～在那無邊無盡的大海，那高聳入雲的大山，還有夜晚山巒裡，星星月亮閃耀的光芒……

故事發生在臨港漁村，在礦山小鎮，也在每一個我們。這個有著夢，有著歡笑、淚水，更有著善良、美好氣息的《月亮來的女兒》，她是我也是妳。身為Mrs. Q的好友，看著旅外多年的她，把對故鄉這份濃濃的感情及思念，轉化成如此精彩有趣又勵志的創作，深感榮耀。

賀連華

老師，舞蹈家

透過玉環的成長故事，看到祖孫間孺慕之情；也看到了所謂的愛情，不只在相知、相惜，更在相守。不禁讓我想起：「陪伴，是最深情的告白」。

故事中東方寺廟的誦經祈福、幸運香包與西方教會禱告及救助孤兒情節，不同的宗教文化卻傳遞相同的善念與助人為樂的價值觀。這是一本教會人們如何「愛」的著作，用心去感受別人對我們的好；也用心為愛的人付出。

邱淑芬

青少年輔導老師

看了《月亮來的女兒前傳：玉環》的故事，深刻的感受到，這個故事真的非常引人入勝，我的腦中可以無時無刻的構出每個故事情節的畫面！從故事的名字來看，一來我好奇月亮來的女兒究竟是在表達什麼意思呢？再來是從故事的鋪陳，想像著遙遠的月亮的那頭，月婆祖先那邊的世界，他們有著既像神明一般在遠方的守護我們的姿態，又像是在我們心中伴我們成長指導靈一般的存在，很玄幻，也很有意思！

謝謝 Mrs. Q，讓我看到了一部很宏觀、正能量又魔幻的小說，期待著未來可以發展更多支線，每個月亮來的女兒創造的脈絡，似乎都可以反思著人類的各種行為，就像潘多拉的盒子，反觀對照了人生的百態，非常期待《月亮來的女兒》後面更多的故事，相信這本小說可以給不管是兒童、大人都可以輕鬆閱讀，並且感受到隨著時間軸的流動，「愛」是一直存在的。

楊亦玄

老師，藝術家

序言

住在美國的這二十年裡，我常常想到我兒時長大，那個位於在台灣海岸邊，依傍著層層青蔥山巒，眺望著一望無際湛藍太平洋的小漁村。在我幼時，那個交通不發達的年代，大家在那裡，一起過著自己自足，互相扶持的生活。現在回想起來，還真有幾分與世隔絕桃花源的感覺。雖然我現在依然住同一個太平洋邊，但是生活卻是如此的不同。那也使我更珍惜，懷念那個純樸的漁村生活。

在我搬來美國前，我很努力的工作，想要給我父母更好的生活環境。就像大多數的台灣人一樣，我沒有多餘的時間去想我要些什麼，而時間就這樣流逝了。在我的父母親相繼離開後，頓時的我，失去了對人生奮鬥的目標。我花了很長的一段時間才了解到，其實他們的愛，一直在我身邊。他們的愛，從我出生在那個小漁村，就一直跟我在一起。

從小我就喜歡探討人生，和人走到了盡頭之後，又是去哪裡。所以對哲學，神學，靈學就感到非常大的興趣。

我很喜歡宮崎駿先生，和巴西作家 Paulo Coelho 的創作。他們用幽默輕鬆的方式，藉由奇幻有趣的魔法故事，寫出充滿難懂的人生哲理。他們用這些故事來傳遞愛與和平。這也是我在書中所要表達的。

這本書要獻給我的父母，我的家鄉，還有那些在台灣辛苦工作的漁夫們。多年來，我只要把我童年的故事，告訴我世界各地的朋友，他們就會看著我，有如我在講童話故事一般。有著我先生的鼓勵，我終於把我這些珍貴的記憶寫下來。我人生中有許多美好的時光，都是在我父母抱著我，告訴我那些神話故事的時候。我希望，也夢想有一天，我的書可以帶給小朋友，甚至大朋友一些愛及勇氣。願透過我的書，他們可以找到希望和快樂。

“愛”是所有一切的根本。一個心中有愛的人，他/她是世界上最富有的人。雖然這本書說的是一個有魔法的小女孩，但我更想說的是，“魔法”是存在我們世界的每個角落，各行各業裡的。

每一個人都帶著不同的天賦出生，這個天賦把這個“魔法”帶到這世界上來。我們不需要超能力，去讓世界變得更好。我們可以用我們所懂的、所在行的，去幫助這個世界。我們都是充滿神奇力量的生物。如果我們願意，讓我們心中那個小小孩出來玩玩，那我們居住的世界也可以是更有趣，更美好的。

這個世界，是由我們每一個人而組成的，所以我們每一個都很重要。此致我們每個人心中的那個小小孩。

Mrs. Q

7/7/2017

目錄

第一章

能擋飛彈的大衣

晚飯後，小光跟玉環在庭院乘涼。

躺在涼椅上的玉環，看著前方海面上的點點漁火。「希望妳爸今晚能抓很多的魚，我們可以留一些做魚乾。」她說著轉頭看了一下，一旁躺在涼椅上的小光。

「媽媽，喜歡一個人，是什麼感覺啊？」小光好奇地問。

看著小光好奇又困惑的表情，玉環笑了笑問：「妳怎麼想知道？是不是有喜歡的人了？」

「沒有啦，媽媽。」小光嘟著嘴有些害羞地看著她，「我只是想知道是什麼感覺。」

玉環輕輕地握住小光的手，「哦……真的只是這樣？妳什麼都可以跟媽媽說的。」她淺淺的笑著。

小光坐了起來，很認真地搖著頭，「媽媽，真的沒有。」她摸摸頭有些不好意思的看著她媽媽，「我只是看到我們學校裡，有一些高年級的學長學姊在牽手，所以好奇而已啦。」

玉環驚訝地坐了起來，她睜大了眼睛看著小光說：「現在的小孩，跟我那時候都不一樣，這麼早就牽手了。」

「媽媽，他們都十四、十五歲了，不是小孩了。」小光好似大人般的回。

「哦？那是媽媽跟不上時代了。」玉環笑著。

「媽媽，如果牽手算是喜歡一個人，那我跟小宇哥哥，從小就牽手到大，那我們不是老夫老妻了？」小光說著，開始哈哈大笑了起來。

「小光，妳跟小宇小時候的牽手，跟妳學姊學長的是不一樣的。你們比較像家人，就像一品牽妳的手一樣。」玉環解釋著，「但是，如果你們長大還繼續牽手，那就不一樣了。」她挑起了眉毛微笑著。

小光皺著臉心想，對啊！我們現在幾乎都不牽手了。「所以，怎樣才是算喜歡一個人？」她一副好奇的問。

玉環想到剛認識阿振的時候，嘴角不自覺地往上揚起。她微笑的說：「喜歡一個人，就是會常常想到他。有好的、不好的，第一個就是想要找他分享。希望能常常看到他，不由自主的想要照顧他、關心他。如果他開心，妳也會開心。他難過，妳也會傷心。好像妳不再是一個人過生活，你們的生命是相連在一起的。」

「哇！怎麼聽起來，有點像是我對爸媽的愛啊？」小光邊說邊張大了眼睛。

玉環點著頭，「是很像家人的愛。」她微笑著，「因為，如果可以找到合適的人，最後共組一個家庭，就是一家人了。但是，在那之前的愛，都只是自以為是的愛，只是眼睛裡所看到的，心裡想要的一個假象，所以叫戀愛。戀著愛，而不是真的是為了這個人的好，而去愛他。」她邊說邊看著皺起眉頭，一臉困惑的小光。她摸了摸小光的臉輕輕地笑著，繼續接著說：「我們需要時間去了解，去認識一個人。先去當朋友，知道彼此的個性是否合適，對生命的價值觀是否相同，才能談到進一步的愛。那是共組一個家，對彼此負責的愛。」

小光皺著雙眉，嘟著嘴，「媽媽，這真的好複雜哦！！」她嘆了口氣，「哎……長大為什麼這麼麻煩，不能簡單一點嗎？」

玉環輕輕搖頭笑著，「不複雜。」此時她腦海裡浮現出阿振那陽光般的大笑容。「當妳真的喜歡上一個人，為了他，再困難的事，妳都會願意去付出，去完成的。」

「就像您跟爸爸一樣。」小光開心地說著，想起了爸爸大大的肩膀。「我以後也要找一個跟爸爸一樣的善良，有愛心，顧家，有大肩膀的男人。」

玉環微笑的點著頭，「對，妳爸爸是媽媽見過最好，最有正義感，又有責任感的男人。」

「媽媽，您說，您從小就是被您的外公外婆養長大的，那您的爸媽去哪裡了？」小光邊問邊想到自己的媽媽，小時候就沒有爸媽在旁邊愛護她，照顧她，心裡就為媽媽覺得可憐及不捨。

玉環深吸了一口氣後說：「他們在戰爭中過世了。聽我外婆說，我爸爸的軍船，在海上遇到空軍的砲彈攻擊。我媽媽為了救我爸爸，結果兩個人就一起走了。」

突然間，地面大大的晃動了一下。

「媽媽，地震！」小光大叫著，伸手抓住了躺椅的手把，緊張的看著玉環。

玉環馬上從椅子上站了起來，趴在地上，頭側著地面聽。「應該沒事。但是最近地震愈來愈多了。」她說著便站了起來。

這時月亮出來了。微微的月光，從掛在天空的半弦月上，落在庭院中。

小光看著玉環有點擔心的說：「媽媽，我們去海邊等爸爸好了。」她轉頭往海的方向看去，「不曉得剛剛的地震，會不會對海上的漁船造成危險。」

玉環點著頭，「好，我們去海邊看看吧。」她看了一下海面及天上的半弦月，便牽起了小光的手，開始往海邊走去。

「媽媽，今晚的月亮比較藍耶！跟一般看到的不一樣。」小光邊走邊看著天上的藍月。

玉環抬頭看了一下發著藍光的月亮說：「我想，應該是月亮上的男人們，正在用火箭射擊，從星星上要逃出來的石獸。」她想起了自己的父母。

小光不解地問：「那為什麼月亮會變藍色的？」

「媽媽也不是很清楚。我只知道，被火箭射到，身體著火的石獸們在降落靠近地球時，月亮就變藍色了。」玉環邊走邊回。

小光張大了眼睛，雙手緊握，緊張的問：「媽媽，所以石獸現在離我們很近了？」

玉環微笑著，「不用擔心。牠們因為身上著了火，到了地球，就化成很多的小石頭。不會對我們造成危險。」

小光吐了一口氣，「哦……那就好了。」她輕輕地拍了拍自己的胸口笑著，「嚇我一跳。」

很快的，她們走到了海邊。

玉環環顧了一下海面後說：「海面上看起來還滿平靜的。剛剛的地震也不大，所以應該沒事。」

小光看著漁火點點的海面，及有著藍色半弦月的夜空，她微笑著，「嗯……其實藍色的月亮，也好美。」說完她才忽然想到，月亮人正冒著生命危險跟石獸大戰中，自己不應該這麼說。她擰著鼻子，尷尬地看了一下媽媽，「雖然不是什麼好事啦。」

玉環點著頭，「嗯。」

她們一起走到一張石床旁。

「我們在這裡等一下好了。」玉環說著便在石床上坐了下來。

☙

石床是一顆至少兩公尺長，一公尺寬的橢圓形石頭，在離秘密游泳池不遠的岸邊。小光爸爸會在夏天傍晚，帶瑪莉來海邊洗澡，然後在石床上休息。在夏天的晚上，當小光哥哥姊姊還小的時後，他們和小光會跟爸爸媽媽來到這裏。全家人一起躺在石床上，看星星，聽著海浪聲。對小光來說，石床是他們全家的秘密基地。是唯一一個除了家以外，全家可以睡在一起的地方。在寧靜的夜晚，除了海浪聲，就只有徐徐的風聲，和輕微的蟲叫聲伴著他們。和家人一起躺在石床上的小光，常常覺得，整個世界就只有在石床上的他們，和天上的月亮及滿天的星斗。明亮的月光和閃爍的星星，把夜空都點亮了。海浪拍打著岸邊的聲音，讓小光覺得石床似乎也跟著搖動起來。慢慢的，石床隨著風就飛起來了。在星空下飛著飛著，直到聽到爸爸打呼的聲音，才落回地面上來。

「好久沒來石床了。怎麼好像變小了？」小光邊說邊摸著石床，「我們全家以前，怎麼有辦法都躺在這裡啊？」

玉環笑了笑，「那是因為妳長大了。」她說著便躺了下來。

小光也跟著躺了下來，她看著在夜空下的星星。

玉環望著天上那一彎藍色半弦月，想起了外婆說，她的父母也是在一個有藍色月亮的夜晚過世的。

「還好，星星還是一樣多。」小光開心的轉過頭，才注意到正默默看著月亮的媽媽臉上的哀傷。「媽媽，您怎麼了？」她伸手摸著玉環的手臂。

玉環轉過頭，「沒事，只是很希望能看到我的父母。」她說著眼眶不自覺地紅了起來。

「媽媽……」小光感到難過又不捨地看著媽媽。她馬上轉過身緊緊的抱住玉環，心想著可憐的媽媽，從小都沒有爸爸媽媽。她鼓勵的說：「媽媽，不要難過。有天，您會看到他們。有天，我也會看到他們。我會跟他們說，您有多想他們。」

玉環轉過身，含著淚微笑地抱住她女兒，「謝謝妳，小光。」她親了親小光的額頭，「媽媽有你們就不難過了。」

小光點點頭，「嗯。」她伸手握住了玉環的手，關心的問：「媽媽，您剛剛說，您的爸媽是在戰亂中過世的，發生什麼事了？」

玉環輕嘆了口氣，「我當時還小，只有八歲。也不清楚到底發生什麼事。直到我長大一點，我外公外婆才跟我說，我母親到了炸彈攻擊我父親軍艦的地方，要去救他。那晚，就像今晚有著藍色的月亮。」她抬頭看了一下天上的藍月後說：「當時除了天上的戰鬥機，正對著海上我父親的軍艦射擊外，又來了一個大地震。而那時，我的母親正在空中，忙著擋住往我父親軍艦射去的飛彈。突然間，一陣大浪來襲，就把軍艦吞沒了。當時母親趕著要飛去救沈船的父親，也不小心中彈。所以，他們雙雙沉入海底。從此，我就再也沒有見過他們了。」

「可惡的戰爭！」小光生氣的坐了起來。「不過，媽媽，外婆可以擋飛彈哦？」她表情驚訝地看著玉環。

「嗯。」玉環點著頭也坐了起來，「聽說，我母親的能力很強，懂很多天文地理的知識。而且，她有一件什麼都打不破的大衣，所以可以擋飛彈。」

小光睜大了眼，感到不可思議地說：「哇！這麼厲害的大衣，什麼都打不破，還可以擋飛彈！」

「外婆說，她只要穿著大衣，身體一轉，所有朝她打的武器都會彈回去。」玉環說著打開了雙手，左右擺著，像個小女孩崇拜著自己偶像般。

「好神奇哦！」小光驚嘆著。她好奇地看著玉環，「那大衣是哪來的啊？」

「我只知道是我母親做的。」玉環驕傲的笑著。「原本，她還計畫多做一些，可以用來擋石獸的攻擊。但是還來不及作，意外就發生了。」她嘆了一口氣。

小光想起了很會做衣服，又努力的大姊-小茹。她說：「媽媽，如果能知道外婆到哪裡拿的材料就好了。大姊也可以做。」

玉環點著頭，「對啊，現在的科技發達，搞不好可以做很多件。」她露出了微笑。「聽我外婆說，我母親花了好幾年的時間，才做成那件大衣的。」

「這麼久哦！」小光感到有些失望的撇著嘴，「可惜我見不到月婆婆了，要不然我可以問她。」

玉環牽起了小光的手，表情堅定的看著小光說：「小光，沒關係。媽媽相信，沒有那件大衣，我們也可打敗石獸的。」

小光握緊了玉環的手，很有信心點著頭說：「嗯，我們一定可以的。」

玉環肯定的點著頭，笑著。

小光想到外婆的能力那麼強，那小時候的媽媽，一定也是跟外婆一樣有很多的能力。她放開了握住媽媽的手問：「媽媽，妳什麼時候才知道，自己有特殊能力？自己是月亮的女兒的啊？」

「在我八歲的時候。」玉環回著。

「八歲……」小光重覆著。「那就跟我一樣吔！」她笑著。

玉環點點頭，「剛開始，我常常會聽到別人說話的聲音，可是我旁邊的人又都沒有說話。我想，是不是因為我太思念我的父母，而產生的幻覺。可是在他們還沒有過世前，有時我也聽得到他們心裏講話的聲音。後來就愈來愈多。我以為我快發瘋了。」她說著搖了搖頭笑著，「還好，月婆和外婆跟我講我們的由來後，我才放心了。」

小光心想怪不得，每次她做什事，都逃不過媽媽的眼睛。「媽媽，那妳都聽得到我們心裡的聲音？」她好奇的問。

玉環笑了笑後說：「以前，在還沒有結婚生子前，我可以很容易地聽到別人的想法。後來生了你們，就沒有了。現在我必須靜心打坐才有辦法，而且只能聽到我們月亮人，或是我愛的人。」她摸了摸小光的頭。

「好可惜……」小光說著嘴角往下壓著，心想媽媽真的很愛爸爸，才願意放棄這些能力。

玉環搖頭笑著，「不會可惜。其實，以前一直聽到別人心裡想什麼，對我還真是個負擔。」

「說的也是哦。」小光點著頭，心想一直聽到別人說話，不就煩死了。「媽媽，妳怎麼認識爸爸的啊？」她一臉期待的問。

「我們是小學同學。雖然他大我兩歲，但由於晚讀，就只大我一屆。」玉環邊說邊想起了救阿振的那一幕，「不過，我真的認識他，應該是在我十四歲那年，我從河裡把他救起來的時候。」她微笑著。

「爸爸那麼會游泳，還要您救啊？」小光滿臉驚訝。

「妳爸爸為了要救一個，掉在河裡漩渦中的小男生，自己差點也被漩渦捲走。那種情況，再會游泳也沒有用。」玉環說著，輕輕地搖了搖頭。「我當時放學經過看到，一急就跳下水。沒想到就飛起來，才能救妳爸。還好，當時那小弟弟昏倒，並沒有看到我飛。」

「所以，爸爸看到了？」小光掉著下巴，張大了眼。

玉環點著頭，「是啊。但我逼他答應我，不可以告訴別人。後來那就變成我們的秘密。」她嘴角微揚淺淺笑著，而笑容裡似乎增添了一份甜蜜。

「後來，就變成男女朋友了。」小光頭歪一邊，邊說邊笑地逗著她媽媽。

玉環摸摸小光那調皮的臉輕輕笑著，「哪有那麼快！」她轉頭看了一眼海上的漁船後說：「是到我十八歲的時後，我外公生病，妳爸爸一直來幫忙。我發現他真的一直對我很好，才接受他的。」

小光握住了玉環的手笑著，「爸爸真的很有耐心哦！不，應該說爸爸真的很愛您。」忽然間，她想到小宇哥哥從小到大，也一直都對她很好。哦……我在想什麼！

玉環微笑著而眼神裡多了一分溫柔地說：「是緣分。如果沒有搬來這邊，就不會認識妳爸了。」

小光抱住了媽媽，「那也就不會有我了。」她俏皮地笑著。

玉環親著她的臉頰，滿足的笑容掛在臉上說：「對啊！就不會有這麼乖巧、體貼、可愛的女兒了。」

躺在媽媽的懷裡，小光感到好幸福。她微笑地看著媽媽，想著小時候的媽媽，都沒有媽媽可以像這樣的抱著她，真是可憐。「媽媽，您以前住哪？為什麼會搬來這裏啊？」她問。

「因為在戰爭時期，物資匱乏，都沒有食物，大家都在餓肚子。我們住的城鎮，又被砲彈炸得面目全非。要花很長的時間，才有辦法再耕種。我外公聽說，我們現在住的區域，並沒有被戰火破壞很嚴重。再加上沿海可以捕魚，這樣不用擔心餓肚子。於是我外公外婆就決定搬到這裡來。」玉環開始述說著她的成長……

而接下來的一個月，玉環把她的故事，一一地說給小光聽。

第二章

八歲的戰火

碰！碰！碰！碰！碰！碰！

「好可怕哦！！婆婆。」八歲的玉環嗚著耳朵，蹲在山坡上害怕地叫著。

「小玉，快過來。我們到那邊那個防空洞去躲一下。」外婆邊叫邊揮著正在山坡上，和她一起拔著蕃薯葉的玉環。

玉環快步的跑了過來。

外婆一手拿著竹籃，一手摟著玉環的肩膀，往防空洞跑去。

「真是要命啊！怎麼還在打啊？」在防空洞內的外婆，雙手抱著害怕的玉環。

碰！碰！碰！碰！碰！碰！！！！

「婆婆，好可怕，什麼時後才會停啊？」玉環叫著抓緊了外婆的手。

「快了，快了，不怕。我們在這裡面很安全。」外婆邊說邊拍著玉環的背。

看著黑漆漆的防空洞，玉環感到害怕的說：「這裡好暗哦！」

外婆把她攬入懷裡，「不怕。外婆唱歌給妳聽。」她說著便哼起了歌。

在外婆溫暖的懷中，玉環聽著外婆輕輕哼唱著她喜歡的童謠。慢慢的，她緊抓著外婆的手放鬆了。

過了一會，炸彈的聲音沒有了。

「應該沒事了。」外婆說著，便走到防空洞門口查看。她轉身微笑地看著玉環，「沒事了！沒有飛機了。我們再去拔一些蕃薯葉吧。」

玉環緊繃的臉露出了笑容，她朝著站在門口的外婆走去。她們走出了防空洞，一起走回山坡邊，繼續拔著蕃薯葉。

晚飯的時後，桌上只有一盤水燙過的蕃薯葉，和兩條水煮的蕃薯。玉環吃著突然吐出了酸酸的胃液。

「婆婆，我肚子不舒服。」她皺著眉頭雙手抱著肚子說著。

坐在她一旁的外婆，馬上伸手摸了摸她的背，不捨地說：「我可憐的小孩。我們就只有蕃薯葉，營養不夠啊。」她起身從桌上的鐵壺，倒了一杯水給玉環。

慢慢喝著水的玉環，皺起了額頭。

外公看著手抱著肚子的玉環，他深吸了一口氣後說：「我明天去河邊抓魚看看。」

玉環馬上舉起手揮著說：「沒關係，我不痛了。外公不要去，危險。我等等吃個蕃薯就好了。」正當她伸出手要去拿起盤子裡的蕃薯時，外婆立刻抓住了她的手說：「小玉，先不要吃蕃薯，先讓妳的胃休息一下。」

「哦……好。」玉環放下了手。

因為戰爭的關係，村子裡很多的房子都被炸壞了。玉環家的房子也被炸得只剩廚房的部分。晚上睡覺的時候，他們就在地上鋪上一層草蓆，就地而睡。

躺在草蓆上的玉環，手抱著肚子，蜷曲的身體側躺著。

「還在痛著嗎？」躺在她身旁的外婆，手摸著玉環的背不捨地問。

「一點點痛而已。我睡一覺，明天就好了。」玉環沒力的回著。

「來，躺在婆的手臂裡。」外婆說著便把手伸在玉環的頭下。

玉環轉過身，躺進了外婆懷裡。

外婆輕輕地抱著玉環說：「婆跟妳說個故事，是我的外婆告訴我的哦。」

「好啊。」玉環露出了微笑。

「在幾千年前，當時地球上，到處都充滿著大大小小，綠色的山巒。地上到處長滿了果樹，花草。人們餓了，就拔著樹上的果子吃。」外婆說著舉起了手在空中揮著，「大地上，可以看見各種不同的動物在奔跑著。各種不同大小、顏色的鳥和昆蟲在空中飛著。大海、河流裡，也住滿了各式各樣的生物。非常生意盎然，生氣蓬勃。」她微笑著。

玉環閉上了眼睛，想像著如此美好的地方。「聽起來好美，好好哦！」她微笑著。

「對啊！而且當時地球上，也住著各種不同的人種。除了我們，還有巨人，他們有十公尺那麼高大。也有小小人，他們就跟我的中指差不多大。」外婆邊說邊舉起手指比著。只見玉環，張大了雙眼驚訝地看著她。「還有一些帶著翅膀會飛的小小人，也就是人們說的小精靈。」她一隻手輕輕地上下擺動著。

這時的玉環眼睛愈張愈大，愈來愈有神的看著外婆。「哇！好奇妙哦！我也好想看到他們哦！」她滿臉期待的說著。「他們還住在地球嗎？」她好奇的雙眼睜的大大地望著外婆。

外婆搖搖頭，「在人類開始砍樹、蓋房子、鋪路、蓋橋後，現在已經很少聽到他們的消息了。」

玉環興奮的臉沉了下來，「好可惜哦！」她失望地說。

「但是……」外婆挑起了眉毛，張大了眼。

「但是，但是什麼？」玉環也張大了眼。

「我外婆的外婆，在她的菜園子，有看過小小人來偷茄子。」外婆笑著。

「真的？」玉環很激動地看著外婆。「可是他們不是只有您的中指那麼大，要怎麼偷茄子啊？」此刻好奇又興奮地她，也忘記正在疼痛的肚子了。

「他們很聰明。」外婆微笑著。「那個小小人，在茄子旁放上一個小梯子爬了上去。然後從口袋裡拿出一把小刀，要割茄子上面的梗。我外婆的外婆，當時還是個小女孩，她一大早要去外面上廁所，經過菜園發現的。那小小人一看到我祖外婆，一緊張，連那個小梯子都沒有拿，就跳下跑走。我那祖外婆，就跟著他後面。才發現，原來他們是住在地下的洞穴裡。」看著嘴巴愈張愈大的玉環，外婆笑了笑。

玉環瞪大了眼睛，「哇！真神奇。」她抓住了外婆的手臂，殷切地問：「那後來，那小小人有回來拿小梯子嗎？」

外婆輕輕搖著頭，「我祖外婆一直等，可是他都沒有再出現過了。不過，在別的地方，也有人發現他們在地上採果子。」

玉環想到外公說，這裏只要偷東西被抓到，都要送到警察局，切斷手懲罰的。「他會不會是因為要偷我們的茄子，怕我們會把他捉來關啊？」她猜測著。

「有可能。但也有可能，在他們眼裡，我們是巨人啊！」外婆說著又笑了笑，「妳想想，如果妳看到十公尺高的巨人，會不會怕？會不會想跑？」她挑了挑眉。

「也是。」玉環點著下巴。「外婆，等戰爭過後，我們也來種茄子。也許他們會再出來。」她的眼神裡充滿著期待。

外婆開心地點著頭，「好啊！也許他們會再出來，我也很想看看。」她說著打了個哈欠。

玉環也跟著打了個哈欠。

外婆摸摸玉環的頭，「累了嗎？」她微笑著。

玉環點點頭，「嗯，有一點。」她搓著有點睏的雙眼問：「婆，那巨人跟小精靈去哪了？」

外婆輕輕地拍著玉環的背說：「聽說，因為很多山林都遭到人類的開墾。他們很多都沒有辦法生存。不過，還是有人曾經在高山上看過他們。」

玉環又打了個哈欠。敵不過那沉重的眼皮，她閉上了眼睛，但繼續的問：「那高山不是很冷嗎？他們要吃什麼？」

「小精靈吃一些果子就夠了。但是大巨人可要吃多了。」外婆邊回邊繼續輕拍著玉環的背。

「哦……」玉環說著便沉沉睡去了。

過了一會，外公從外面撿了幾根木頭走了進來。

外婆輕輕地把墊在玉環頭下的手臂抽出來，坐了起來。「阿木啊，這樣下去不是辦法。」她小聲地對著外公說著。

坐在屋頂破洞，破舊不堪的廚房裡的木頭板凳上，外公看著躺在地上的玉環，他嘆了口氣，「哎……我也知道啊。」看著滿臉愁容的外婆，他繼續說：「我聽說，沿海有幾個地方，沒有那麼多的炸彈攻擊。所以還有一些種植，而且還有魚抓，海菜可以拔。我跟我堂弟們在想，搬到那裡應該會比這裡好。」

「好！那不用想了。」外婆語氣堅定地說，「我們快去，我們明天就去。」

就這樣，在玉環八歲那年，玉環跟外公、外婆及幾個外公的親戚，走了快十天的路，搬到了他們現在住的漁村。

「小玉啊！婆幫妳做了個書包袋。明天妳就可以用它，裝書上學了。」外婆說著，便把剛縫好的花布包給了玉環。

因為戰爭，玉環上了半學期一年級的課就被迫停止。所以，現在九歲的她，接下來上一年級下半學期的課。

九歲的玉環，有著一雙單鳳眼，瓜子臉，留著到眉上的瀏海，綁著兩個辮子掛在肩膀上，非常的漂亮可愛。

「謝謝您，婆婆。」玉環開心地看著紅色碎花布做成的書包，她再也不用布綑著書上學了。

「明天，記得要跟好村裡的大孩子們。要走好長一段山路，才能到學校啊。」外婆叮嚀著站在房間內的玉環。

「好的。」玉環微笑的點著頭。「婆，不要擔心，我會跟緊的。」她說著，開心地上了木板床。

「外公呢？」躺在床上的玉環問。

「他跟隔壁的叔叔去晚釣，看可不可以多抓一些魚來賣。」外婆說著，就去點了一盞小柴油燈，放在床邊的小桌上。然後把原本放在桌上的大柴油燈熄滅後，也躺上了木板床。

「矣……歪……」這時木板床發出了聲音。

「哎呦！」玉環叫了一聲。

外婆馬上轉過身來，「又被木板夾到肉了嗎？痛不痛啊？外婆看看。」她邊說邊檢查著玉環的身體。

「在我背後，有一點痛。沒關係啦。」玉環一手摸著背，一手揮著，臉上假裝沒事的微笑著。她的身上因為睡在不平的木板床，已經有好幾個瘀青了。

外婆坐了起來，「來，起來。」她輕拉著玉環的手臂。

玉環坐了起來。

「把這個被子墊上。」外婆邊說邊把蓋在身上的薄被，墊在玉環睡的床那頭，「明天我叫妳外公再釘平一點。」

玉環發現喜歡側躺著的外婆，手臂上也有好幾個瘀青。「婆，一半您墊，一半我墊。」她說著便把一半的薄被，鋪在外婆睡的那頭。

「我這個老皮厚得很，沒關係。妳墊就好了。」外婆說著又把被子放回玉環那頭。

「婆，這樣的話，您用我小被單鋪著，否則我不睡。」玉環雙手交叉於胸前堅持著。

外婆搖頭笑著，「妳哦……這麼小，就這麼固執。」

玉環雙手攤在胸前說：「沒有辦法，誰叫我是您孫女啊，跟您一樣嗎！」她馬上把身上的小被單，鋪在外婆睡的那頭。

「謝謝囉。」外婆感到欣慰地笑著。她輕輕地摸著玉環的小臉，「那快睡了。」她說著就躺了下來。

玉環跟著也躺了下來。側躺著的她，一手抱著外婆，撒嬌的說：「婆，講桃太郎的故事給我聽。」

外婆輕輕地用手指點了一下玉環的鼻頭，「這麼晚了，明天還要早起上課。」

只見玉環兩眼睜大大的，一點睡意都沒有的盯著她看。「婆，可是我睡不著。」她嘟起了嘴。

外婆摸著玉環的臉輕輕笑著，「是不是要去新的學校上學，太興奮了？」

玉環點點頭。

「那外婆唱桃太郎的歌，給妳聽好了。」外婆說著便哼起歌來，「Momo Tara San，Momo Tara San。O Ko Shi Ni Tsu Ke Ta，Ki Bi Dan Go，」

玉環也跟著唱：「Momo Tara San，Momo Tara San。O Ko Shi Ni Tsu Ke Ta，Ki Bi…」唱著唱著，她忽然忘了歌詞。她抬頭看著外婆。

外婆微笑地輕輕拍著玉環的手臂，慢慢的唱：「Ki Bi Dan Go。」

「哦，」玉環笑了一下，跟著唱：「Ki Bi Dan Go。」

「Hi To Tsu Wa Ta Shi Ni，」外婆繼續唱著。

玉環跟著：「Hi To Tsu Wa Ta Shi Ni，」

「Ka Da Sa I Na。」外婆唱著。

「Ka Da Sa I Na。」玉環跟著哼。

「Ya Ri Ma Syo U，Ya Ri Ma Syo U。」外婆輕輕拍著玉環的背，小聲地唱著。

「Ya Ri Ma Syo U。呵……啊……」玉環哼著打起了哈欠。

「Ko Re Ka Ra O Ni No，SeI Ba Tsuni。Tsu I TeI Ku NA La A Ke Ma Sho U。」外婆繼續邊拍著玉環的背邊輕輕地唱。只見玉環閉上了眼，幽幽地睡著了。

第三章

漁村上學去

從玉環住的地方到學校，要過兩個山頭才到得了。小孩子走路，幾乎要一個半小時左右才能到。玉環跟著村裡的幾個小孩子，一起走著山路上學。

「她就是山腳下，那個新搬來不久的女生。」兩個小女孩，走在綁著兩根小辮子的玉環後面，其中一個留著娃娃頭的小女孩說著，「而且聽說，她沒有爸媽，只有阿公阿嬤。」

「好可憐哦！」另一個長頭髮，年紀較大的女孩說。

「後面，那個新來的，跟好哦！」在她們前面，一個年紀較大的男生回頭叫著。

玉環揮著手說：「嗯，好的。」

「妳好，我叫阿朱。」娃娃頭的小女孩，走到玉環旁微笑地自我介紹著。

站在一旁，長頭髮，年紀較大的女孩也微笑地接著說：「我叫阿美。」

玉環微笑地點著頭，「妳們好，我叫玉環。」

「好特別的名字，好古典哦！」阿朱讚美著。

「我媽媽取的。」玉環微笑著。

阿朱張大了眼睛，一臉驚訝地看著玉環，「妳有媽媽？」

「阿朱……」阿美瞪了她一眼。

「不，我是說。」阿朱慌張的不知道要說什麼。

「我有爸媽，就跟妳們一樣。」玉環語氣平靜地說，「只是他們在我八歲時，在戰爭中走了。」

阿朱跟阿美的臉馬上沉了下來，她們感到難過地看著玉環。

「我還有我外公外婆，所以我很好。」玉環微笑著。

「後面的女生，走快點，要遲到了。等一下要是遲到，是會被罰的。」前面年紀較大的男生大叫著。

「知道啦！阿勇。」阿美大聲回著。

「我們隊長在叫了，我們走快點。」阿朱說著，便跟阿美加快了腳步。

玉環也馬上加快了腳步。

「玉環，妳第一天來我們學校，絕對不能遲到。」阿朱邊走邊提醒著一旁的玉環，「我們老師超兇的，總是愛罰人。所以不可以遲到。」而當她轉頭往一旁的玉環看去時，才發現她已經不在身旁。

「哇！玉環，用走的就好了，不用跑啦。」阿美吃驚地叫著跑在她跟阿朱前面的玉環。

我沒有跑啊！玉環心想。她低頭看了一下自己正在快走的雙腳，我這樣走很快嗎？她轉過頭說：「哦，好的。」這時她才發現，自己已經超過她們十公尺遠了。

ᘓ

玉環的老師，是一位很嚴格的中年男人。只要上課遲到，上課說話，忘記帶書本，考試沒達到標準，他不是用木板打他學生的手心，就是在地上畫個圓圈，叫學生罰站或半蹲。如果腳離開了圓圈，就叫他們到廁所，抓他要求數量的蚊子。還有，他不喜歡學生對他問為什麼。因為他認為他所教的都是對的。

「老師，我有問題。」坐在椅子上的玉環舉手問著。

此時全班二十二雙眼睛，一起很緊張地往她看去。

「玉環……」坐在她一旁的阿朱嘴都沒張的小聲叫著。

玉環轉過頭，只見阿朱一直不停地對她眨著眼。

「新同學，妳是上課沒有注意聽嗎？」站在講台上的男老師嚴肅地問著玉環。

嚇了一跳的玉環馬上站了起來，很有禮貌的回：「我都有仔細聽。只是我之前的老師，跟您說的有點不一樣。所以，我想問清楚而已。」

「所以，妳的意思是我說錯了，是嗎？」男老師大聲地問。「妳很大的膽子！第一天來上課，就敢說我教錯！」他怒視著玉環。

玉環搖著頭努力地解釋：「老師，我沒有。我只是要問清楚而已。」

「噓……噓……」玉環往聲音看去，只見阿朱食指比在嘴上，一雙眼張的特大，慌張地看著她。

「妳這什麼態度！！」男老師斥喝著。他推了推正滑到他發油的鼻頭上的黑粗框眼鏡，然後不客氣地指著玉環，「這麼小年紀，就不知道尊師重道。罰妳下課不准休息，把教室掃一遍。」

玉環咬著牙，忍著胸口的氣說：「是的，老師。」

「大家，不要跟她一樣。」男老師手指著玉環，一副很有威嚴的樣子看著大家，「在課堂上是要有規矩的。你們是來學習的，不是來問問題的。」

下午放學後，走在回家的山路上時。

「妳傻傻的。我們老師是出名的兇，以後上課不要說話就好了。」走在玉環旁的阿朱告誡著。

「我媽媽說，不懂就要問。他不讓我們問，那我們來學校幹嘛？在家自己讀就好了。」玉環說著生氣地嘟起了嘴。

阿朱伸手勾住了她的手肘勸著：「我們學校就是老師最大，妳不聽他的話，倒霉的是自己。」

「哦，我生命裡最大的是我外公外婆！」玉環不服氣地說。

就這樣，玉環在學校因為敢跟老師問問題，常被罰站。還好，因為她功課好，所以沒有被退學。可是她的內心還是非常不服，直到有天月婆到夢裡指引她。

ᏛᏋ

「玉環！」月婆在天上叫著站在庭院的玉環。

玉環抬起頭看見天空的月亮上，有個慈藹老婆婆的臉，正對她笑著。「妳是誰？怎麼知道我的名字？」她很警戒地問。

「我是月婆，是妳的祖先。」月亮上的老婆婆慈藹地回著。

「我的祖先？」九歲的玉環，雙手交叉在胸前，一臉懷疑地看著她。

「是啊，玉環。我是妳們家所有女兒，最早的祖先。」月亮婆婆微笑著。

玉環想起外婆提到的祖外婆，她張大了眼睛問：「所以，您是我婆的外婆的外婆？」

月亮婆婆笑了兩聲，「我比她們更老哦……」她緩緩說著。

看著月亮婆婆那麼慈藹的笑容，玉環的心也不再那麼防備了。她放下了在胸前的手，好奇地問：「您為什麼在月亮上？」

「因為，我們都是月亮來的女兒啊。」月亮婆婆親切的笑著。

「什麼意思啊？」就在玉環問時，一陣月光灑在她身上，她的身體就輕飄飄地飛了起來。「哇！我在飛耶！」她驚訝地看著自己飛在空中的身體、手腳。然後看了一下四周，她張開雙手開心地飛著。

「玉環，只有月亮來的女兒，才會飛哦！」月亮婆婆說著就把月光轉向海上。

玉環跟著月光飛到海面上。

「哇！我可以看到好多艘魚船哦！還有魚耶！！」玉環興奮的叫著。在月光下，她輕盈的飛著，開心地看著海面上，在月光中跳躍的魚兒跟捕魚的船隻們。晚風徐徐地吹著她，雖然是秋天了，可是在溫暖的月光下，玉環一點也不覺得冷。「好舒服哦！！」她笑著張開了雙手，像小鳥一樣上下揮著。

「玉環，妳的手可以不用揮，就可以飛了。」月亮婆婆說著便把月光轉向山丘的方向。

玉環放下了正在揮舞的雙手，看著飛在空中的自己，她不禁大叫：「真的耶！哇！真是奇妙！！」她往上，往下跳著，又轉了個圓圈。「哇！太不可思議了！！」她興奮地叫著。

跟著月光，她來到了山丘。她開心地在山丘上方的天空旋轉著。

月亮婆婆把在月光中正高興飛著的玉環，帶近她身邊慈藹地說：「玉環，從現在起，月婆會每年中秋之前來看妳。如果妳有遇上什麼解決不了的問題，都可以問我。」

「真的嗎？」玉環好開心地看著月亮婆婆。「月婆，那謝謝您！」她雙手合十胸前，微笑地向月婆點著頭。突然間，她想到學校老師那種權威式的教學樣子，就很不服氣。她表情認真地看著月亮婆婆，「月婆，我現在就有個問題，想要問您。」

「是不是學校老師的事啊？」月亮婆婆輕挑著眉淺淺笑著。

「月婆，您怎麼知道？」玉環驚訝地看著正在對她微笑的老女人，心想著月亮婆婆一定是仙女。

「我可以知道所有月亮的小孩，心裡在想什麼。因為我是妳們的祖先啊！我的心靈跟妳們是相通的。」月亮婆婆慈藹地笑著。

「哇！好奇妙哦！」玉環驚嘆不已的連搖著頭。

月亮婆婆接著說：「老師的事，不是只有發生在妳學校，幾乎每個學校都有。而且已經發生在地球上很久了。」

玉環皺起了眉頭，「為什麼他們對學生要那麼兇？那麼霸道？」她不解地看著月亮婆婆。

「因為，這些只懂權威式教學的老師，也是被老師用這種權威式的方法教出來的。」月亮婆婆解釋著，「他們只知道這樣教書的方式。但是，很多地方的老師，已經開始發現，這樣教學會造成學生的反感。所以已經在改變了。」

「可是，為什麼我們學校的老師，還是那麼不講理，愛罰人，愛打人。」玉環邊說邊想到好多次都因為問問題，就被罰站在圓圈裡和去廁所抓蚊子，全身被叮得到處都是包。更不要提好幾次，手心都被打的又痛又腫的。此時，一股無名的氣也就油然而升。

「也許，那是一種他要得到妳的認同及尊敬的方式。」月亮婆婆輕輕緩緩地說。

聽著月亮婆婆溫柔的聲音，玉環不平的心感到平靜了些。可是她還是不懂。「要我的尊敬認同？」她雙眼困惑地看著月亮婆婆。

「是啊。當一個人的權力，比另一個人高的時候，他們很難低下頭來做事。所以，他們只會用權力來做事。如果妳不能改變大環境，就先從自己的心態改起。」月亮婆婆引導著。

玉環一臉茫然地問：「那要怎麼改變自己的心態？」

「或許，以後要問問題，可以私下問老師，不要在大家面前。讓他知道，妳是遵守他的班規的，而不是要來課堂上挑戰他的。」月亮婆婆很細心地教著玉環，「而且，記得要常說謝謝，把微笑掛在嘴上。同樣一句話，用不同的態度、口吻，表達出來的效果都不一樣。知道嗎？」她微笑著。

玉環專心聽著，發現月亮婆婆好厲害哦。「好的，月婆，我知道了。」她點著頭，然後嘆了口氣，「不過這個權力，還真是麻煩的事。」

「是啊。權力的慾望，害了很多的人。」月亮婆婆說著搖了搖頭，「那也是為什麼，地球上這麼多年來一直有著戰爭。」

「真是一個可怕的惡魔！！」玉環說著嘴角往下壓去。她想起了在天上的父母，難過地低下了頭，「如果大家能和平相處，沒有戰爭。我爸媽也不會過世了。」

月亮婆婆輕輕地把臉靠在玉環的臉上，緩緩的說：「玉環，每個人都有要離開的一天，知道嗎？」

靠在月亮婆婆溫暖又柔軟的臉旁，就好像小時候，媽媽把她抱在懷中，她的臉靠在媽媽的臉上，一樣的溫暖。玉環抬起頭，眼眶含淚，微笑地對著月亮婆婆點著頭。

「不過，說到和平相處。妳還是可以常常聽到，別人心裡的聲音？」月亮婆婆關心的問。

玉環嚇了一跳，心想哇！月亮婆婆連這個也知道。她點點頭，「是啊。有沒有辦法讓這些聲音不見啊？我有時候都快受不了了！」她說著拍了拍自己的額頭。

「來，月婆教妳靜心。這可以幫助妳控制這種感應。」月亮婆婆說著，輕輕的抬起了下巴，朝玉環點著，「來，坐下來，雙腿交叉盤起來。」

「坐下來？怎麼坐在空中啊？」玉環皺著眉頭，看著站在天空中的自己。

「妳可以站在空中，就可以坐在空中。試試！」月亮婆婆鼓勵的說。

玉環想想也是。於是她在月光中坐了下來，雙腿交叉盤著。「哇！我可以耶！」她驚喜萬分地喊著。

月亮婆婆微笑的眨了一下眼，緩緩地說：「現在眼睛閉起來，慢慢的吸氣，吐氣。吸氣 1，2，3，4，5 吐氣 1，2，3，4，5，6。吐氣比吸氣長。」

在月亮旁，盤腿坐在月光中的玉環，閉著眼睛聽著月婆的指示，慢慢的吸氣，吐氣。

「慢慢的增長妳吸氣，吐氣的時間。」月亮婆婆輕輕慢慢的說。

玉環跟著月亮婆婆的方式，慢慢的加長她的呼吸。

「這樣反覆做，可以把心靜下來。」月亮婆婆微笑的輕點著下巴。

練習了一會兒後，玉環才知道原來自己的肩膀那麼得緊。現在她整個身體軟軟暖暖的，非常的放鬆。「好舒服！」她張開了眼，笑著。

「記得，玉環，要每天專心打坐，妳才能控制這種感應能力。」月亮婆婆說著便對玉環吹了一口氣。

「好溫暖的風哦……」玉環整個人不自覺地就在空中躺了下來。她閉上了眼睛，嘴角微微上揚微笑著。

第四章

初見月婆

「好奇妙的夢哦？」躺在床上的玉環，想著月婆慈藹的臉，自言自語著。

「小玉啊！快起來了！」走進房門的外婆，邊叫邊走到玉環床邊。她手拿著鐵便當盒微笑地說：「猜猜今天早上，婆給妳準備什麼便當？」

聞起來不像是魚乾的味道，玉環心想便坐了起來。她揉了揉惺忪的雙眼問：「是什麼啊？婆。」

外婆打開了鐵做的便當盒，「妳看！」她滿臉笑容地看著玉環。

「哇！滷蛋耶！我們怎麼會有？婆，蛋不是很貴，很難買的到嗎？」玉環即興奮又開心地聞著香噴噴的滷蛋。

戰後，由於物資不夠，一切都還在重建、種植中。而蛋跟肉是最不容易拿到的食物。

「不是我買的。我想是有好心人送給我們的。」外婆笑著，「早上我起床打開客廳大門時，在門外發現了一個裝有十粒蛋的紙袋。」

「真的啊！太棒了！！誰會對我們這麼好啊？」玉環開心

地下了床，換上學校制服。

外婆笑著，「對啊，是誰會對我們這麼好啊？」她邊說邊把便當放在玉環書包裡，「不管是誰，晚上婆做蒸蛋給妳吃，給妳好好補一下。」她摸了摸玉環纖細的手臂，不捨地說：「妳看妳，還是那麼瘦。」

玉環反握住了外婆乾瘦的手，「婆，您也很瘦啊。」她疼惜的伸出雙手抱住了外婆，「我們一起補。」她微笑著。

看著如此貼心的孫女，外婆感動地點點頭，「好，快去梳洗一下。我蒸了幾顆饅頭，等下趁熱吃。」她說著拿起了玉環的書包。

「好的。」玉環說完便跑去廚房，拿了一盆水洗著臉。

外婆也走到了廚房。她把手上的書包，放在一旁的小木桌上，然後從灶上的竹蒸籠裡拿出了饅頭，放在小木桌上的碗公裹。

「婆，我昨晚夢到我們的祖先耶！」蹲在一旁的玉環，邊說邊用著木臉盆裡的水洗著臉。

坐在木板凳上的外婆看著玉環，「什麼祖先？妳夢到我婆了嗎？」她笑了笑。

玉環擰了擰手中的溼毛巾，站了起來。她拿著毛巾走到外婆旁，邊擦著臉邊說：「不是。她說她比外婆的外婆，還要老很多。不過，她看起來就是一個老婆婆。」這時外婆的額頭皺了起來。玉環繼續說：「但是，她是一個在月亮上的老婆婆。好奇妙哦！還說我們是月亮來的女兒。」她笑著。

月婆！外婆的心大大地跳了一下。我應該要告訴玉環，有關月亮來的女兒的事嗎？她假裝沒事的笑著，「妳是不是一直期待著中秋節啊？會不會婆之前跟妳講，月亮上仙女的故事太入迷了，都幻想自己成月亮的女兒了。」

玉環想她跟外婆怎麼有可能是月亮的女兒，她們都出生成長在這裡，又不是月亮上。「也對啦。可能我太喜歡當仙女了。」她不好意思地摸了摸頭。「不過，婆，那月亮上的婆婆說……沒事，我想應該就是我做夢啦。」她笑了笑，便把手上的溼毛巾掛在一旁的竹架上。

「她說什麼？」外婆微笑著。

玉環回過頭，「她說，每年中秋節之前她會來看我。所以，一定是我太喜歡中秋節了。」她尷尬地抓了抓頭笑了笑。

外婆想，月婆真的來教玉環了，我要阻擋也阻擋不了了。

這時庭院傳來阿朱的叫聲：「玉環！玉環！妳好了嗎？」

「婆，我拿兩顆饅頭，邊走邊吃。」玉環說著便拿起晾在竹蒸籠上的小白布，包起了碗公裡的饅頭，背起了桌上的書包，走出了廚房的門。

「路上小心啊！」外婆站在廚房門口叫著。

玉環回過頭對外婆揮了揮手，「好的。」說著她便往站在庭院的阿朱走去。

「婆婆，再見！」阿朱揮手叫著。

站在廚房門口的外婆，微笑地揮著手，但心裡卻憂心著月婆的事。

ଓ

走在山路上的玉環，打開了手中的白布，拿起了一顆熱饅頭。而這時的阿朱，也正拿出她媽媽做的米糕。

「這一顆給妳。」玉環把手中的饅頭，遞到走在她旁邊的阿朱面前說著。

「這個給妳。」這時阿朱也正把手上的米糕，放在玉環面前。

「哈哈！」她們兩個笑了起來，然後拿走彼此手上的食物，開心地吃著。

「這米糕甜甜地真好吃。」玉環滿足地吃著。

「妳外婆做的饅頭顏色，好特別。有點像黑糖的顏色。好Q，好好吃哦！」阿朱邊說邊大口咬著饅頭。

玉環邊吃米糕邊說：「妳好聰明，那就是黑糖啊。外婆說，加點黑糖味道更好。」

「真的好吃！」阿朱開心地吃著。

「我今天，還有另一個，更好吃的。」玉環摸著書包一副很神秘地說。

「什麼啊？那麼神秘！」阿朱滿臉興奮又很好奇地看著她。

玉環挑著眉毛微笑著，「中午妳就知道！」

阿朱想一定是很好吃的東西。「我可以吃嗎？」她央求著。

「當然可以。」玉環說著一手抱住了阿朱的肩膀，「因為妳是我現在最好的朋友。」

阿朱點著頭滿心歡喜地笑著。

玉環也笑著。她放下了抱著阿朱的手，她們繼續邊走邊開心地吃著手中的食物。

玉環看了看走在前面的幾個小孩子，但就是不見阿美。「耶，阿美呢？」她問。

阿朱看了她一眼，「早上我去找她時，她說今天要去海邊幫忙撿海菜，不能來上課。」

「那功課怎麼辦？」玉環有點擔心的問。

「她，也不只她啦。村裡很多年紀比我們大的小孩，只要天氣好，就必須去海邊拔海菜，或是到田裡幫忙。很多人的書都沒有辦法讀完。」阿朱無奈地聳著肩。

「是哦？真可惜。」玉環嘴角往下壓去。

「反正，他們有些人，也沒有很愛讀啦。」阿朱說著揮了揮手，「學校老師那麼兇，又動不動打人、罰人的。我覺得去海邊，田裡工作還比較好。」

玉環張大了眼，「妳，不會也想不讀吧？」

「我，也想不讀啦。我又沒有妳那麼會讀書。考試不及格，又老是要被老師打手心，痛死我了！」阿朱說著嘟起了嘴，「但是，我爸媽說我一定要讀，不要跟他們一樣，只能靠天生活。」她無奈的手指著天。

「我爸媽也說，讀書可以豐富一個人的知識及內心。」玉環說著想起小時候，爸媽唸書給她聽的情景。

「妳的爸媽一定讀很多書哦？」阿朱問著而心裡納悶著，為什麼都沒有聽過村裡的父母這樣說過。

玉環點著頭，「他們喜歡讀書，學新的東西。所以，我爸爸才能在軍艦上工作。」她想到了爸爸用木頭做的船。

「哇！他們一定很聰明。」阿朱一臉的羨慕。

玉環微笑的點點頭。

阿朱接著說：「我們這裡的人都說，女生不用讀那麼多書。因為還不是要嫁人，生小孩。」她往一旁的小溪走去，在溪旁蹲了來，雙手放進了溪水裡洗著。

玉環也跟著走到小溪旁，洗著手。「可能，他們怕女生太聰明，把男生比下去了。」她笑了笑。

「一定是這樣的！！」阿朱笑著，甩了甩手上的水。

看著清澈溪水裡的小魚，在她們旁邊游來游去，甚至還有一些半透明的粉色小蝦在石頭旁穿梭著。玉環不禁讚嘆：「這條溪好乾淨哦！」

「對啊，夏天的時候，我們下課有時都會在回家前偷留在這裡玩水、抓蝦子。很好玩！」阿朱開心地笑著。

玉環站了起來，甩了甩手上的水問：「妳會游泳？」

阿朱也站了起來，「會啊！但沒有很厲害啦。」她微笑地聳聳肩。

「在溪旁那兩個，還在聊天！快遲到了！」前面高年級的男隊長叫著。

「哦……好的！」阿朱應著。她表情有些無奈地看著玉環，「玉環，我們要走快一點了。要不然那個臭臉老師，又有機會罰我們了。」

「對啊。我才不要給他機會！」玉環說著便快步往前走去。

跟在她後面的阿朱邊跑邊叫：「玉環，慢一點！我沒有辦法跑得像妳那麼快！」

奇怪，我只是走快一點而已啊。玉環往下一看，哇！我怎麼可以走得那麼快。她轉頭才發現，阿朱正上氣不接下氣的朝著她跑來。她馬上停了下來，等著跑到她身邊的阿朱。「對不起，我走……不，跑太快了。」她抱歉地笑著。

阿朱大口喘著氣說：「哦……妳應該去報名田徑隊啦，跑得跟飛的一樣，喘死我了。」她手指著後方，「妳看，我們都在大家前面了。」

此時在他們後方的同學們，一個個張大眼睛，掉著下巴，直直的盯著玉環看著。「她剛剛真的跑得跟飛的一樣快耶！！」一位女孩目瞪口呆的說。

☙

到了中午午休時間，玉環跟阿朱坐在座位上，吃著便當。

「哇！滷蛋耶！」阿朱看的都流口水了。

玉環把滷蛋用筷子切一半，放到阿朱的飯盒中說：「來，這給妳。」

「謝謝妳，玉環。」阿朱興奮的拿起了滷蛋，一大口就把它吃了。「真好吃！！」她閉著眼睛，滿足的吃著。

這時有個男生跑過來，拿著筷子要夾走玉環便當裡的蛋。

玉環很快地用她的筷子，把男生的筷子夾住。她站了起來，對著個兒跟她一般高的男生說：「阿輝，又是你！那麼喜歡偷吃別人的東西！」她瞪著男生。

男生緊張的說：「我……我是好心耶！我看到妳的蛋上面有蒼蠅，要幫妳夾起來。」

「你這麼厲害？還可以夾蒼蠅。」玉環瞪大了眼睛。

阿輝用力抽起了被玉環夾住的筷子，「好啦，算了！好心沒好報。我不跟妳計較。」他說著便裝作沒事的轉身走開。

「你睜眼說瞎話，算什麼男子漢大丈夫！」玉環大聲說著便在椅子上坐了下來。

阿輝一副氣定神閑的邊走邊說：「對，妳最厲害。我是好男不跟女鬥。」

「明明是你！！」玉環說著站了起來，就在她要往阿輝走去時，他們的老師走了進來。

「吵什麼吵？」男老師大聲問著。

阿輝停了下來，有些害怕的往老師看去。

男老師手指著玉環及阿輝斥喝著：「你們兩個，給我去廁所旁罰站。」他怒視著他們。

玉環咬著下嘴唇，瞪了一眼阿輝，轉身從她便當盒裡，快速夾起了那半顆蛋，往嘴裡一放大口咬著。她很不開心地看了一眼坐在椅子上一臉無奈的阿朱，然後轉身往廁所方向走去。

☙

「蚊子怎麼這麼多？」阿輝兩隻手，左右打著蚊子。

站在一旁的玉環，手直抓著腳，雙眼直瞪著站在隔著一個圈子遠的阿輝。

「妳眼睛瞪那麼大，小心要掉出來了。」一個年紀比他們大一點的男生，走過來說著。

玉環朝他看了一眼，「關你什麼事？」她口氣不悅地說。

「振哥，你也來了。」阿輝微笑地叫著男生。

阿振站進了他們倆中間的圓圈上說：「這麼兇啊！怪不得會被罰站。」

「你不是也被罰站？」玉環反駁著，又抓了抓腿上被蚊子叮的紅包。

阿振轉過頭，「哇！妳的腳都變紅豆冰了。」他驚訝的看著玉環及膝校裙下，布滿小紅包的一雙小腿。

「要你管！」玉環手抓著腳，眼睛看著前方冷冷地說。

這時阿輝的肚子咕嚕咕嚕的叫了幾聲。

阿振轉頭看著站在一旁，一臉尷尬摸著肚子的阿輝。「又沒吃午飯了？」他問。

阿輝點著頭，「對啊，沒時間吃。」

阿振從口袋裡，拿出一個快被壓扁的包子。「來！這給你吃，不過有點扁了。」他邊說邊把包子放到阿輝前面。

聞著香香的包子，阿輝的口水流了滿嘴。他有些靦腆地說：「振哥，每次都吃你的，不好意思。」

阿振拉起阿輝的手，把包子塞到他手中，「拿去，快吃，免得被老師看到。」他命令著。

阿輝點頭微笑著，「謝謝你，振哥。下次我請你。」他說著便大口吃起了包子。

一旁的玉環，看著阿振的行為，心裡對這位高她快一顆頭的大男孩，有種好奇感。心想他是一個善良的人。

噹……噹……噹……

「上課了！」阿振說著。

玉環看了他們一眼，便馬上跑開了。

「那個女孩是誰？」阿振問著走在一旁的阿輝。

「她是今年轉來的學生，叫玉環。很會讀書，伶牙俐嘴的。所以常常被老師罰站。」阿輝回著。

「很有個性哦！」阿振看著跑在前方，兩根辮子在她肩膀上左右搖晃著的玉環，他笑了笑。

ꝏ

時間很快地，到了冬天過新年的時候。

早晨冰凍刺骨的冷風，吹著走在往學校山路上的玉環及一旁的同學們。凜冽的寒風，如刀刮著他們的臉。玉環跟阿朱手牽著手，緊緊地靠在一起走著。

「玉環，來，這圍巾一半給妳。」阿朱邊說邊拿下圍在脖子上的長圍巾，然後繞著她們兩個人的肩膀圍著。

「溫暖多了。」玉環邊說邊打著哆嗦，「謝謝。」

看著臉都被凍紅的玉環，阿朱關心地問：「妳還是那麼怕冷嗎？」

玉環點著下巴，「我不喜歡冷，一冷我就全身不舒服。我們以前住的地方，都不會這麼冷。」她想起以前住的村子，幾乎都很少下雨，也沒有像這裡這麼冷。

阿朱口吐熱氣到正在摩擦的雙手說：「玉環，我們這裡就是四季分明。冬天冷死人，夏天熱死人啦！」

「其實，這樣也挺好的。每一個季節都有不同的收成。只是真的太冷了。穿這麼多，都很難走路了。」玉環說著看了一下，穿著兩件夾克又高領毛衣的自己，包得好像一顆球般，便笑了出來。

「對啊。」阿朱也大笑著，「我們每個人都包得像球一樣。也許滾去上學還比較快。」

就這樣，他們又走過一個寒冷的冬天，直到放寒假。

ഌ

冬天的時候，海岸邊長了很多的紫菜，營養成分很高，很多吃素的人都要買。所以一放寒假，玉環跟著外婆會去海岸邊拔紫菜，然後隔壁村裡有個商人會來採買。

「婆，真麻煩。都必須用手，一片一片的拔起。又那麼小，好難拔。」蹲在海岸邊的玉環有些洩氣地說。她努力地用手拔著不到兩公分長的紫菜，可是很多都拔到一半就破了。

「來，婆幫妳準備了鐵勺子。」蹲在她身旁的外婆從口袋裡，拿出一個形狀有如大髮夾般十公分長，四公分寬的鐵製勺子。「小玉，像婆這樣刮。整株從根部刮起，儘量不要把石頭也刮起來，否則我們可要花很多時間洗這些石頭了。吃的人可不喜歡有石頭在裡面哦！」外婆邊說邊示範著如何用鐵勺子，刮下長在石頭上的紫菜。

「嗯。」玉環興奮地拿起了外婆手上的鐵勺子，試了一下，但是一下子就刮下很多的石頭。她皺起了眉頭。

外婆微笑地鼓勵著：「沒關係。小力一點，慢慢來。」她低下了頭，用手指開始拔著紫菜。

玉環聽了外婆的話，開始輕輕地刮著石頭上的紫菜。試了幾次後，鐵勺子裡已經裝滿了半勺子的紫菜。她開心地大叫：

「婆，我可以了！」她摸了摸勺子裡的紫菜，嘴角下壓地說：「不過還是有些小碎石片。」

外婆抬起頭微笑地看著她，「沒關係。多少都會有一點的。」她說著便把手指含在嘴裡，她的額頭輕輕皺著，一隻眼眨了一下。

「婆，您怎麼了？」玉環擔心地看著她。

外婆搖了搖頭輕輕笑著，「沒事。可能是不小心，被石頭片割到手指。」她低下了頭，繼續拔著紫菜。

玉環看著外婆愈來愈皺的雙手，瘦乾的手指都乾到裂掉。有兩根手指，隱約還可以看到正在流的血絲。她很難過又心疼地說：「婆，您不要拔了！您的手都流血了。」

「唉啊！這一點小傷，沒事。妳不要擔心。」外婆抬起頭微笑地看了一眼玉環，便又開始拔著紫菜，「我們快拔，傍晚人家就要來買了。我們拔多一點，過年我們就可以買隻雞了。」

「婆，我長大了。以後，只要我沒有去學校，我就來拔。您不用買雞過年。您一直拔，您的手不會好。您休息一下。還是，您用鐵勺子好了，我可用手拔的。」玉環說著便把鐵勺子放在竹籃上。她立刻用著雙手努力拔著紫菜，在試了好幾次後，她終於完整地拔起了好幾株紫菜。她興奮地拿起剛拔起的紫菜，給外婆看，「您看，婆。我可以。」她開心地笑著。

看著玉環拔到發紅的手指頭，外婆雖有些心疼但她鼓勵的說：「好，很好。我們今天一定可以拔很多。」她低下了頭繼續用手拔著紫菜。

玉環抓起外婆的手，把鐵勺子放在外婆手裡，「婆，用這個，否則我不放手，您不可以拔！」她像大人般地命令著外婆。

外婆張大了眼睛，有些驚訝地看著玉環，「哦！這樣子哦？」她輕輕地搖了搖頭笑著，「好吧，老師。我就聽妳的話。」

玉環抬起下巴滿意地笑著，「很好。」她一手插著腰，一手舉起食指左右揮著說：「不過，我才不像學校的老師，那麼不講理。我是為您好。」

整個寒假，玉環就跟外婆到海邊，努力拔著紫菜。在過年的時後，她們買了一隻雞及幾隻小雞回來養。

因為天冷，所以外公先把小雞養在家裡大廳旁，通往廚房走道上的竹籠裡。

外公在竹籠裡面，鋪了幾個裝米過的麻織袋。然後他把小雞們放在竹籠裡，而且在籠外放了一盞小柴油燈。籠子裡全身長著鵝黃色羽毛的小雞，被籠外的柴油燈點得發亮。

「好可愛哦！」蹲在一旁的玉環，微笑看著全窩在靠柴油燈方向的黃色小雞。「你們是不是很冷啊？」她問著便把拿起一旁的柴油燈，放在小雞們旁邊，「這樣，應該比較溫暖吧？」她滿意地笑著。

坐在大廳的外公外婆，燒了一盆竹炭火。竹炭是外公夏天時，砍下家裡旁的大竹子燒製的。

「阿木，今天早上，又有人放了一袋雞蛋在門口。」手放在炭火上取暖的外婆說著。

「我才正要問妳，晚飯時的雞蛋哪來的。」坐在外婆對面，手也放在炭火上取暖的外公說。

「我實在想不出，這附近有誰有養那麼多雞，賣雞蛋的。」外婆邊說邊在火盆上摩擦著雙手。

「會不會是？」外公對外婆挑著眉睜大了眼，他轉頭看了一眼蹲在雞籠旁的玉環。

外婆搖了搖頭，「不可能，戰爭都過那麼久了。不可能，如果會回來，早就回來了。」

「說的也是。那會是誰呢？」外公說著低下了頭，看著盆上的火。

☙

過年的時後，外婆準備好多玉環愛吃的米糕、粿及一些食物要來祭祖。

「婆，好香哦！」站在廚房灶邊的玉環，滿臉期待地看著竹蒸籠裡剛蒸好的米糕。

外婆拿出了一小塊米糕放在碗裡，然後放在玉環前，「等一下涼一點再吃。」她叮嚀著。

「嗯。」玉環點點頭，口水流了滿嘴地接過了外婆的碗。

這時傳來正在大廳門口貼門聯，掛燈籠的外公叫聲：「小玉，來幫外公看看，這門聯有沒有貼正。」

「好！」玉環應著便拿著裝著米糕的碗，立刻從廚房跑出來。站在外公旁，她仔細看了看門上的春聯後說：「公，右邊再高一點。」

看著紅色的春聯，把原本灰色的屋子，變得有顏色起來，就好似女人畫口紅一樣的亮麗。玉環開心地說：「可以了。」她注意到大門口屋簷下，掛了一個畫著非常美麗的七彩鳥的紅色燈籠。她讚嘆的說：「公，那燈籠真漂亮！還有彩色的鳥在上面。」她雙眼盯著燈籠上的七彩鳥。

外公看著燈籠微笑著，「嗯，那是鳳凰。妳外婆最喜歡的鳥。」

「我也喜歡，真美！」玉環嘴角上揚微笑地看著鳳凰，幻想著祂在空中飛的樣子。

外公抬頭看了一眼灰色的天空，期盼地說：「希望不要下雨哦！」

玉環抬起了頭往霧霧的天空看去，「對啊，每次過年都下雨。」她說著舉起了雙手合十在胸前，朝著天空鞠著躬說：「老天爺啊！幫幫忙！拜託這次不要下雨，好嗎？」

外公微笑著，「妳那麼真誠，天上的神一定聽得到的。」他說著也把雙手合十向天祈求著：「老天爺，請祢幫幫忙，少下點雨吧！已經夠冷了。」

「阿木，來幫我搬一下蒸籠。」外婆在廚房叫著。

「來了，阿蜜。」外公應著便立刻往廚房快步走去。

晚飯過後，玉環坐在客廳的木頭桌旁的板凳上，寫著寒假作業。她一想到明天就有雞腿可以吃，就好開心。

「不要寫太久，快沒柴油了。」站在玉環旁的外婆，邊檢查著桌上的柴油燈邊說著。

玉環微笑地點著頭，「好，我快寫完了。」

「等一下記得，把柴油燈熄滅哦。」外婆說著伸了個懶腰，「婆先進去睡了，明天可有得忙了。」

「婆，我會的，不用擔心。而且，明天我也會幫您的。」玉環說著便收起了作業簿，「婆，我去看一下火盆上的竹炭火，是不是都熄了。」

「好。」外婆點著頭。看著懂事的玉環，她感到欣慰地笑著走進了房間。

玉環走到火盆旁，看著已經熄了火的火盆裡的灰都滿了。她拿著火盆走到門外的紅花樹旁，正在要倒炭灰的時候，一個女人走到了大門口。「媽媽？」她吃驚的張大了眼，對著女人的背影叫著。

女人聽到了玉環的聲音，便馬上跑開。

玉環放下了手中的火盆追了過去，可是就只有黑黑的夜和呼呼的冷風。

那是媽媽嗎？玉環邊想邊走回大廳門時，看到了大門口前的紙袋。她拿起紙袋打開一看，蛋！原來就是她給我們的。那她一定是媽媽！她激動地跑進房間內叫著：「婆，您看。」她把紙袋拿給正坐在鏡子前梳頭的外婆看。

外婆驚訝地張大了眼問：「妳到哪裡拿的？」

「是媽媽！我剛剛看到她在大門口。」玉環眼眶含著淚。

外婆的眉頭緊促著，「小玉，妳確定？不可能啊！」她說著站了起來往大門走去。

跟在外婆後面的玉環，忍住淚水說：「我不能百分百確定。可是那女人真的跟媽媽很像，有很長的黑頭髮。」她們走到了大門口。

站在大門口，冷風吹著外婆的臉。她左右查看著，「那女人往哪個方向去了？」

「婆，下面那邊，往沿海的那條路。」玉環手指著前方的小路。

外婆往沿海的那條路看了一下，她吐了口氣後說：「好了，我們先進房去。不要吵到妳外公了。」她關上了門。

自從搬來這漁村後，外公就自己一個人睡在大廳後的小房間。因為他有時晚上要去捕魚，怕回來太晚吵醒了在睡覺的玉環及外婆，而且玉環也漸漸長大了，所以他把大床給她們祖女倆睡。

躺在床上的玉環，一直想著剛才的女人。她左躺右躺的，一直無法入睡。

「睡不著啊？」外婆問著，其實她自己也睡不著。「來，躺在婆的臂窩上。」她邊說邊把手放在玉環的頭下。

玉環轉過身，「婆，有可能是我媽嗎？」她雙眼期待地看著外婆。

外婆搖著頭，「不可能。如果是妳媽，她應該很開心看到妳，不會躲妳的。」她嘴上雖這麼說，但心中仍是懷疑著。

玉環點點頭，「也對。媽媽會馬上把我抱住，才不會跑開。」她摸著額頭邊想邊說：「那，那個女人是誰啊？」

外婆把玉環在額頭上的手拿下說：「先不要想那麼多吧，先睡吧。明天再說。」只見玉環那一雙大丹鳳眼，炯炯有神地看著外婆。

「還不想睡啊？眼睛睜那麼大。」外婆笑著摸了摸玉環的鼻子。

玉環抱緊了外婆撒起了嬌：「婆，您唱歌給我聽。」

外婆輕輕地搖了搖頭笑著，「好。」她哼著歌，輕輕地拍著玉環的手臂，心想玉環看到的女人，不可能是小涵啊！她如果還活著，應該會馬上來找我們的。難道是？……

第五章

神秘人

除夕一大早。

阿木聽著門外滴滴嗒嗒的水聲，他打開了門，「怎麼又下雨了！」他自言自語地搖了搖頭。當他低下頭時，發現了掉在門口地上的燈籠。他一隻手撐在膝蓋上，彎腰撿起了燈籠，左右檢查著，「奇怪……這燈籠怎麼在地上，還沒被淋濕？」他皺著眉頭看著完好如初的燈籠。

「又下雨啦？這裡每次過年總是濕瘩瘩的。」阿蜜說著走到了門口。她看著阿木手上的燈籠，「怎麼？被風吹到地上了？耶……真稀奇，還都沒被淋濕。」

「不可能。我用鐵繩綁著，風吹不下來的。」阿木邊說邊走到桌旁。正當他把燈籠放在桌上時，看到了桌上紙袋裡的蛋，「耶……怎麼又有蛋？」他驚訝地往阿蜜看去。

「我正要告訴你。」阿蜜說著走了過來，「玉環說，她昨晚看見了她媽媽。是她把蛋放在門口的。」

阿木瞪大了眼睛，「真的嗎？我們小涵沒死！真的嗎？」他不敢相信地說著，頓時喜悅的淚水浸溼了他的雙眼。

「阿木，我不覺得是小涵。」阿蜜搖搖頭。她雙手交叉在胸前繼續說：「她沒有理由，這樣偷偷摸摸地送雞蛋來。她還在的話，早就回來跟我們團圓，來找玉環了。」

阿木的雙手抓住了桌邊，表情有些激動地看著阿蜜，「那，那玉環怎麼會說是她媽媽？」

「因為，那個女人也有很長的頭髮。」阿蜜回著忽然睜大了眼睛，好似發現什麼的看著阿木。

阿木皺起了額頭懷疑地看著她，「難道是？……」

阿蜜看著在桌上完好，沒被雨打溼，也沒被地上的泥土弄髒的燈籠。「我在想，一定是的。而且，也有可能是她把燈籠放在門口的。」她猜測著，但眼神裡多了幾分肯定。

阿木看了一眼燈籠後說：「也有可能。」他輕嘆了口氣，「可是已經好幾年了，她怎麼會現在出現呢？我以為她去了那裡，就不可能回來了。」

阿蜜想起了戰亂時的一切。「阿木，她有可能是感到愧疚。在戰亂中，就這樣子走了。」她說著搖了搖頭。

看著紙袋裡的蛋，阿木紅了眼眶，「如果她能回來，我死也瞑目了。她從小個性就那麼剛硬。」他用著手背擦著眼角的淚水。

阿蜜舉起了手在他前面大力揮著，「呸！呸！呸！大過年的，說什麼？」她瞪了一眼阿木，輕嘆了口氣，「好了，都是我們自己在猜。如果她要出現，自然會出現。我要趕快去準備今天祭祖的東西了。」她說著就往廚房走去。

「也是。」阿木長嘆了一口氣，走到祖宗牌位前，雙手合掌祈求著。

ᗢ

吃年夜飯的傍晚，玉環發現籠子裡的小雞少了一隻。

「婆，籠子裡的小雞少了一隻。」蹲在雞籠旁的玉環，叫著在大廳裡準備祭祖上香的外婆。

外婆放下手上的香，跑去籠子旁數著：「1，2，3，4 還真少了一隻。」她皺了一下眉頭，然後摸著玉環的背，「我們先上香，再去找。」她說著便對著窗戶大聲叫著在外面的外公，「阿木！快進來燒香了。」

此時穿著粗麻做的、可擋雨的蓑衣的外公，正在巡視著菜園裡的菜。「哦……好！」他應著便走回門口，脫了蓑衣掛在屋簷邊，走進了大廳。「天氣冷，這些菜都快不行了。」他邊說邊把手上剛拔的一些有被凍到的青菜給外婆看。

「沒關係，湊合湊合吃。」外婆說著便往玉環看去，「小玉，到廚房拿個盆子來裝菜。」

「嗯。」玉環應著便很快地到廚房拿起了一個盆子。

就在這時，一隻野貓正努力地要搬開灶上蒸籠的蓋子。

「嘿！你下來！」玉環邊叫邊揮著手上的盆子，作勢要往野貓要打去。而野貓兇狠的雙眼，直直地盯著玉環，牠大叫了幾聲：「喵……喵……」

「我不怕你，你給我下來！」玉環邊叫邊假裝伸出手要去抓牠。

野貓也伸出一隻腳爪，朝著玉環抓過來。

「你這麼兇啊！再不下來，我用木頭丟你哦。」玉環放下了手上的盆子，撿起灶旁的木材，作勢要往野貓丟去。

這時的野貓兩腳站在灶爐上，另兩隻腳爪好像手一樣，往玉環方向抓著。

「好，你不下來，我丟了。」玉環說著便把木材往野貓丟去，而野貓也不甘示弱往玉環身上跳來。

「啊！！」玉環尖叫了一聲，雙手擋在臉上。

突然間，野貓動也不動地停在空中。

「耶！牠怎麼停在空中？」透過指縫，玉環震驚地看著停在空中的野貓。她放下了雙手。

「小玉！怎麼了？」急忙跟外婆跑到廚房的外公叫著。

而這時的貓，從空中掉了下來。牠好似害怕的，快速地跑開了。

「婆，那貓……」玉環張大了眼，手指著跑出廚房的貓。

外婆走過來，抱著玉環的肩膀問：「妳不怕貓的，怎麼會被嚇到？」

「是啊。就一隻野貓，沒什麼好害怕的。」外公笑著。

「不，我不怕貓。是剛才這隻貓要跳來攻擊我的時候，我才叫的。」玉環解釋著皺起了眉頭，「可是好奇怪，牠居然停在空中，不動耶！」她邊說邊想那隻野貓，是真的不動，還是她自己真的被嚇到了？

外公看了一眼外婆。

外婆拉起了玉環的手，「小玉，妳可能被嚇到了，貓不可能停在空中的。」她笑了笑，「走，我們快去燒香。時辰都快過了。」他們往大廳走去。

玉環邊走邊點頭，「可能是。但那隻貓有夠兇的！下次不要再讓我看見，我一定要牠好看。」她生氣地握起了拳頭。

外公外婆笑了笑，他們走到了大廳。

外公燒了六柱香，各分兩柱給外婆和玉環。他們拿著香，對著小神桌上的祖宗牌位拜著。玉環突然想到，小貓會不會去抓小雞？「婆，我趕快去找小雞，免得被野貓抓走了。」她說著便把香交給外婆，立刻拿起門口的傘跑了出去。

「這小孩個性真急。」外婆說著便把香插在祖宗牌位前的小香爐。

「妳們家的女兒，不都一樣。」外公笑著也走到門口，穿上了蓑衣，「我也去幫忙找，希望不是被那些野貓吃了。」他往菜園走去。

外婆看了一眼外面正在下的雨及牆上的鐘，「我也趕快要去準備晚餐了。」她自言自語的走到了竹籠邊。她檢查著籠子和籠裡的小雞，才發現有一處的竹子斷了。她趕快拿了一個舊的麻織袋，把破洞堵起來。「還好！要不然等下全跑光了。」她鬆了一口氣。

到了傍晚，雨還是下不停。他們全家三人，坐在大廳的桌邊。桌上有著雞、餃子、魚湯、青菜，還有海菜煎餅及豆腐。

這跟他們一般晚上吃的魚乾和青菜比，實在是非常地豐盛。他們開心地吃著過年的大餐。

「小玉，來，這隻雞腿給妳。」外公邊說邊把雞腿放在玉環的碗裡。

興奮的玉環，口水流滿了整嘴。她記得上次吃雞腿，是大戰之前，她才六歲。是她爸媽為了慶祝她的生日特別去買的。她滿足的一手拿著雞腿，另一手又拿著水餃吃著，吃得她整張嘴都油油的。「好好吃哦！！」她開心地邊吃邊說著。

「吃慢點。」外婆說著盛了碗湯給玉環，「來，喝點湯。」

玉環拿起碗來就喝著。

「耶，用湯匙。」外婆說。

「我的手都滿了啦。」玉環滿臉笑容地看著右手上的雞腿和左手上的湯碗。

外公外婆輕輕的搖了搖頭笑著。

忽然間，玉環的肚子感到一陣疼痛。她皺著額頭，放下了手中的雞腿，摸著肚子，「婆，我先去上廁所一下。」她說完，傘也沒拿就往外面衝去。

外婆輕嘆了一聲，「哎，可能是一下子吃太多，太油了。」

「對啊。可憐，一年才能吃一次這樣的飯。怪不得她的肚子會不能適應。」外公說著便把玉環的碗盛滿了食物。

「你這樣，是要她吃到撐了是吧？」外婆笑著。

「我希望我可以每天讓她吃到撐。」外公的語氣儘是關愛。他起了身到他房裡拿出兩個大紙袋，「這個給妳，這個給玉環。」他把袋子給放到外婆手上。

外婆看了一眼玉環袋子裡的東西，她對外公點頭笑著。然後她打開了她的袋子，看見了一件翠綠色的棉襖，她的心裡感動著。「阿木，幹嘛花錢啦。不用買我的，存起來給玉環讀書啦。」她不好意思地說。

「來，穿穿看。」外公說著拿出了袋子裡的棉襖幫外婆穿上，「真好看！妳看，多適合妳，尺寸剛好。」他滿意地笑著。

外婆握著外公的手感激的說：「謝謝你，阿木。」

而這時，在廁所旁的水缸洗完手，正往大廳跑回的玉環，被一個女人攔住。「妹妹，這是妳家的小雞嗎？」女人手裡捧著不見的黃色小雞問著。

玉環看了一眼女人，微笑地點著頭，「是的，阿姨。謝謝您！」她接起了女人手上的小雞。看著女人的長髮和她那臉上的笑容，剎那間，她突然覺得這女人好眼熟。她想到了昨晚的女人。

「阿姨，妳昨天晚上有來我家，對不對？那雞蛋是您給我們的，對不對？」玉環好奇地問。

女人微笑地點點頭。

說也奇怪，明明在下雨，為什麼站在她旁邊卻都沒有雨？玉環納悶著。

「阿姨，謝謝您。」玉環雙手合十胸前鞠躬著，然後好奇地看著女人問：「但是，您為什麼要對我們這麼好？」她愈看愈覺得自己一定見過這個女人。是不是因為，她跟媽媽長得還滿像的關係？

「能幫助別人，是一件快樂的事。妳快進去吧，妳外公外婆在等妳吃年夜飯。」女人說著便轉頭快步走開了。

「阿姨！阿姨！您一起來吃嗎？」玉環叫著。

外公走到門口，揮手叫著：「小玉，妳怎麼站在外面淋雨啊？妳跟誰說話啊？」

玉環跑進了屋子，雙手捧著黃色小雞說：「是昨晚那個女人。她發現我們的小雞。」

外婆立刻站了起來，表情有些激動地問：「妳確定？妳怎麼沒有趕快叫我們？」

「我要留住她，可是她跑得好快，一下子就不見了。」玉環邊說邊想，那女人怎麼走得跟飛得一樣快。

「好吧，吃飯吧。」外公說著便在圓木桌旁坐了下來。

玉環看著她碗中滿滿的食物，便馬上忘了剛才女人的事了。「哇！好香哦」她坐下來開心地吃著。

「小玉，吃慢點，免得肚子又要痛了。」外婆叮嚀著大口吃著海菜煎餅的玉環。

「嗯！」玉環點著頭邊吃邊笑著。

外婆把紙袋放在玉環旁邊說：「來，這是外公給妳的。」

「禮物哦？」玉環充滿期待地打開了紙袋，拿出了一件有很多小蝴蝶圖樣的粉紅色棉襖，「哇！好漂亮的棉襖。」她驚喜不已地笑著。

「來，穿上。外公看看合不合。」外公微笑地說。

「嗯。」玉環點點頭，穿上了棉襖。她邊看邊摸著那又軟又暖的棉布，「好溫暖哦！」她開心又滿足地笑著。

看著棉襖的袖子都蓋到玉環的手，外公抿了抿嘴皺著眉頭說：「好像有點大。」

「沒關係，她現在長得快。大一點還可以穿到明年。」外婆說。

看著開心的玉環，外公外婆也笑了。

玉環抱住了坐在長板凳上的外公，感激的說：「公，謝謝您。」

外公摸摸玉環的頭微笑著，「不客氣。」

玉環放下抱著外公的手，有點擔心地問著他：「一定花了您很多錢。」

「喜歡就好，喜歡就好。」外公微笑地點點頭。他摸了摸玉環的臉，「明天可以穿這件新衣，去給叔公們拜年了。」

玉環點著頭，表情很認真地看著外公外婆說：「好！公，婆，我一定會用功讀書。等我長大，我會給您們買最好的衣服，最大的房子。」

「好！好！那我們等住妳的大房子哦！」外婆笑著。

這時的外公，皺起了臉，手摸著膝蓋。

「又痛啦？我去作熱薑給你敷。」外婆說著就站了起來。

「沒事，沒事。」外公一手揮著，「妳吃飯。應該是一直下雨，太濕了。」他輕輕地皺著額頭。

「公，我來幫您生盆炭火。」玉環說著脫下了棉襖放在木板凳上。她端起了角落邊的火盆，快步走到灶旁，拿起竹筐中的竹炭，放進灶爐裡燒了一盆炭火。她小心地端著火盆到大廳，放在外公的腳旁，「這樣比較溫暖，您會比較舒服。」她說著便蹲在外公腳旁顧著火。

不一會，外公的臉放鬆了。

「真的比較舒服了。」外公微笑著。

外婆好奇的問：「小玉，妳怎麼知道，這樣可以幫妳外公的風濕啊？」

「學校有說，沿海的人，因為氣候濕冷的關係，很多人都有風濕的問題。如果家裡保持乾爽，對這種病會有幫助。」玉環解釋著。「我就想，生火可以讓屋內乾燥點。而且溫暖的地方，也比較舒服。我一冷，也全身難受。」她微笑著。

「妳看，我們孫女去讀書是對的。可以幫外公了。搞不好，長大可以去當個護士。」外公開心說著。

「醫生更好！」外婆睜大了眼睛笑著，「不止幫你，還可以幫更多人。」

玉環站了起來很有自信的說：「對，當醫生。」

他們三人都開心地笑著。

睡到半夜的阿木，肚子突然疼了起來。

「哎……我這個命哦，就是不能吃得太好。」他自言自語地往外面的廁所走去。當他上完廁所要走回屋時，不小心踩到地上的青苔。他的腳一滑，整個人重心不穩，一雙膝蓋往地上重重跪去。「哎約！！」他叫了一聲，兩隻膝蓋劇烈疼痛著。他忍著痛，雙手撐著地，努力地要站起來，可是卻沒有辦法站直。他試了幾次，終於快爬起來，卻又跪下去。這次更痛，他想怎麼辦？還是爬回屋裡好了。突然間，一雙手從背後抱起了他。他回頭一看，「小青！真的是妳！」他瞪大了雙眼。

第六章

小青

在大廳的阿木跟阿蜜看著跪在地上的小青。

「妳快起來！妳這樣幹嘛！」阿蜜邊說邊伸出手要把小青拉起。

小青低著頭哽咽地說：「阿姨，我回來晚了，您們受苦了。」

阿木走了過來和阿蜜一起，邊扶起小青邊說：「說這個做什麼，都過去了，快起來！」

小青站了起來，含著淚她說：「姨丈，阿姨，謝謝您們原諒我。」

阿蜜握住了小青的手，「小青，來，坐下來。告訴我們，妳去哪了。」她慈藹地說。

他們三人一起在木製長板凳上坐了下來，小青則坐在阿木和阿蜜倆中間。

小青深吸了一口氣後說：「我去了月亮。」看著驚訝的阿木和阿蜜，她一手一邊的握著他們的手繼續地說：「我並不知道月亮上的一天，是這裡的一個月。我在那裡一個星期後才知道。我趕回來時，您們就已經搬離了原來的村子。」

「哦，所以妳是到今年，才知道我們住在這裡？」阿木問著。

「是的。」滿臉愧疚的小青點著頭。「在我回到原來您們住的村子時，有人告訴我，您們住的那一區的人都被炸死了。我回到家一看，房子幾乎都不見了。所以，我以為您們真的走了。我當時好難過，我唯一的親人們也離開我了。地球上已經沒什麼值得我留下，所以我又回去月亮上。可能是食用了那些月亮上植物和喝了月亮上的水，我的能力變多，也變強了。有天，我在打坐時，居然聽見玉環的聲音，然後阿姨的聲音。於是，我往著聲音找，就在今年找到您們了。」小青說著掉下了眼淚，「我當初真的以為您們死了。」她抱住了阿蜜哭著。

「小青……」阿蜜摸著小青的頭，眼中含著淚。

「回來就好了。」阿木輕輕地拍了拍小青的背。

小青放開了抱著阿蜜的手，回過頭看著阿木，邊哭邊笑地跟他點著頭，「嗯」。

「不過，為什麼妳不問月婆我們在哪？她一定知道我們的去向。」阿蜜輕輕地摸著小青的手臂。

小青手擦了擦臉上的淚，轉頭回著阿蜜：「月婆只有在我們需要幫忙時，才會出現。」

「這樣哦。」阿蜜感到有些驚訝著。

「不過，在我第三次回到月亮上時，她有來開導我。我問她，為什麼在我第二次回到月亮上時，以為您們都過世的時候，為什麼不來告訴我，其實您們還活著？為什麼讓我痛苦那麼久？」小青說著吐了口氣，「為了這件事，我真的也一度想要永久離開月亮。但是，月婆知道我的個性是如此剛硬。她說，沒有人可以改變我的想法，只有深深地體會到痛苦，我才有辦法覺悟。當時的我，如果知道您們都沒事，可能我也就不會回來了。」她想起了戰爭時的殺戮情況，「因為我對人類的貪婪及在追逐權力下，對人們及地球所造成的傷害，讓我根本不想留在地球幫助他們。」

阿蜜嘆了口氣，「是啊，妳從小就黑白分明，正義心那麼重。」

阿木握住了小青的手，小青轉過頭看著他。阿木眼神堅定地看著她說：「這一切都不是妳的錯，不要攬在身上。」

小青輕輕地點了下頭。「在月亮上的時間，月婆看我心中老是充滿著怨氣和不平，她叫我必須靜心，到心裡最深處問自己，到底是在氣什麼？真的是戰爭？真的只是人類的貪婪行為嗎？」她說著站了起來，面對著她的姨丈及阿姨，「於是我每天花很長時間靜坐，好好的省視著自己。才發現，除了我很恨那些貪婪，爭權奪利引起戰爭的人。其實我也在氣自己，沒有辦法救那些在戰火下受苦的人們。」她皺著眉頭雙手緊握著。

阿蜜伸手握住了小青緊握的雙手，「小青，我們是人啊。不要這樣為難自己。」她很疼惜地看著她。

阿木站了起來，摸著小青的手臂，「是啊。妳有超能力，但是也是血肉之軀啊。」他不捨地說。

小青點點頭，「我知道，您們不要擔心。」她微笑著。

「很好。」阿蜜點著頭輕拍著小青的手，她也微笑著。

「那就好。」阿木放心地坐了下來。

「我就是領悟到，自己也是跟別人一樣，有愛恨情仇，七情六慾。所以才查覺到世界上每一件事，並不是只有黑跟白，事情不是單純的只有對與錯。」小青堅定的雙眼看著她的姨丈及阿姨，「很多時候，人們會為了自己所愛的人，去犧牲自己。但有時，也會不小心傷害到別人。因為有些人根本不知道，或不認為他們的行為是傷害人的。戰爭雖是一種爭權奪利的行為。可是，有時為了要救被困住、被折磨的人，就不得不動武力。」她嘆了口氣。

阿木和阿蜜無奈地搖搖頭。

小青繼續的說：「我現在已經慢慢地更了解人性。不管好與不好的方式，都是為了要生存。唯一差別就是動機。生存的動機是什麼？生命的珍貴，不在於長短，或是能有什麼好的物質生活。而是，我們如何能夠讓在你身旁的人微笑。也只有以愛為出發點，幫助、服務別人，活著才會有意義，才會快樂，心裡才可以有平安。」

阿蜜跟阿木互看了一眼，微笑地點著頭。

「小青，說得真對！」阿木說著豎起了大拇指，很為他外甥女感到驕傲。「雖然這些領悟，要經過很多痛苦才能換來。妳去月亮是對的。妳所覺悟到的，是很多人一輩子都學不到的。」

阿蜜握住了小青的手輕輕拍著，「所以，月婆應該都已經知道，留在月亮上對妳是好的。」她微笑著。

「想到當時，我還為了您們的事，跟她發脾氣。哎……我真的太自已為是了。明明是我自己離開您們的，但卻要把過錯怪在別人身上。」小青不好意思地笑著。

阿蜜站了起來，摟著小青的肩膀微笑著，「不經一事，不長一智。最重要的是妳學到了寶貴的一課。」她輕輕地拍了拍小青的手臂。

阿木也站了起來，「更重要的是，我的小青回來了。」他滿臉笑容地說著，伸出手摸著小青的臉，就像當年五歲的小青，頭一次到他家住的時候。

多年前，阿木和他弟阿河，同時各愛上，娶了阿蜜和阿綠兩姐妹。

在小青四歲時，她所住的村莊被黑死病攻擊著。而她的父母親也感染到了黑死病。她父親很快就過世了，留下小青和她的母親阿綠。雖然阿綠有月亮人的血統，可是一年後，她也不敵病魔的攻擊過世了。從此之後，小青就住到阿木和阿蜜的家，跟著大她一歲的小涵一起長大。因為從小就沒有父母，造成她的個性比較壓抑，不善表達，也不喜歡和人來往。所以一直到長大，她就只有小涵一個朋友。小涵嫁給阿金後，她也就搬離開家，到外地工作了。因此她只見過玉環幾次。但是每次見到玉環，她都會花很多時間跟玉環玩，她也非常喜愛玉環。

☙

看著小青頭上的髮簪，阿蜜放下了摟著她的手，她摸了摸髮簪微笑地說：「很好，妳一直戴著。」

「阿姨，姨丈，我也見到髮簪仙女了。」小青對著坐在客廳長板凳上的阿蜜和阿木說著。

他們驚訝地張大了眼睛。

「是在月亮上嗎？」阿蜜問著。

小青搖著頭，「不，是在戰爭的時候。」

「戰爭！」阿蜜感到訝異地看著她。

「當我知道，小涵因為要救阿金而喪失了生命時，我更是痛恨戰爭。我整個人變得很憤世嫉俗。有一個晚上，我做了一個夢，是髮簪仙女來指引我回月亮上去，她要我到那裡去靜心。」小青說著舉起了手摸著頭上的髮簪，「也是她救了我。」

「這個髮簪，是月婆送妳媽媽的。」阿蜜邊說邊想起她妹妹阿綠，第一次見到髮簪仙女時興奮的樣子。「她在世的時候，一直帶著。我相信，妳媽媽一定是請髮簪仙女看顧著妳的。」她微笑著。

小青隱約記得媽媽頭上戴著髮簪漂亮的樣子。

「那這陣子，妳都住哪？」阿木關心地問。

「我哪裡都可以住。大部分都睡在涼亭裡。」小青回著。

「孩子，冬天雨多，又這麼冷，妳怎麼可以睡在涼亭裡？」阿蜜心疼地看著她。

小青雙手握住了阿蜜的手，「我去了月亮後，身體變得非常好。不怕冷，也不怕熱，而且多了一些能力。」她微笑著，「不管我在哪裡，雨都淋不到我。而且不管多遠，我都可以聽到，我愛的人心裡的聲音。只要我的意念要到哪，我便馬上到哪。」

阿木滿臉驚訝地看著她，「哇！這麼厲害！怪不得，妳剛剛會即時出現幫了我。」他感到不可思議地搖頭笑著。

小青摸摸耳邊的長髮，不好意思地說：「在月亮上的人，都有這些能力。我也是回來地球之後，才知道我也有。」

阿木輕拍著阿蜜的手臂，挑著一邊眉毛問：「老伴，我怎麼都沒有看過妳會這些啊？」

阿蜜睜大了眼瞪著他，「怎麼？要我變魔術給你看嗎？」

小青在一旁笑著。

阿木也笑著。「妳阿姨，有我跟她抬槓，日子過得比較快樂。」他說著伸手摟住了阿蜜的肩膀，挑動著雙眉笑著，「對不對啊，老伴？」

阿蜜翻了個白眼，「都幾歲，還是跟小孩一樣！」她邊說邊笑。

小青想起小時候，阿木跟阿蜜也常常這樣有趣的拌著嘴。「阿姨，妳跟姨丈都沒有變，感情還是那麼好。」她感到很溫暖地笑著。

「是啊，愈吵愈好啦！」阿蜜說著舉起了手，大力地打了一下阿木在她肩上的手。

「哎呀！會疼啊……」阿木皺著眉放下了抱著阿蜜的手，「這麼有力，我就知道妳一定都藏一手。」他甩著手，皺著一邊的臉，假裝一副很疼地樣子。

阿蜜手插在腰上，翻了個白眼說：「大男人的，怎麼打一下就不行了？」

「真的疼啊！」阿木說著便把手伸在她前面，「妳看，手都紅了。」

看著阿木發紅的手，阿蜜才想到他的風濕。「真的很痛嗎？」她有些擔心地問。

看著阿蜜擔心的樣子，阿木握住了她的手笑著，「不痛。打是情，罵是愛啊。」

阿蜜伸出手又準備要朝他打去，但馬上停了下來。她輕拍了一下他的肩膀說：「糟老頭。這麼老了，還在外甥女前講這種話。害不害臊啊，你？」她皺著眉。

「就是在自家人面前，才沒有關係。」阿木說著轉頭對著小青笑著，「妳說對不對啊？小青。」

小青邊笑邊點著頭，「對，對，對。」

「妳看！我們外甥女說對哦。」阿木朝著阿蜜嘟起了嘴。

阿蜜搖搖頭無奈地笑了笑。

噹……噹……噹……這時牆上的時鐘敲了三下。

阿木看了一下時鐘，便走到小青旁，摸著她的手臂說：「天也快亮了，妳去姨丈房間休息吧。」

「那您呢？姨丈。」小青關心地問。

阿木揮著手，「我年紀大，不需要那麼多睡眠了。」他笑了笑。

「對啊，我們年紀都大了。」阿蜜搖搖頭笑著。

「您們年紀不大。」小青說著一手一邊，緊緊地抱住了阿木跟阿蜜，「在我心中，您們還是那兩位，把我抱高高，逗我笑的年輕姨丈和阿姨。」

阿木跟阿蜜頓時紅起了眼眶，他們微笑著。

新年一大早，玉環開心地穿上新的粉紅色棉襖，在鏡子前照著。

「放鞭砲了！！」阿木在門外叫著。

玉環嗚上了耳朵，跑到大廳。

碰！！碰！！碰！！鞭砲劈哩啪啦的響著。

雖然聽起來有點像戰爭時的炸彈聲，但是玉環不怕，因為她知道，這是慶祝用的聲音。她聞著鞭砲的味道。從去年開始，她告訴自己，這個味道是美好的，這個聲音是好日子的開始。

阿木走到客廳，他摸摸玉環的頭問：「小玉，不怕鞭砲聲了嗎？」

玉環搖搖頭，一雙大單鳳眼很肯定的看著她外公。

「好！好棒。」阿木豎起大姆指笑著。

這時從廚房裡端著一鍋稀飯的小青，跟拿著一盤煎蛋和一碗豆腐乳的阿蜜走到大廳。

「阿姨……」玉環皺著額頭驚訝地看著小青。「妳怎麼會在這裡？」

小青把稀飯放在桌上 ，微笑的看著一臉好奇的玉環。

阿蜜笑著，「因為她是妳阿姨啊！」她把手中的菜放在桌上後，便牽起站在她身旁的玉環和小青的手。她把她們倆人的手放在一起，然後對著玉環說：「這是妳的親姨。是我妹妹的女兒小青。妳小時候，跟她玩過好幾次，不記得了哦？」

「我想小玉不記得的。我最後一次見她，她還不到五歲，還那麼小。」小青微笑的說。

玉環上下端詳了一下小青，然後一臉認真的說：「我記得妳的樣子，但是不記得妳是誰。」

「小青阿姨現在回來跟我們團圓了。她可是很聰明，也讀很多書哦。以後她可以教妳功課了。」阿木說著微笑地看了小青一眼。

小青微笑著。但一想到，如果現在告訴他們，她不能久留，他們一定會很難過。她的心沉了一下。她決定先把這件事放在心裡。

「真的嗎？那太好了！」玉環興奮地握住了小青的雙手，「小青阿姨，歡迎妳回家。」她開心地笑著。

頓時，眼淚充滿著小青的眼眶。她彎下了腰，抱住了玉環，「謝謝妳，小玉。」她哽咽的聲音裡充滿著感動。

就這樣，玉環跟著小青每天打坐靜心。小青也把玉環當成女兒一樣的疼愛著，且教她很多天文地理的知識。他們全家人開心地生活在一起。

第七章

女媧的小孩

隔年的中秋節，在月婆來看玉環後，阿蜜知道她們是月亮來的女兒的事，已經是藏不住的事實。在和小青商量後，她決定告訴玉環她們是月亮人和她們有的責任及特殊能力。

「小玉，婆有一件事要告訴妳，是關於我們的故事。」阿蜜對著坐在房間小桌旁十一歲的玉環說著。

玉環可以看出外婆心中的些許緊張，她輕輕笑著，「婆，是不是有關月婆的事？」

阿蜜點著頭，「是的，小玉。月婆真的是我們的祖先。」

玉環開心地拍著手，「我就知道我的夢是真的！！」她興奮地看著阿蜜和坐在一旁的小青。

小青微笑地對玉環點了點頭，然後對著阿蜜說：「阿姨，我去大廳門口守著，免得有人來。」

阿蜜點著頭，小青走出了房門。

阿蜜握住了玉環的手，一臉慎重的說：「小玉，之所以妳可以聽到別人心裡的想法，還有學習能力比一般人都快，是因為我們是月亮來的人。」

「我就知道我們跟別人不一樣。」玉環微笑著。

阿蜜接著說：「在人類還沒有誕生在地球之前，地球上就住著很多的石獸。大的比高山還高，小的比妳還小。牠們是由地球上最古老的石頭，經過幾億萬年，吸收這宙的能量及大地的養分，變成會吃會動的石獸。」

「會吃會動的石頭？」玉環驚訝萬分地看著阿蜜。

阿蜜點著頭，「是的。這些石獸，因為沒有收到女媧給的一口氣，所以也就沒有我們和一般動物有的靈。牠們剛開始時，都是草食，只吃一些地上長的植物，或是樹上的果子，和平的和所有的生靈住在一起。」

「女媧？神話故事裡說的女媧？」玉環不敢相信地張大了眼。

「沒錯。」阿蜜點著頭，繼續說：「女媧其實是宇宙間一個大的生命能量。只要她的一口氣，就可以讓沒有生命的東西活起來。是她給予我們生命的源頭。也因為她的一口氣，我們的生命，才有靈知，心中才有愛，才懂得分辨是非善惡。」

「哦……」玉環慢慢地點著頭，她專心聽著。

「女媧看地球一片和氣，覺得需要更多的生靈，來創造及延續這美麗地球的生命。於是就依自己的樣子先創造了人，後來大小動物也慢慢地出現了。而我們的祖先，就是誕生在地球上的第一批人類。」阿蜜敘述著。

「所以，我們真的是女媧的小孩嗎？」玉環即好奇又期待地看著她。

阿蜜點著下巴，「可以說我們是她的小孩。因為沒有她給予的一口氣，我們都還只是泥土而已。」

玉環眼睛張大大的，不敢相信地看著阿蜜，「我們是泥土做的？」她掉著下巴。

阿蜜笑了笑說：「人體構成的成分，其實跟泥土是一樣的。當人沒有了一口氣的時候，化成灰燼時，就如塵土一般了。」

「原來如此哦……好特別哦！」玉環感到非常的不可思議。她低下了頭看著地上的灰塵，摸了摸自己的手臂，不敢相信地搖了搖頭。

「話說回石獸，」阿蜜繼續說著，玉環抬起了頭。「當牠們發現吃死掉的動物，可以給牠們更多的力氣時，牠們便開始撿著死掉的動物吃。可是因為牠們的肚子，永遠不知道飽。在愈吃愈多後，就迷上了肉及血的味道，於是就開始獵食這些動物。」她嘆了口氣，「而獵食的行為，讓牠們變得愈來愈殘忍、暴力。而且彼此間會因為搶食動物，開始互相攻擊。」她搖了搖頭，只見玉環眉頭緊促地看著她。「在很多動物都被牠們獵殺完後，牠們也開始要獵殺我們當時的祖先。還好，我們的祖先用機智，躲過牠們多次的獵捕。但是，因為長期要躲這些石獸，祖先們沒有辦法去找食物或種植。所以在缺乏食物下，很多人的身體就越來愈弱，沒有體力去逃開這些石獸的攻擊。」

玉環雙手緊握，專注地聽著。

「就在這天，我們剩下的二十幾個人，正在努力跑開石獸的追捕時……」

ଓ

「大家快跑啊！！」一位年輕男子叫著跟在他後面，驚慌發抖跑著的老老少少們。

「不行……我跑不動了。」一位老人努力地喘氣說著，兩腳便往地上跪去。他回頭看著從後面大步走來的石獸，已經不到五百公尺遠了。「你們逃命去吧！不要管我了。」老年人揮手叫著朝他跑來的年輕男子。

年輕男子跑過來扶起老人。他語氣堅決的說：「爺爺，我不會放下您的！」

年輕男子攙著老人，他們用力地跟著前面二十幾個人跑著。突然間，天空傳來一個女人的聲音：「你們去前面那座山的山洞躲著，不要出來。」

大家抬頭往天空看去。「是女媧！我們有救了！」大家歡呼著，快速地往女媧指的山洞跑去。

這時天上女媧的手，開始移動四周的山。而這些山開始團團地包圍住正在追捕人類的石獸。在所有人和一些小動物們都跑進山洞後，女媧的手射出一道光網，將整座山及附近幾座山包了起來。「你們不用擔心，這座山現在已經隱形了，石獸找不到你們了。」她對著山洞裡的人說。

「謝謝女媧救命之恩！！」大家雙手合十跪在地上，對天上的女媧磕頭敬拜著。

這時女媧的手，快速地移動著地球上所有的山，然後一一地將幾千隻，大大小小的石獸困住。她的雙手左右比著說：「風神，就是現在！」

忽然間，一陣無比狂大的暴風襲來，旋風式的繞著石獸們轉著。石獸們被巨大的龍捲風往天空捲去。所有的山也因暴風的吹襲，開始動了。整個地面，因為山的震動開始出現裂痕。少數沒被龍捲風捲到的石獸們，開始往地上的裂縫鑽去。女媧馬上用手轉動著地球。在山洞裡的人們東倒西歪的大叫著：「啊！！！！！」「好可怕！怎麼上下顛倒一直轉啊！！」

在地上大叫的石獸們，一個個瘋狂的要往地下鑽去。

「風神，祢用出全力了嗎？」女媧的大眼盯著站在空中的風神。

「當然還可以更大！」風神回著便張大了嘴，往地面上的石獸們吹出一陣強大的颶風。而此刻，除了跑到地下的石獸，所有地面上的石獸們，都被吹到天空的星星上去。而地面上的泥土、石子、花草樹木及所有東西，甚至河流及海裏的水都往天空飛去，好幾座山也被拋到遠遠的外空中。

「火神，換祢了！」女媧喊著從太陽中飛出，站在紅色大火輪上，手中拿著弓和火箭的火神。她手指著地面下的石獸。

站在空中的火神，往地面上的裂縫發射火箭。火開始在裂縫中猛烈燃燒，石獸們在地下淒聲哀嚎著，整個大地不停的震動著。火神繼續朝著地面上的裂縫射著火箭，直到地面不再震動，石獸的叫聲停止。

ꕥ

「所以，石獸都死了嗎？」玉環緊握著雙手迫切地問。

阿蜜搖著頭，「沒有。牠們有一些還在地下，所以才會有地震。」

「什麼？」玉環張大了眼，掉著下巴。

阿蜜拍拍玉環的手臂微笑著，「不用擔心，火神的火，把牠們困在地中心，牠們沒有那麼容易出來的。」

「那就好。」玉環鬆了一口氣。「婆，所以聽起來，那時的我們就跟一般人一樣，沒有特殊能力啊。那我們怎麼會有這些超能力？為什麼又會到月亮上的？」她那雙大丹鳳眼裡充滿著好奇。

「我們的祖先所待的那座山，連同附近也被隱形的幾座山，都被暴風吹到外空中，就變成現在我們晚上看到的月亮。」阿蜜回著。

玉環十分震驚的睜大了雙眼，「所以，月亮是來自地球！」

阿蜜點著頭，「是啊，我頭一次聽到時，也不敢相信。」

她搖頭笑了笑，接著說：「光網會隱形的功能，到了天上，因為有了強大的太陽神的光，長時間透過光網照到地面上，就被轉移到所有的動植物的身上。所有月亮上的動植物，也都開始發光而且會隱形了。這些發光的動植物跟山上的水，因為這特別的光，他們的能量也變強了。我們的祖先們，在飲用了這些植物跟水一段時間後，身體愈來來愈有力，幾乎都不再生病，而且身體老化得非常慢。後來，也因為在月亮上，過著平靜又無憂無慮的生活，讓我們的祖先們，有時間發展自己的潛力。很快的，各種特殊能力都出現了。」看著目不轉睛，盯著她看的玉環，她輕輕地笑了笑。「我們最老的祖先，就是妳夢中的月婆。她怕大家因為有特殊能力，而得意忘形，就規定每個人過著簡樸的農耕生活，且每日打坐來安定心靈。就這樣，每個人的能力就愈來愈強了。」

「原來如此……」玉環靠在桌上的雙手托著下巴，點著頭。

「有天，女媧發現我們祖先們的特殊能力，就安排我們月亮上的男人，留在月亮上，防守那些要從星星上逃出的石獸。有一些女人則回來保護地球，以免有天地底下的石獸跑出來。」

玉環聚精會神地聽著。

「而長期被太陽光照射的光網，變成了一個透明的玻璃牆，包圍著月亮。我們晚上看到的月光，是白天太陽光透過玻璃牆，而反射出來的。因為月亮離地球仍有好長一段距離，所以光線到達我們地球時，就已經是晚上了。因為晚上太陽神去休息了，沒有了太陽光，有些發光植物，他們身上的光也先暫時熄了。而仍在發光的植物們，他們的光就把月亮隱形了。所以那也是為什麼，我們看到月亮有不同的形狀。」

「哇！真是奇妙！」玉環驚嘆著。她好奇的雙眼睜大大地問著外婆：「婆，那我們月亮上的人會發光，會隱形嗎？」

「只要在月亮上的人都會發光，會隱形，而且頭上都有一圈光環。」阿蜜回著。

被月亮人的神奇能力震憾到的玉環，雙手緊握於胸前，搖頭驚呼著：「哇！太不可思議了……」

「確實是很不可思議。」阿蜜贊成地點著頭。她接著說：「我們第一批回來地球的女兒們也都有的。但是，因為我們和地球的人類結婚，已經上百代了，很多我們的特殊能力，都慢慢不見了。當然，再加上長期沒有食用月亮上的植物跟水，和接觸到光網的光，我們的能力，也就不像月亮上的人那麼強了。」

玉環感到困惑又好奇，她問：「那人類都到月亮上了，而且只有女生們回來地球，哪來的人跟她們結婚？而且，為什麼現在有只有少數人有特殊能力？」

阿蜜輕輕拍了拍玉環的肩膀笑著，「小玉，問得很好。婆忘記告訴妳，第二批的人類，在石獸消失在地球後的幾萬年後，才出現的。原本都已經乾枯的地球，整個生態在幾萬年中慢慢地恢復了。花草樹木又長滿了大地，河裡和海裡的水都回來了，水裏也充滿著魚蝦。女媧看著生意盎然，生命力這麼強的地球。她決定，要再一次把地球，創造成一個有愛有歡笑的地方，讓愛跟生命一直在這美麗的地球延續下去。於是她又造了一些人和動物。所以，現在才會有那麼多人和動物，住在地球上。」她微笑著。

「所以，只有跟我們月亮來的人結婚，生的小孩，才會遺傳到特殊能力，對嗎？」玉環好奇的問。

「對的。」阿蜜點頭微笑著。「這就是我們的故事。所以，妳可以接受？沒有其他的問題？」她有點擔心地看著坐在身旁的玉環。

玉環輕輕地搖著頭，一臉平靜地說：「婆，其實我很小就知道，自己和別人不一樣。」

阿蜜驚訝的看著如此沉穩懂事的玉環。

「除了我在學校的學習能力，比其他人快很多，我還可以聽到別人心裡的聲音，腦海裡的想法。」玉環說著微笑地對阿蜜眨了一眼，「就算婆說，那是我自己幻想的，不想讓我知道我有能力。」

阿蜜不好意思地笑著。

「加上，我可以跑的那麼快，都不累。而且，就算我很怕冷，其他同學或村子裡的小孩都一一的感冒，我也幾乎都沒有生病。我的體力一直都比別人好。所以，我心裡一直在想，我一定跟別人不一樣。我一直閱讀學校裡有關身體構造及健康的書，也一直問老師問題。所以……」玉環想到自己，因為想學習而被處罰，她生氣的嘟起了嘴。

「所以，那也是為什麼常被老師罰站，對嘛？」阿蜜嘴角往下壓，無奈地看著一副委曲又生氣的孫女。

「是啊！那些老師。」玉環翻了個白眼。她深吸了口氣後說：「算了，不提他們了。讀了那些書後，我才知道，原來有些人天生的體格、能力是比別人強的。但是，就是找不到可以解釋，為什麼我可以聽到別人心裡的想法，直到月婆的出現。婆，您說那只是夢，可是我照月婆的方式靜心打坐後，我真的可以比較能控制那些聲音，不讓他們干擾我。」她的語氣認真著。

阿蜜嘆了口氣，「小玉，婆很抱歉，一直隱滿著妳。」她感到瑰疚地看著玉環。

「婆，沒關係。」玉環平靜地說，「我知道妳一定是希望，我跟其他小孩一樣的長大。不希望我去擔這個責任，對嘛？」她微笑著。

阿蜜點點頭。

玉環伸手抱住了外婆的肩膀，「婆，我過的就是一般小孩的生活啊。只是我的責任跟他們不一樣而已。」她聳了聳肩笑著。

小青走進來，面對著成熟又懂事的玉環，她為自己以前那種憤世的態度，感到慚愧地說：「小玉，妳真懂事。阿姨真要跟妳學。」

「阿姨，要不是妳教我，每個人都有他的天賦才能，我想我現在可能也驕傲地認為，自己比別人強，別人厲害了。」玉環微笑地看著很愛她的小青。

第八章

月亮和神奇的靈

接下來的日子裡，小青也把她去月亮上的經過，一一地告訴了玉環。

坐在庭院中的小青跟玉環，看著滿天的星斗。

「哇！阿姨，所以月亮上，除了有發光的植物，還有發光的水晶山，一定很漂亮哦！」玉環邊說邊幻想著五顏六色的發光水晶山。

「是啊，是很美。」小青微笑著。「我剛到月亮上，也一直被那些水晶的能量吸引住。聽說，也是因為隱形光的關係，把一般我們在地球上所看到的石頭變透明了。這些水晶不止看起來漂亮，五彩繽紛，它的能量還可以醫所有的病，而且還可以控制石獸。」

「可以醫人，又可以控制石獸，這個水晶太神奇了！」玉環感到不可思議的直搖著頭。

小青點著頭，「是很神奇。」她說著輕輕地皺了一下眉頭，「但也不知為何，石獸一聽到水晶做成的缽所發出的聲音，就會頭痛沒有力氣反抗，可是我們聽起來就很舒服。所以月亮上的男人們，會隨身帶著水晶缽。只要一看到石獸，就會先用水晶缽的聲音制住牠們，再用太陽神的火做成的火箭，來攻打石獸。」

玉環睜大了眼，「哇！好厲害的水晶哦！」她驚呼著。

「要是有人受傷，嚴重的會躺在水晶床上一天。不那麼嚴重的，在水晶屋裡打坐就可以恢復了。」看著眼睛愈張愈大的玉環，小青笑了笑。

「還有水晶床和水晶屋哦……好特別哦！那大家都不用去看醫生了，真好！」玉環讚嘆著。她幻想著自己走在閃閃發亮的水晶屋裡，嘴角不禁上揚了起來。她好奇地問：「阿姨，那麼這些水晶屋和水晶床，一定很亮哦？」

小青輕點著下巴，「嗯，是很亮，但卻不刺眼，很舒服的。有點像我們晚上看到的月光，雖然亮卻很溫和。」玉環點點頭，而小青則繼續解釋著：「而這些水晶床和水晶屋，是由很多曾經住在地球上的月亮人，在地球學會的技術所製成、建造而成的。在月亮上我們有各行各業，非常有才能的人，共同建造著一個和樂平靜的家園。」她想起了在月亮上的日子，心裡分外平靜。

看著小青安靜平和的臉，玉環心想月亮上的生活，不就好似神仙般的生活啊！「阿姨，有了這麼厲害的水晶，那在月亮上的人，不就都可以長生不老嗎？不會死了？」她好奇的雙眼直盯著小青。

「大部分月亮上的人，都可以活很久，但還是會走的。畢竟我們是有血有肉的人，還是會慢慢老化的。而這些水晶也只有醫治的功能，無法讓已經死去的生物，起死回生。」小青回著。

「哦……」玉環慢慢地點點頭。「不過，如果能把水晶帶回來地球醫人，就太好了！」她一臉期盼地說。

「被石獸打受傷的人，都需要用這些水晶的醫治，所以不能帶回地球。」小青搖著頭。

「好可惜……」玉環失望的沉下了臉。她想到那些會走會動，會去傷人的石頭。「阿姨，石獸真的那麼可怕，那麼厲害嗎？我們月亮上的人，不都有特殊能力，他們也不能打敗石獸嗎？」她不解地看著小青。

小青想起她在外天看著男人們拿著弓箭，對石獸射著炬火的景象。她說：「牠們的厲害，在於牠們巨大的體形。有些石獸的體形，是比地球上最高的高山還高大。只要被牠們巨大的手抓到，就很難活著逃出來。牠們沒有我們有的靈，所以不知是非。只知要活著吃東西，而且是吃有血有肉的生靈。那也是為什麼，牠們一直想回到地球來的原因。」

「哇！好可怕！他們要是來地球，那不就糟了？」玉環擔心地說著，想起了可怕的戰爭和炸彈。「對了，阿姨。現在我們不是有炸彈，可以炸任何的東西啊！」她問著。

「是的，炸彈可以炸牠們。可是牠們只會碎掉，不會死掉。碎掉的部分就變成小的石獸。而且，牠們還會再把碎掉的部分結合在一起，恢復原來的形狀。目前唯一能消滅牠們的，還是只有太陽神的火。」小青說著吸了口氣，「或是……」她輕嘆了口氣，「但是，我想不可能。」她輕輕地搖著頭。

「或是什麼？阿姨。」玉環很好奇地看著她。

「除非他們也有靈。有了靈，就有良知。這樣他們就能明辨是非了。」小青說。

「那我們去找靈給牠們啊！」玉環天真地說。

看著玉環稚幼無邪的臉，小青笑了笑說：「所有的靈，是來自於宇宙裡的一個大生命體。在地球上，人們叫她女媧。當她造人及其他生靈時，她所給予的一口氣，除了創造了生命體，也同時給了靈。而石獸的生命，是吸取億萬年裡，這宇宙和這大地給的能量而來的。所以到目前為止，沒有人知道要如何給牠們靈。」

玉環皺起了眉頭，「女媧怎麼不幫忙？」

小青笑著，「這宇宙何其的大。」她舉起了手指著天上的星星，「妳看，這天上我們眼睛可看到的星星們，都只是宇宙裡的一個小小世界。」她抬起頭望了一下天空，然後看著玉環，「妳知道嗎？在這天之上還有天，還有不知幾億顆星星，是我們在地球看不到的。」

「這麼大哦！！」玉環不敢相信的抬起頭，她睜大眼睛努力去找那個天外天。

「女媧忙著找新的世界，創造新的生命體。她把地球交給我們後就走了。」小青說著想起當初她也問月婆同樣的話，而這就是月婆給的答案。

玉環皺著眉頭看著小青，嘆了口氣，「哎……這真的就很麻煩了！」

「是啊。那也是為什麼，我們有很重要的責任。不只要防止星星上的石獸，還有地底下的哦。」小青說著一隻手指往地上比去。

玉環往地上看了一下後問：「所以，阿姨，地震一定是牠們造成的，對嘛？」

小青點點頭，伸出手握住了玉環的肩膀，神色凝重的說：「我們要加緊打坐，訓練體能。而且找時間到海邊跳大石頭，來訓練妳的腳力和妳飛的能力。」

玉環睜大眼睛，驚喜萬分地問：「我會飛？」

「是啊，所有月亮上的女兒都會飛。」小青微笑著。

「我以為只有我做夢時才可以飛呢。」玉環感到無比的興奮。她想起了在夢裡飛在田野上，那自由自在的感覺。她閉上了眼睛微笑著。

看著閉著眼睛，嘴角上揚，一臉陶醉的玉環，小青笑了笑，「那是妳的靈在飛。是不是感覺好像真的在飛一樣？」

玉環張開了雙眼，認真地說：「是啊，阿姨。有時，當我飛到瀑布旁，我都可以感到水打濕我的腳的感覺。就跟真的一樣，那麼真實耶！」她開心地笑著。

「我們的靈，其實就是我們的知覺。可以辨別事物和是非的良知。所以妳的感受當然是真的。」看著玉環那好奇又可愛的臉，使小青想起了玉環的媽媽——小涵，十歲的樣子。她伸出手摸了摸玉環那粉色的小臉頰。

玉環微笑著。「阿姨，有天我也要去月亮上看看。我現在要趕快學會飛。」她又期待又興奮地說著，拉起了小青的手，「走，我們去訓練吧！」

小青拉住了玉環的手，「現在還太亮，等晚一點比較暗，海邊沒人的時後。免得被人看到。」她提醒著。

「哦，也是。」玉環感到有點失望的沉下了肩。

小青摟住了她的肩膀，微笑地鼓勵著：「機會多得是，還是先把學校功課做完。有能力固然重要，但是知識也是很重要哦！月亮上的人，因為在地球學到建築及其他種種的知識及技術，才能在月亮上建造一個安全舒服的家園。」

玉環認真地點著頭，「是，我也要用功讀書，學很多的知識。」

小青對玉環豎起了大拇指，驕傲地說：「對！這才是我們小涵的女兒。」

玉環轉頭看著客廳裡的祖宗牌位，在心裡許下了承諾：「爸爸，媽媽，我一定不會讓您們失望的。」

小青聽見了玉環心裡的聲音，頓時紅了眼。

第九章

新學期的新生活

新學期開始，玉環雖然不喜歡她的老師，不過還是很期待去學校學新的東西。

放學剛走出校門口的玉環跟阿朱。

「哎呦！」玉環叫了一聲。正當她要回過頭時，只見滿臉勝利笑容的阿振，快步地從她身邊往前跑去。她生氣的大叫著：「你很無聊耶！幹嘛老是喜歡拉我辮子？」

阿振回頭笑著，「誰叫妳有長辮子？」

「是嗎？」玉環說著便快跑過去，踢了一下阿振的後腿。

「耶……會痛耶！」阿振皺著眉，摸著後腿，叫著跑在他前面的玉環。

玉環回過頭聳了聳肩，「誰叫你有那麼長的腿？」她笑著。

阿振快跑了過來，伸手要去拉玉環的辮子，但玉環很快地就跑開。

看著跑的跟飛一樣快的玉環，阿振張大了眼，掉著下巴。「哇！這小姐還真會跑。」他不敢相信地搖搖頭，自言自語著。

「是啊，你跑不贏她的。」跑到他身旁的阿朱說著，然後大聲叫著跑在前頭，距離他們十公尺遠的玉環：「玉環，妳跑慢一點，等等我啊！」

阿振邊走邊說：「這小姐，還真文武全才啊。」

「救我啊！振哥。」從後面跑來的阿輝大叫著。而在阿輝後面，有兩個男同學正緊追著他。

個子高阿輝快一個頭的阿振，停下腳步，轉頭對著阿輝後面兩個男同學喊著：「後面那兩個，幹嘛？你們幹嘛？」

這時的阿輝往阿振後面躲去。

兩個男同學跑到阿振面前。

「這小子，趁著中午拿便當去蒸的時候，偷吃我們便當的菜。你看要不要處理？振哥。」一位男同學很生氣地指著他身後的阿輝說。

「是啊，已經不是第一次了。我們想之前就算了，今天又偷吃。」另一個男同學也氣憤不已的說著，他瞪了一眼在阿振身後的阿輝。

此刻，跑在他們前方的玉環跟阿朱也停下腳步，回頭看著他們。

阿振轉過身，只見阿輝頭低低很困窘的看著他。他回過頭，一手一邊握著站在他對面兩個男同學的肩膀說：「好了，這次看我的面子，不要跟他計較。我保證，他下次不會了。」

兩個男同學互看了一下，其中一位男同學說：「好吧，振哥都出面了。」

另一個男同學大聲地說：「你幸運，我們這次就饒了你。」

阿輝從阿振身後站了出來，他手舉在眉邊，不好意思的對著兩個男生點頭敬禮說：「謝謝啦！兩位大哥。」

兩個男同學瞪了阿輝一眼，便轉身走開了。

「又沒有飯吃了？」阿振問著一旁的阿輝。

阿輝沒有回答的低下了頭。

阿振拍了拍阿輝的背，「以後，中午沒飯吃，就來找我。不要再去偷吃別人的東西。」他帶著命令的語氣說。

阿輝抬起了頭，眼眶紅紅地看著阿振，「謝謝你，振哥。」

玉環對眼前所發生的一切，感到好奇。她決定要查清楚，為什麼阿輝沒有飯吃？而阿振正義的行為，讓她對他產生了興趣。

在接下來的一星期的午休時間，玉環偷偷地跟在阿輝後面，才發現他幾乎都沒有帶便當。如果有，也只是一個白白的飯糰。有天中午，阿輝在午休吃飯時間，又跑到操場邊坐著。阿振走過來坐在他身旁，「我不是叫你來找我嗎？」他說著從外套的口袋裡拿出了一個小紙袋，「來，這兩塊鹹米糕給你。」

阿輝摸摸頭不好意思地看著他說：「一直吃你的，真不好意思。」

「拿去！」阿振把裝米糕的袋子，放到阿輝的手中。

「你自己吃了嗎？」阿輝問著便從袋子裡拿出一個米糕，要放回阿振手中。「一個還你。」

阿振馬上把米糕推回去阿輝手中說：「快吃！我吃了。」這時他的肚子咕嚕咕嚕叫了幾聲。他有些尷尬地摸了一下肚子，「可能是吃太飽了，要上廁所啦。你吃，我去上廁所。」正當他站起來要走時，他的手卻被阿輝拉住，「振哥，我們一起吃吧。」阿輝微笑著。

「你真的很女人耶！是要吃拳頭，還是吃米糕？」阿振說著睜大了眼，握起拳頭假裝要打人的樣子。

這時躲在圍牆後的玉環衝了出來，站在阿輝前，不客氣地質問著阿振：「你這個人怎麼這樣？阿輝是好意耶。」

看著雙手擋在阿輝前，頭抬高高的玉環，阿振噗嗤一聲笑了出來。

「你一會兇的，一會又笑的。你是哪裡有問題？」玉環瞪著阿振。

阿輝推開了玉環，說：「妳做什麼？阿振沒有要打我啦！」

「哦……」玉環有點搞不懂地看著他們兩個。

阿輝接著說：「振哥是全校對我最好的人，妳不懂啦。」

是我搞錯了嗎？玉環想著，臉跟著紅了起來。

看著不好意思的玉環，阿振輕輕皺著額頭問：「所以，妳是躲在旁邊偷聽我們說話嗎？」

玉環吸了一口氣，假裝很平靜的說：「我哪有偷聽，我經過啦。」

阿輝對玉環翻了個白眼說：「怪不得，妳搞不清楚狀況。」

「不是他給你包子，你不吃，他要打你嗎？」玉環不服氣地問。

「所以，妳真的躲在一旁看我們哦？」阿振說著大笑了起來。

「我……我沒有啦！不跟你們說，我回教室了。」玉環說著就快速跑開了。

「她真的跟其他女生不一樣，很敢講話。」阿振邊說邊看著玉環跑去的背影。

「所以啦，太敢了！我想，全校她的嘴巴最厲害啦！」阿輝說著便吃起了米糕。「你媽媽做的東西真好吃！我如果也有媽媽就好了。」他吃著吃著，心裡忽然感到一陣酸楚，眼眶開始紅了。

阿振看著從小就沒有爸媽的阿輝，心裡一陣難過。他逗著他說：「喔……我媽做的東西這麼厲害！你看你，眼睛都紅了。我看你還是不要吃好了，讓你吃得這麼難過。」他伸手假裝要去拿阿輝手中的米糕。

阿輝很快地把米糕塞到嘴裡，大口地邊吃邊不清楚的說：「真好吃。」他滿足的笑著。

阿振也笑著。

回到教室的玉環，突然間聽見阿振和阿輝講話的聲音。

「你喜歡，我以後就叫我媽多做一點。你也可以帶回家給你阿公吃。對了，你阿公跌倒的腳好點了嗎？」坐在石階上的阿振，問著坐在一旁的阿輝。

阿輝搖搖頭，「不知道為什麼，也休息兩個星期沒有去抓魚，還是一樣腫腫的。而且一到晚上，他風濕痛的膝蓋又發作，都不能睡覺。家裡的米也快沒了。有時我真想不讀，跟鄰居叔叔去抓魚好了。」

看著小他快一顆頭的阿輝，阿振拍了一下他的手臂笑了笑，「你這種身材怎麼去抓魚？你不要緊張，我回家叫我爸爸去看看你阿公。他很會整骨的。至於米，你不要擔心，我來想辦法。」他摸了摸阿輝的頭，「你要讀書啦！等到你長得像我這樣高，才有辦法抓魚啦！」

阿輝那雙紅著的雙眼很堅定地看著他，「振哥，我會努力的。你對我的好，我一輩子不會忘記。等我長大有能力，我會好好答謝你的。」

阿振拍拍他的肩膀，「好啦！快吃。我回教室了。我回家就會叫我爸趕快去看你阿公。」

ꕥ

坐在教室裡，眼睛閉著的玉環，不只聽見也在腦海裡看見，剛才阿振跟阿輝的對話。哇！我居然可以看見！她張開了眼，開心的手摀著嘴笑著。她沒想到阿輝那麼可憐！阿振還真不像他外表那麼的兇狠樣，真是個面惡心善的傢伙。

ꕥ

「這給你。」早上剛到學校的玉環，把一個裝有飯糰的袋子放在阿輝桌上。

「這什麼？」阿輝問著便打開了袋子，他驚訝地看著飯糰。他抬起頭雙手交叉於胸前，「妳今天幹嘛對我這麼好？是不是，有什麼事要大哥我幫忙的？」他表面假裝一副很大哥的樣子笑著，但其實他心裡已經猜想到，一定是玉環看到阿振給他米糕的事。

「是啊！我想請你幫忙帶回家，給你阿公吃啊！」玉環微笑著。

「哦⋯⋯」阿輝嘻笑的臉突然沉了下來。

「怎麼？他不喜歡嗎？我婆作的，鄰居都說很好吃耶！不相信，你聞聞看？」玉環說著拿起桌上的袋子放在阿輝臉前。

「謝謝妳，我阿公一定會很喜歡。」阿輝點著頭接起了玉環手中的袋子。

「那你阿公好點沒？」玉環問。

阿輝吃驚地看著玉環，「妳怎麼知道我阿公生病？」

「是⋯⋯」玉環說著想到她捕魚的外公，應該認識阿輝的外公，「就是⋯⋯哎啊，我們附近的村子就那麼點大，我是聽跟我外公一起捕魚的叔叔說的。」

「哦，也是。我阿公也好一陣子沒去捕魚了。」阿輝說著雙肩往下沉了下去。

「我阿公也有風濕痛。家裡保持乾燥、溫暖，很重要。」玉環說著。

阿輝驚訝地看著玉環，「這，妳也知道？」心想她真的很認真讀書，老師講的她都有記住。

「哦，就這裡捕魚的人，都是這種毛病嗎！而且我外公也有，所以老師在教健康教育的時候，我就特別記下了。」玉環微笑著。

「哦，也是。」阿輝心想這女孩真的還真用功。

「還有，我外婆用海鹽炒薑給我外公敷。也有幫助減緩風濕痛哦！你可以試試。」玉環建議著。

阿輝摸著頭不好意思地看著她，「可是，我家沒有薑。而且，要怎麼炒？」

「明天我帶薑來，下課我去你家教你。」玉環回著。

「謝謝妳了！」阿輝微笑地點點頭，心想玉環真是善良熱心的好女孩。

從那天起，只要家裡允許，玉環就會帶一些食物和家裡種的薑給阿輝。慢慢的，他發現阿輝非常的孝順。因為要省下晚餐的米飯，所以常常沒帶午飯。玉環又學到了不能以貌取人的重要性。要真正認識一個人，是必須要花時間和真誠的心相處的。

第十章

你的事就是我的事

接下來的兩年裡，玉環跟著小青學習打坐、跳石頭。在玉環可以跳很高很遠的時後，小青讓玉環爬到樹上往下跳，學習著飛。可是玉環卻一直飛不起來。

「沒關係，一定可以的。」小青安慰著坐在樹下沮喪的玉環。

低著頭，看著地上的玉環有些洩氣地說：「阿姨，也許我跟妳說的那些月亮的女兒一樣，除了會讀書，也沒有什麼能力了。」

「不！妳的能力早就出現了。」小青說著握住了玉環的手臂。

玉環抬起了頭。

「妳年紀那麼小，就可以用讀心術聽到別人心裡的想法。我可是到月亮上，吃了那些發光植物，和喝了上面特別的水才有的。」小青微笑著。她一隻手握住了玉環的肩膀，肯定的雙眼看著她，「所以阿姨相信，妳有很大的潛能。只是需要一點時間才會出來。千萬不要讓妳的負面情緒干擾妳，或是去懷疑自己。阿姨就是個例子，知道嗎？」她鼓勵著。

這時玉環原本喪氣的臉，馬上變得有精神起來。她表情認真且執著地看著小青說：「阿姨，我不會這麼輕易被打倒的。我會加油的。」她站了起來，「我再試一次。」她往樹上爬去。

小青看著堅持不懈的玉環，想起了固執的小涵。有其母必有其女，她輕輕笑了笑。

在玉環十四歲那年的初夏，地震變得頻繁。小青離開了家，去找地震的來源。而且，她也必須回月亮上，食用那些植物和水，才能繼續維持她的能力。沒有小青的日子，玉環除了認真讀書和外婆到海邊拔海菜外，她還是持續每天打坐著。

而阿振則靜靜地觀察，玉環在學校的行為。

「很久沒看到那個兇巴巴的小姐來廁所旁罰站了。」走在山路上的阿振，對著走在他一旁的阿輝說著。他們回家的山路，有一段路跟玉環的是同一條。

「她現在不像以前那麼愛問問題了。」阿輝說著。

「是哦？想通了哦？」阿振笑著。

「我想，她問的問題，老師都沒有給她答案，還一直罰她。要是我，我早就不問了。」阿輝搖了搖頭。

阿振感到好奇的問：「她問哪些問題？」

阿輝皺了皺眉頭，想了一下說：「都是一些有關宇宙、外太空，還有人的潛能的問題。」他聳了聳肩，「反正，都是一些課本上沒有教的事。我想，那些老師一定沒辦法回答啦。」他笑著。

「哦，確實是一些奇怪的問題。」阿振手摸著下巴皺著額頭說著，腦海中浮現出玉環講話時一副得理不饒人的樣子，他笑了笑，「不過，也許她想當科學家吧。」

阿輝挑起了一邊眉毛，「科學家？我看當律師比較適合啦。」他笑著，「那個嘴巴，哪來那麼多的問題？」他雙手攤開兩旁一副想不通的樣子。

阿振手指著阿輝的頭笑著，「應該是腦袋吧？她的腦袋哪來那麼多的問題。」

「對，對，是腦袋。」阿輝摸摸自己的頭笑著。

「救命啊！救命啊！」一個小男孩的叫聲從小溪那邊傳來。

阿振馬上往小溪方向快速跑去，阿輝則跑在他後面。

只見在小溪中，一個小男孩朝著漩渦的地方往下沉去。他兩隻手在水面上揮著，頭已經快沉到水裡了。

「你快去找根大竹竿來！」阿振叫著阿輝，心想這小溪怎會有漩渦？會不會是前陣子大雨的關係？

「好！」阿輝說著便快速地跑開。

阿振擔心又緊張的看著，往漩渦地方下沉的小男孩，心想沒辦法了。「弟弟！你不要怕！我來了！」他大叫著便往溪裡一跳，快速地往半昏迷的小男孩身邊游去。而同時洶湧的水流，也一直把他往漩渦裡捲去。他用力地要去拉小男孩，但是他的身體卻被猛烈的漩流一直往下拉去。

突然間，一隻好似大鳥的東西，迅速地把小男孩從漩渦中拉起。

「那是什麼？」就在阿振努力地要看清楚在空中飛的東西時，他的身體好似被什麼吸住般的快速往下沉去。水蓋過了他的頭，他的兩隻手奮力地在水面上拍打著。忽然間，有雙手抓住了他的手，把他往上拉。當他的頭浮出水面時，「玉環！！」他無比震驚地看著飛在空中的玉環，正快速地把他拉起，往溪邊飛去。

坐在溪邊的阿振，看著玉環壓著小男孩的胸，對他進行人工呼吸。小男孩在吐出了很多水後，醒來了。他驚嚇的臉，開始哭著。

玉環把小男孩抱在胸前輕聲安慰著：「不怕哦，不怕。」小男孩則不斷地啜泣著。「沒事了。你剛剛喝了一些溪水，才吐水的，沒事。」她邊拍著懷中小男孩的背邊說。

阿振對這突如其來的一切，嚇到不知如何反應。他呆呆地看著玉環跟小男孩。

「耶！你也被嚇著了？」玉環叫著坐在她旁邊的阿振。

阿振滿臉困惑地看著她，「我……我是被妳嚇著了！妳怎麼會……」他結結巴巴的說。

「噓！噓！」玉環插斷了正在說話的阿振。她皺了一下眉頭，然後向他示意地看了一眼懷中的小男孩，且小聲的說：「我等一下再告訴你。我們先把他送回家。」

這時的阿輝拿著一支大竹竿，喘呼呼地跑來問：「你……你……你們沒事啦？」

「等到你現在來，我就有事了。」阿振說著就站了起來。

玉環也抱著小男孩站了起來。

看著不到 160 公分，孅瘦的玉環抱著大約七歲左右，至少有 130 公分高，有點胖胖的小男孩，阿輝驚訝地說：「哇！妳很有力哦。」

阿振對玉環伸出手說：「來，我來抱吧。」

「你確定你可以？」玉環笑著。

阿振抬頭挺胸的說：「當然可以。」

「好吧，你那麼愛當英雄的話。」玉環說著就將小男孩放在阿振手中。

「我是看妳剛剛那麼……」在阿振還沒來的及說完之前，玉環摀住了他的嘴。

一旁的阿輝，看著全身濕掉的玉環，他好奇地問著阿振：「剛剛怎麼了？不會是玉環下去救你們的吧？」

玉環馬上說：「我哪有那麼厲害，是阿振啦。我只是在一旁幫忙。」她往阿振看去。

「哦，我想也是。」阿輝點著點頭笑了笑。他手指著阿振一副很佩服地說：「我們振哥，可是我們附近幾個村裡面最會游泳的。我只是看妳全身都濕了。」

阿振立刻跳出來，帶著很客氣的口吻說：「還好，剛剛有她幫我。要不然，我跟這個弟弟現在不可能站在這裡了。」

阿輝覺得這不像是阿振會說的話，他挑著眉看著玉環說：「玉環，妳一定很厲害哦！我們振哥可不隨便稱讚別人的。」

「是這樣嗎？」玉環說著看了一眼阿振笑著，「那我要謝謝你了。」

「是……是。」阿振有些尷尬地笑著。他想著剛剛的情形，就很迫不急待想要知道，為什麼玉環可以飛？。

這件事之後，玉環跟阿振說了月亮來的女兒的事情。

「你一定要幫我保持這個秘密，否則我就不能住在這裡了。」玉環很擔心地說著。

「妳救了我的命，我絕對不會告訴別人的。」阿振認真地說著，舉起了手拍著胸脯，「妳放心，從今以後，妳的事就是我的事。」他仔細端詳著有一雙丹鳳眼，白晰的皮膚，跟村裡的人長得很不一樣的玉環，心想難道她是外星人？怪不得她問那麼多外太空的事。

看著阿振如此的誠肯的保證，玉環的心也安了些。她點著頭，「好的，我相信你。」帶著一抹淺淺的笑容，她繼續說：「還有，我不是外星人。我跟你一樣，是在地球出生長大的地球人。只是我身上有著月亮人的血統。」

阿振抓抓頭不好意思地說：「哦……我心裡想什麼，妳也知道哦！」

玉環雙手交叉胸前，抬著下巴，一臉自信的對阿振笑著，

「我知道你心裡想的每件事。所以，你沒有辦法騙我的。」

可是，就算阿振知道了月亮人的事。剛開始，他還是一直認為是玉環編的故事。雖然他相信玉環不是外星人，但是他從小到大，除了嫦娥奔月的民間神話故事，可從沒有聽過任何有關月亮上人的事。阿振覺得，玉環一定是傳說中的神仙。然而在長時間觀察下來後，他發覺玉環就是跟一般人一樣，也會肚子痛，跌倒，也會流血，也會跟其他女生一樣怕蜘蛛。不同的就是她會飛，還有可以知道他心裡的想法。而隨著時間的過去，他也慢慢忘記了玉環是月亮來的女兒的事了。

時間又過了兩年，玉環已經上初中二年級了。

外公的腳趾因痛風，有幾根腫的都不能動，而且疼痛劇烈。晚上睡覺時，外公痛苦地呻吟著：「啊哎……啊哎……啊……」

睡在隔壁的玉環，難過地聽著外公痛苦的叫聲。「婆，我們快送公去看醫生，這樣下去不行啦。」她擔心又不捨地對著躺在她身旁的外婆說著。

「我也想，但是……」外婆說著想到外公因為腳痛，很久沒去捕魚，家裡的錢現在只夠買米和玉環做火車上學用，她停了下來。

聽著外公痛苦的呻吟聲，玉環實在沒辦法讓他再去抓魚了，她決定地說：「婆，我想很久了。我先不讀書，去賺錢。等公好一點，我也存到錢後，再回去讀書。」

外婆坐了起來，嘆了口氣，「妳外公一定不會答應的。何況，我們這裡的女生，除了撿海菜去賣，沒有什麼其他的工作。」

玉環也坐了起來，「婆，我們這裡沒有，其他地方有。我有個同學，以前住在一個採金子的山城，離我們這裡坐火車加上走路，差不多 4 到 5 個小時就可以到達。她說那裡有很多工作可以做，所以我想去試試看。」她眼神堅定地看著外婆。

「那種大地方，人又那麼多，安全嗎？」外婆擔憂地看著玉環那張青澀又執著的臉。

「婆，我可不是一般人。妳忘了？我可是會讀心術的，我不會有危險的。而且我還會飛。現在是我為這個家，出一分心力的時候了。」玉環堅決的握住了外婆的手，「明天我們帶外公去看醫生，您不要擔心了。」

外婆無奈地點點頭，「好吧，我們也只能先這樣了。」她握緊了玉環的手，「但是，等外公好了，妳一定要回去學校唸書。」

玉環點著頭，「我一定會的。」她說完便起了身走出房門，到廚房拿了一盆水及毛巾，端到客廳後的小房間。

「公，我幫您擦擦腿。」玉環說著輕輕地把外公的腳一抬，看到外公腫得像香腸的兩根大姆趾，她眼睛紅了。

「哎……哎……哎。」外公痛苦的呻吟著。

玉環輕輕地擦著腫大的姆趾，然後把手放在上面，就如同小青教她的。她專心地把注意力，放在手中心。然後想像著，手中有股能量，來減緩腳趾關節的疼痛。

慢慢的，外公痛苦的呻吟聲比較少了。

「小玉，妳的手好溫暖。」外公說著半張開了眼，看了玉環一下又馬上閉上了。

這時外婆走了進來，也把雙手放在外公的腳上。她雙眼閉著，嘴巴開始誦著：「Om……Shanti……，Om……Shanti……」慢慢的，外公睡著了。

「婆，您唱的是什麼歌？公都睡著了。」又驚又奇的玉環輕聲問著坐在床邊的外婆。

「這是很古老的經文。可以帶給人心裡平安，進而醫治人們身心病痛的。」外婆小聲地回著，然後幫外公蓋上被子。

「哇，好厲害！」玉環輕聲驚嘆著。

「這幾天，等外公好些，婆帶妳去山上大廟。這經文是大廟裡的師父教我的。」外婆說著牽起了玉環的手，走出了外公的房門。

玉環點著頭認真的說：「好啊，我也想學。」

ꝏ

就在玉環準備要去金子山工作之前，外婆帶她到山上大廟，見了師父。

「師父，您好。好久不見。」外婆微笑地對一位中年樣子的和尚點著頭。

「是啊，好久了。」和尚點頭微笑著。

「師父好！」玉環鞠躬問候著。

「小玉都長這麼大了！」和尚微笑著。

「是啊，都十六歲了。」外婆開心地看著 160 公分高纖瘦的玉環，長髮過肩，一排整齊的瀏海，落到她那雙大丹鳳眼的眉端上。而她那如玉石般乳白的皮膚，讓她看起來有如從畫裡走出來的女孩，如此地潔白純淨。

「長得好！長得好！」和尚滿臉笑容的輕輕點著頭。

外婆把家裡的事及玉環要出遠門工作的事，告訴了師父。

「好，那師父也教妳誦經。出門在外，常誦經，可以靜心養氣。」和尚說著就帶著玉環及外婆到偏殿裡。

盤腿坐在地上灰色墊子上的師父，嘴上緩緩誦著：「Om……Om……Shanti……Shanti……Tan Man Shant，Hoi Adhikai，Rog Kaatai，Sukh Savijai。」

玉環跟外婆坐在他後面的灰墊子上跟著誦：「Om……Om……Shanti……Shanti……」「Tan Man Shant，Hoi

Adhikai，Rog Kaatai，Sukh Savijai。」

在重覆了幾次後，玉環的心感到好久沒有的平靜。她不知不覺地流下了眼淚。這時她才發現到，好像從她父母過世後，為了不讓外公外婆擔心，她告訴自己不能哭，要堅強。加上接下來在戰爭中，有一餐沒一餐的在砲火下生活，然後又搬到新的環境，而現在外公又在受病痛折磨著。重重的壓力讓她不得不快快長大，忘記了其實她還是個孩子。在經文聲中，她突然覺得，整個人都輕鬆了。雖然眼淚不停的落下，但她的內心卻是感到無比地平靜。她繼續誦著：

「Tan Man Shant，Hoi Adhikai，Rog Kaatai，Sukh Savijai。」

「Tan Man Shant，Hoi Adhikai，Rog Kaatai，Sukh Savijai。」

「Tan Man Shant，Hoi Adhikai，Rog Kaatai，Sukh Savijai。」

坐在一旁的外婆，感應到玉環心中的苦及壓力，也掉下了淚。

「Om Om Om OM……」突然間，師父的誦經聲變大，把她們二人都震住了。

她們繼續跟著誦：「Om Om Om OM……」

「Om……」師父的誦經聲慢慢地停了。

她們張開了眼睛。

此刻的玉環感到她的頭腦和內心，變得無比地清楚。好似煩惱，害怕都不見了。一種踏實感充滿了她的心，給了她勇氣。

「玉環，這個香包給妳帶在身上。它會保護妳的平安。」走到玉環身邊的師父說著，便把手中一個粉黃色的小袋子交給玉環。

玉環聞著手中的香包，「好香啊！」她立刻站了起來，對師父鞠著恭，「謝謝您，師父。」她感激地笑著。

外婆也站了起來，雙手合十於胸前對師父點著頭說：「太感謝您了，師父。」

「這小東西，喜歡就好。」師父微笑著，然後對著玉環說：「記得，一出門就帶在身上。它是各種可治療疾病的珍貴花材和中藥製成的，可以驅蟲避毒的。」

從此之後，玉環只要一出門，就會帶著香包。而香包也保護著她，不被金子山上，又毒又難醫的蚊蟲攻擊。

ꕥ

玉環這天到了學校，辦了退學手續。在回家的路上，遇到18歲正捕魚回來的阿振。

「妳今天怎麼這麼早放學？」阿振問著便拉起了玉環的手，將手上的大扁桃葉包的魚放在玉環手中，「這魚妳帶回家吃。」

玉環點頭微笑著，「謝謝你，最近老是吃你的魚。」

「一條魚而已，幹嘛那麼客氣。」阿振揮手笑著，接著他很關心地問：「妳外公好點沒？」

玉環輕輕搖著頭，「沒有。」她說著便把家裡及輟學的事，告訴了他。「應該是我照顧這個家的時候了。只是，我擔心我外公的身體。」她嘆了一口氣，「醫生說痛風沒有藥醫，而且海鮮及肉最好都不要吃。可是，我外公那麼瘦弱，只吃青菜會營養不夠的。」她擔憂著。

「玉環，不要擔心。妳安心去工作，我會幫忙照顧你的外公，外婆。」阿振很真誠地說，「我只要抓到魚，就會送去給他們。我也會幫妳外婆菜園的事，妳安心去工作。」他伸手握住了玉環的肩膀，雙眼堅定的看著她。

玉環看著眼前這個還是高她一個頭的男生，他已不再是那個愛抓她辮子，愛和她抬槓的小男孩了。雖然阿振跟村裡大部分的男生一樣，沒有上初中就去捕魚。但是他卻是比學校那些男同學，負責任，成熟太多了。她握住了阿振在她肩上的手，很感激地說：「謝謝你，阿振。我欠你一次。」

阿振看著玉環緊抓著自己的手，有點害羞地摸著頭說：「小事啦！我還欠妳救命之恩呢。」

看著阿振微微發紅的雙頰，害羞的樣子，玉環才發現，她還緊握著阿振的手。她有點不好意思地放下了握著他的手，「那就拜託你了！」她說著彎下了腰，對阿振鞠了個躬。

「耶……妳幹嘛？不要這樣！！」阿振邊說邊伸出手把玉

環扶起。

玉環抬起了頭，兩個人的臉就撞個正著。

「啊……」「唉……」玉環跟阿振叫著，他們對看了彼此一下笑了出來。

「我們兩個什麼時候變這麼客氣了？」阿振笑著。

看著阿振紅了的下巴，玉環關心地伸手摸著問：「痛不痛啊？」

這時阿振整張臉熱的，心跳開始加快著。他抬起了頭挺起了胸，假裝沒事的說：「什麼痛？我都沒有感覺。」

「還是那麼愛裝英雄！」玉環笑了笑。

阿振揮了揮手，「就真的沒事了。在海上補魚，跌倒撞到是常有的事。這撞一下算什麼？」他一副不在乎地拍了拍自己的下巴。

玉環點頭笑著，「對，對。我們振哥，撞十下都沒有問題。」

看著玉環那甜美的笑容，阿振突然覺得有種分離的感傷。他問：「那妳要去那個金山多久？什麼時候才能回來？」

玉環聳著肩說：「我還不知道。看我找到什麼工作。」

「什麼？妳還沒找到工作就要去！妳也太敢了。」他驚訝地看著玉環。

「沒關係。我相信，只要我肯做，不怕找不到工作。」玉環有自信地說。

阿振點著頭，很佩服的說：「我相信。以妳求知的態度去找工作，十個都不是問題。」

「哇！這是我們振哥，第二次誇獎我哦。」玉環逗著他。

阿振伸出手握住了玉環的手臂，「是嗎？我一直認為妳很棒的。」他眼神認真地看著玉環。

玉環的臉紅了起來。

他們對視著。

此時阿振的臉也紅了。為了解除尷尬的氣氛，他故意說：「不過跟我比可能還差一節啦！」。

「是嗎？哪一節？」玉環微笑問著。

阿振比著手上的魚說：「就這一節！」

玉環笑著點點頭，「那我可真輸你了！」

過了一星期，玉環離開了家，到金子山的山城工作去了。而阿振，也幾乎每天都會來看她的外公，外婆。也因此，外公外婆把阿振認定，就是玉環的未來另一半看待。但不知玉環的初戀，就在山城即將發生了。

第十一章

金子山的少爺

在春末時，十六歲的玉環來到了熱鬧非凡，到處都是商店、餐館，路上還有很多擺攤叫賣著的金子山城。認識很多字，又聰明靈俐的她，很快的就找到了一個在水流室顧金塊的倉管工作。

「哇！好多的金子。怎麼像小磚塊一樣啊？」玉環驚嘆的問著。她驚訝又好奇的看著滿屋子一池又一池，被天花板上的日光燈照得發亮的金塊。

「玉環，妳的工作就是要保持這個池子裡的水，二十四小時持續地流動。這水下的金子，才能完全冷卻。」一位約六十歲左右的老倉管伯伯教著玉環。

玉環點著頭認真的說：「好的，我會的。」她看著從水池中流出來，沉澱在小水道中的金沙，心想那些金粉就可以賣很多錢了，這個老闆也太有錢了吧！

「這日光燈要二十四小時開著，才能清楚看見水池的水是否有正常流動著。」老倉管伯伯邊說邊走到大門口旁的大日光燈下，他伸手拉著燈下的線，「開關就在這條線。現在燈是開著，所以往下拉一次就會關，再拉一次就會開。」他輕輕的拉了幾下示範著，「但是不要拉太大力，上次顧的那個，常常拉壞。」

玉環點點頭，「嗯。」看著長長的白色日光燈，她心想如果家裡也有就好了，外公外婆晚上就可以不用摸黑去上廁所。

「這水流室除了妳，我，還有老闆，老闆娘及他們的一個兒子可以進來。其他除非是工作人員，都不可以進來。」老倉管伯伯表情嚴肅地說著規定。

玉環點著頭認真地說：「好的。」

「這邊有間房間，就給妳住。」老倉管伯伯邊說邊比著，牆角的一間五坪不到的小房間。「如果冷，需要被子，再跟我說。」他親切地微笑著。

玉環點著頭，感激的微笑著，「謝謝伯伯。」她看著單人床的小房間，心想這是她第一次擁有自己的房間，以後這小房間就是她的新家了。而這屋內的潺潺水流聲，讓她不禁想起到學校山路旁的小溪。突然間，她有點想家。但是她在心裏告訴自己，要勇敢，要努力，外公需要錢醫病。

老倉管伯伯從褲袋內拿出了一把鑰匙，放在玉環手上，態度慎重地說：「這是水流室的鑰匙，要保管好。」

「嗯，我會的。」玉環點著頭表情嚴謹地看著他。

老倉管伯伯繼續交待著：「玉環，這個工作雖然簡單，但是很重要。水要是停的話，就會影響到下面的製金流程。還有水管中的金沙，會有工人定時來收的。只要出了這個門，就必須給門口的警衛搜身檢查。」

玉環認真地點著頭，「好的。」

「中午休息三十分鐘，晚上七點後就可休息。但是妳出門不要太久，要確定水管流動正常才能出去。我們半年會給妳放假回家看家人。一個月的工資是一百元。這樣清楚嗎？」老倉管伯伯問著。

「很清楚，謝謝。」玉環微笑著。

老倉管伯伯從口袋裏拿出一張十塊錢的紙鈔，放在玉環手裡，「這先給妳。」

哇……好多錢！玉環驚訝地張大了眼，心想她最多的零用錢也就只有兩毛錢。「好，我會好好做的。」她認真地說著，便彎下了腰對老倉管鞠了個躬，「謝謝伯伯！」

看著年紀雖小，但懂事有禮貌又漂亮的玉環，老倉管伯伯微笑著，「不客氣。對了，這裡在週末有放戶外電影。妳有看過嗎？」

玉環從來都沒有看過電影，但好像有聽學校老師提起過。她好奇的問：「戶外電影，那是什麼？」

「就是在戶外看電影。」老倉管伯伯解釋著。看著皺起了眉頭的玉環，他輕輕地笑了笑，「有點像看戲，但是由一個布幕播出來的。下個月就有，妳可以去看看。就在茶樓前的廣場，那佈告欄上有寫放映的時間。」

「哦。」玉環點著下巴笑著。「伯伯，謝謝您對我這樣好，我會努力工作的。」她說著又再次對老倉管鞠了個躬。

老倉管伯伯摸摸玉環的肩膀微笑著，「好了，好好做，妳可以在這裡存到很多錢的。我先回去工作了。」他說完便走出了門。

看著滿屋子的金子，和手上的第一份收入，玉環開心地跳起來說：「我一定要好好努力工作！存錢！」

在金子山顧水流的工作，對玉環來說很輕鬆容易。雖然不能常出去，但是她有很多時間讀書。就這樣，過了快一個月。週末的晚上，茶樓前的廣場正在播放電影。玉環開心地來到茶樓前，看著擠滿人的廣場，真是熱鬧。她看著大布幕上，放著黑白電影，心裡覺得科技真是厲害。她相信以後一定會有彩色的電影。

「嗚……嗚……嗚……嗚……媽媽……媽媽……」一個小女孩的哭聲傳來。

玉環左右看了一下，發現每個人都在專心地看著大布幕上的電影，似乎沒有人聽到小女孩的哭聲。她沿著哭聲找去，看到一個約四、五歲大的小女孩，站在茶樓旁的巷子旁，哭著找媽媽。她走到小女孩身旁蹲下來說：「妹妹，不要哭。來，姊姊帶妳去找媽媽。」她伸手要去牽小女孩的手，而小女孩雙手抓著褲邊有點害怕地看著她。「不怕，姊姊不是壞人。我們去找警察伯伯，幫忙妳找媽媽，好嗎？」她溫柔地說。

小女孩點點頭。

玉環牽起了小女孩的手。正當她們往警局走的時候，小女孩的媽媽出現了。

「妳要帶我女兒去哪裡？」女人一臉兇樣的喊著玉環。

「媽媽！！媽媽！！」小女孩邊哭邊叫的往女人跑去。

女人抱起小女孩安慰著：「沒事！沒事！媽媽在這裡。」她轉頭，瞪大雙眼怒視著玉環。

「我，要帶她去警察局啊！」玉環回說。

「妳這麼好心？沒有要誘拐我女兒去哪裡嗎？」女人不客氣地大聲質問著。

玉環雖不開心但還是忍著心中的怒氣說：「我為什麼要誘拐妳女兒？我是好心要帶她去找妳。」

「現在還有這麼好的人嗎？我去上個廁所，叫我女兒這邊等我耶！我女兒不會隨便跟人家走的！」女人愈說愈大聲。

看著女人橫眉豎目一副氣勢凌人的樣子，玉環這時再也忍不住，她也不客氣地說：「妳當媽媽沒有把女兒顧好，還要怪別人。怎麼會有這種人？我不跟妳說了。」

就在她轉身要離開時，女人大哭大叫了起來：「大家！這個女孩子，剛剛趁我去上廁所時，要綁架我女兒啊？她現在要跑了！你們幫幫我啊！」

只見幾個男人，馬上上前抓住玉環的手臂。

「耶……你們幹嘛？怎麼有理說不清呢。」玉環說著用力一甩掙開了他們。

「哇！這女生，看她長得這麼纖瘦，但還真有力耶！」

「是啊。」被玉環甩開的男人們說著。

「不要讓她逃了！！」抱著小女孩的女人大喊著，小女孩也被這場景嚇得再次大哭。

這時兩個男人伸出了手，一人一邊的抓住了玉環的手臂。

「你們有什麼問題嗎？你們要抓我去哪裡？」玉環怒視著他們問。

這時圍觀的群眾愈來愈多。

「當然去警局啊！」一個男人回著。

另一個男人搖著頭說：「年紀輕輕的，還長得這麼漂亮，什麼不做，怎麼就來拐小孩？」

「你們幹嘛？放開她。」人群中傳來一個年輕男子的叫聲。

大家紛紛地往男子看去。

「是那金莊的少爺耶！」一位中年女人說。

「是啊，長得更俊俏了！」她旁邊的一位年輕女子跟著說。

「是金莊的少爺哦。」捉著玉環手的兩個男人說著，便放開了手。

玉環摸了摸被抓疼的手臂，她看了一眼穿著高尚的年輕人，和站在他身旁的老男人。「倉管伯伯？」她驚訝著。

「這位女士是我們家的員工，不是騙徒。」年輕男子對著在場的人們說著，便轉過頭一臉嚴肅的對著身旁的兩個男人說：「你們沒有查清真相，就道聽途說，亂抓人。我想才應該送你們去警局。」他瞪大了眼。

「對不住，少爺。我們以為那個女人說的是真的。她又抱著小孩……」男人抱歉地說著，轉身往女人的方向看去，才發現女人已經不見了。

「她剛才已經從人群中跑走了。」玉環語氣不悅地說。

在一旁圍觀的群眾，這時也紛紛離開了。「應該是那女人騙人的。」「對啊，現在怎麼有那麼多騙子啊！」大家你一句我一句地討論著。

「還好，那少爺出現。」「對啊！他真是又帥又善良哦！」幾個女人很讚賞的說著。

剛剛抓著玉環的兩個男人，非常困囧地站在路邊。

「少爺，我們真是沒腦袋哦。」其中一個男人邊說邊拍了一下自己的頭。

另一個男人也拍了拍自己的頭，「是啊。這個腦袋今天裝豆腐了。」他不好意思地低下了頭。

「也不能怪你們，你們也是好心。沒事了，快走吧。」年輕男子語氣和緩地說著。

男人們尷尬地笑了笑，然後不好意思的對玉環點著頭說：「小姐，對不起。剛才弄痛妳了。」「對啊。真對不住。」

玉環輕輕地搖著頭，「沒關係。」她舉起了食指，雙眼嚴肅地對著他們說：「不過，真的要查清楚，不要把好人當成壞人了。」

男人們努力地點著頭，「上一次當，學一次乖。我們下次會張大眼。」「是的，我們會的！那我們先走了！」男人們說完，便快步走開了。

年輕男子走到玉環旁邊，「妳還好嗎？」他關心著。

「我沒事，謝謝你幫我。」玉環微笑的對著高她一顆頭的年輕男子點著頭道謝。看著男子那溫柔的雙眼，突然間她感到有些不好意思地往一旁看去。

老倉管走過來叫著：「玉環，」玉環立刻往倉管看去。他一手比著身旁的年輕男子介紹：「這是我們的小老闆哦。」

「哦……」玉環有些吃驚地看著老倉管，然後看了一眼他身旁的年輕男子。她馬上彎腰鞠了個躬說：「老闆好。」

「小事。」年輕男子微笑著，「不過，叫我仁德就好了。」

玉環微笑地點著頭。

「現在戰後，有很多人想盡各種辦法賺錢。我想剛剛那女人，可能也是想趁這個機會敲妳一把。以後出門要小心。最好旁邊有個人作伴。」仁德說。

「哦，好的。」玉環點了點下巴。這是她頭一次看到穿著襯衫，西裝褲的年輕男人。在她村子裡，男人們都是穿汗衫跟棉褲，更不用說年輕男人。他們有時夏天，都還光著上身。玉環想起了高她一個頭的阿振，抓魚回來的樣子。

老倉管微笑地說：「玉環剛到這裡沒多久，應該還沒有時間交朋友。」

「沒關係，我下次會小心。不過，我長這麼大，還真沒看過剛才那樣的人。」玉環說著想到了原來外婆說的人多，不安全，就是這樣。

「這裡什麼人都有。妳一個人在這裡，有什麼需要幫忙，可以跟我說，沒關係。」仁德親切的笑著，兩旁的小梨窩若隱若現掛在嘴角上。

看著仁德溫暖親切的笑容，玉環原本憤怒不平的心，居然頓時消失了。「謝謝你。」她感謝的鞠著躬。

仁德伸出手握住了玉環的手臂，輕輕拉起了彎著腰的玉環，「我們年紀應該差不多，妳不要這樣跟我敬禮。」他微笑著。

「嗯。」玉環點頭微笑著。

「我們去看電影吧，快播完了。」站在一旁的老倉管建議著。

「嗯。」玉環點著頭。

仁德有禮貌地一手伸在玉環前面說：「妳先走。」

玉環有點不好意思地點著頭，心想，哇！有錢人的小孩，談吐舉止就是不一樣。

第十二章

仁德和玉環(一) 玻璃缸裡的小蝦

剛在夜市吃完晚餐的玉環，走在往回水流室的路上，心想今天來走條不同的路吧。她往旁邊的巷弄走去，路變得小了些，燈光也比較暗。

山城是由很多大小不一的石頭，混著特殊黏土堆疊築成的石頭屋，蓋在山丘上。除了在商區，有幾棟兩層樓的房子，其他都是一層樓的矮房，面對著藍藍的大海。天氣好時，可以看到美麗的日出，在綠色的山巒邊升起。日落的晚霞，在藍色海平面上降落，把天邊染成又紅又紫。而在山上的晚上，更能清楚地看見滿天星斗，跟金黃色的月亮，是一個非常優美的城鎮。

山城的地勢傾斜，屋子的高度也比漁村的矮很多，也小很多。當地人說，是因為這裡山風大，地震也不少。而這樣的屋子冬暖夏涼，還可防地震。

玉環走出了巷弄，來到山邊小路上。在這個夏天日落的傍晚，隱約還可看到橘紅色的太陽，下到海平面上。

「真漂亮！」她微笑地看著日落，心情也頓時輕鬆起來。她舉高著雙手，伸了個懶腰。

「哎！呦！」一位老婦人的叫聲傳來。

她左右查看了一下，可是都沒有人。正當她要往上跳飛去時，有個小男孩從後面巷子跑了出來。看著她懸空的雙腳，小男孩吃驚地睜大了雙眼。她馬上落回地面，緊張地揮揮手笑著說：「嘿……我……我在練習跳高。」

小男孩皺著額頭看了她一下，便快速跑開了。

她鬆了一口氣，「哦……還好沒飛。」在快速地查看了一下四周後，她便趕緊地往聲音跑去。只見一個很老的阿婆，倒在山路邊爬不起來，竹籃裡的菜也灑了一地。

玉環趕快地把她扶起來，「婆婆，您有沒有受傷？」她關心地問。

老婆婆緊皺的臉勉強擠出了一個微笑，她手摸著膝蓋說：「老毛病，就風濕。」

看著老婆婆摸著半拐的腳，玉環想起了外公。「來，我背您走好了。」她說著便轉身背對著老婆婆，彎下了腰。

老婆婆揮著手，「不……不……小姐，我自己走。」她有些不好意思地說。

「來，婆婆我背您。」一個男生的聲音從玉環背後傳來。

玉環站了起來轉過身，她驚訝地看著正準備把老婆婆背起來的男生，「仁德！」

老婆婆看著穿著絲質上衣，西裝褲的仁德，她不好意思地婉拒著：「怎麼好意思，我身上有泥土，會把你身上這麼好的衣服弄髒的。」

「沒關係，洗一洗就乾淨了。」仁德說完便彎下腰把老婆婆背了起來。

玉環微笑地看了仁德一眼，然後把地上的菜撿起來，放在竹籃裡。

「你們兩個年輕人，真是大好人。謝謝你們啊。」在仁德背上的老婆婆笑著。

「小事，婆婆。不要客氣。」仁德邊走邊說著。

走在仁德後面，手拿著竹籃的玉環，看著仁德背著老婆婆的樣子，心想他不只沒有富家人的架子，還這麼善良熱心助人。

他們一起走到老婆婆的家，玉環堅持要看看老婆婆摔倒的腳。「婆婆，您的膝蓋有點破皮，還瘀青。您家有沒有藥？」蹲在坐在客廳木椅上老婆婆前方的她問。

「有，在神桌的櫃子裡。」老婆婆邊說邊指著神桌。

「我去拿。」仁德說著馬上走到神桌旁，從櫃子裡拿出藥包給玉環。

玉環很快地幫老婆婆上了藥。「婆婆，您家有沒有薑及海鹽？」她問。

老婆婆點著頭，「有啊，在廚房裡。」她手比著廚房方向。「妳要，都拿去。我沒有什麼可以謝謝你們的。」她感激地說。

「玉環，妳要做什麼？」仁德好奇的問。

「婆婆，您等我一下。」玉環微笑地看了老婆婆跟仁德一眼，便往廚房走去。她很快地生起爐灶火，然後洗了薑，切成薑片加上海鹽，放到大鍋內快炒。她撈起薑鹽放入大碗內，熄了灶火，拿著碗到了客廳。她查看了一下客廳的四周後問：「婆婆，有沒有乾的布？」

老婆婆摸著頭，想了想後說：「只有洗臉的毛巾在廚房裡，可是不知乾了沒？」

玉環跑回廚房，看到一條破了個洞的濕毛巾。她走到客廳問著老婆婆：「有沒有舊衣服可以包這薑及海鹽？怕這薑涼了就沒效了。」

「有，可是不知放在哪裡了？」老婆婆說著皺起了眉頭想著。

這時仁德從口袋裡，拿出一條大灰色棉質手帕說：「用我的手帕好了。」他微笑著，嘴角那可愛的梨窩也跑了出來。

老婆婆雙手左右揮的婉拒著：「不行啦！這麼好的手帕，會弄髒。我買不起新的還你，先生。」

「沒關係，就送您。我相信玉環知道她在做什麼的。」仁德說著轉頭看了一眼玉環。

玉環點著頭，拿起仁德手中的手帕，把薑及海鹽放在裡面，做成一個包。「婆婆，我先幫您敷在膝蓋上，這樣可以減緩疼痛，也可以消腫。」她說著便一手把海鹽薑包壓在老婆婆受傷的膝蓋上，另一手放在老婆婆的腿上，心裡開始誦：

「Om……Shanti……Om……Shaniti……」

「Tan Man Shant，Hoi Adhikai，Rog Kaatai，Sukh Savijai。」

「Tan Man Shant，Hoi Adhikai，Rog Kaatai，Sukh Savijai。」

「Tan Man Shant，Hoi Adhikai，Rog Kaatai，Sukh Savijai。」

慢慢的，老婆婆臉上痛苦的表情減少了。她微笑地說：「小姐，這還真有用。已經好很多的感覺了。」

「婆婆，叫我玉環就好了。」玉環微笑著。看著老婆婆開心的笑臉，她想起了家鄉的外婆。

仁德對玉環豎起了大姆指微笑著。

玉環也微笑地對他點了個頭。

「對了，您家人呢？婆婆。」站在一旁的仁德問著。

「都在戰爭中走了。」老婆婆說著嘆了口氣。

玉環聽了心裡很難受，她感到不捨地問：「婆婆，您就一個人住嗎？」

仁德看著小屋子內，除了一個小神桌，一張桌子，幾張椅子，還有一個小廚房跟後面的一個小房間，什麼也沒有。

老婆婆點著頭，「是啊。我就到剛才你們發現我的地方，種種菜，拿去市場賣，養活自己。但是老了，不中用，走個路也老跌倒。還好有你們這麼好心的人。要不然，也不知道會不會像上次一樣，要等到隔天才有人發現我哦⋯⋯」老婆婆搖了搖頭，看了看她受傷的膝蓋。

仁德伸出手摸著老婆婆的手臂說：「婆婆，我明天請醫師來看您的腳，不用擔心。」

老婆婆揮著手搖著頭，「我負擔不起啦……」她輕輕拍著仁德握在她手臂上的手微笑著，「沒關係，就是老化啦。這個海鹽薑包還真有用，我以後就每天敷就好了。」

仁德的雙手握住了老婆婆的手，很真誠地說：「婆婆，您不用擔心。醫藥費我會處理的。」

老婆婆感動的眼睛都紅了，她點頭微笑著，「你真的是大善人，真的謝謝你。你這麼好心，一定有好報。我都不知怎麼稱呼你？」

「婆婆，叫我仁德就好了。」仁德微笑著。

「謝謝你，仁德。」老婆婆感激地點著頭，輕輕拍了拍仁德的手背，然後往一旁的玉環看去，「還有妳，玉環，謝謝。」老婆婆點著頭。她仔細地端詳了一下仁德和玉環，「真登對啊！」她笑著。

仁德微笑地看了一下玉環。

玉環揮著手不好意思地說：「婆婆，我們不是……他是我老闆的兒子。」

老婆婆挑著眉笑著，「哦……這樣嗎？我看人不會錯的。」她慢慢地站了起來。「哇……你們看。玉環的海鹽薑包真有效。我不用看醫生了！」老婆婆開心地說著，但走了兩步腿又彎了下來。

玉環馬上過去扶著老婆婆坐下，她溫柔地問：「婆婆，就讓我們小老闆，明天請醫師來幫您，好嗎？」

老婆婆握著玉環的手，慢慢地點著頭，「好……好，就麻煩你們了。」就在這時，老婆婆的肚子咕嚕的叫了幾聲。她不好意思地摸著肚子。

「婆婆，您還沒吃東西吧？我去買一些吃的給您。」仁德微笑著。

「謝謝你啊，仁德。」老婆婆感激的點著頭，然後握住了玉環的手，「玉環，忙了這麼久，累了吧？妳也回去休息吧，真是謝謝妳。」

「我不累。」玉環微笑著。「那我跟他去買吃的給您好了。」她站了起來。

老婆婆微笑地點點頭。

他們出了門，往夜市走去。

「妳怎麼懂得用海鹽薑包去治風濕的？」仁德一臉好奇地問著小他三歲的玉環。

「是我外婆教我的，她……」玉環回著便把家裡外公的病告訴了仁德。

「所以，妳輟學來賺錢，就是為了醫治妳外公的病？」仁德很驚訝地看著小他一顆頭，纖細外表下的玉環，居然有著一顆如此勇敢強大的心。而且年紀小小的她就隻身一人，離鄉來城市找工作。他不禁開始佩服著這位漁村來的女孩。

玉環點著頭，輕嘆了口氣說：「痛風很難治，現在也沒有解藥。」

「現在沒有，不代表以後沒有。」仁德鼓勵著。

玉環眼神堅定地看著仁德，點著頭，「對，我也這麼想。」

看著玉環認真的眼神，仁德的心感動著。他這一輩子，唯一的擔憂是要考到好學校，好成績。而比他小三歲的玉環，卻必須放棄學業，來賺錢養家。他為自己的一切感到渺小，心裏由衷地敬佩玉環。「以後叫我仁德就好，不要叫我小老闆。」他很真誠地說。「我還只是個學生。妳比我能幹，已經在工作了。」他很佩服地看著她。

看著仁德如此誠懇的樣子，不自覺地玉環縮短了原本對他保有的距離感。她微笑但語氣堅持地說：「好吧，在外面我就叫你的名字。但在工作上，我還是必須叫你小老闆。」

「好，就這樣。」仁德開心地笑著。

從那天後，仁德就會找機會到水流室去找玉環，或是在週末放戶外電影的時候，跟玉環到廣場吃東西，看電影。他也會帶玉環到採礦區的後山上的小溪玩水和拔野薑花。

「這花真香。聞起來好舒服！」坐在小溪旁石頭上的玉環，閉著眼睛聞著手上的野薑花。她的嘴角上揚著。

看著夏天午後的陽光灑在玉環粉紅的小臉，淡淡的和風吹著玉環的臉和她的臉頰旁的頭髮，以及她手上的花。仁德心想，好美的女孩！他真想把這幕畫起來。

「我們上學的路上，也有條小溪，也有長野薑花。」玉環對著坐在她一旁石頭上的仁德微笑著。

「妳喜歡的話，我們下週末再來。」仁德說著便把雙腳伸入了溪水裡，「哦……好涼哦！好舒服。要不要下來試試看？」他微笑地看著玉環。

「好啊。」玉環說著也把腳放進水中，「哦……真的好涼。」她的雙腳輕輕地踢著水。

仁德跳下石頭，走在溪水裡。「這裡有很多小魚！還有蝦哦！」他開心地看著水裡。

玉環往他站的地方看去，「真的嗎？」她說著也走進了溪水裡，然後快步地走到仁德旁，彎下了腰看著水裡，「哇！好多隻哦！」她笑著。

「我小時候會跟我那些表兄弟，來這裏抓蝦子玩水。」仁德說著也彎下了腰，雙手伸進了水裡，「別跑……別跑……」他滿臉雀躍地邊叫邊抓著蝦子。

玉環看著年紀大她三歲，高她一顆頭的仁德，此時卻像個興奮的小男孩追著水裡的魚蝦。

「玉環，抓到了！抓到了！」仁德開心地捧著手心上的一隻小蝦，走到她身旁，「妳看！」他興喜若狂地看著她。

「好厲害哦！好小隻，還有點粉紅色。」玉環開心地邊說邊看著正在仁德手上跳動的小蝦。而就在仁德手上的水流乾後，小蝦也停止了跳動。玉環的心沉了一下，「我看還是放了吧，沒水牠就會死了。」她說。

「我可以帶回家養在玻璃缸裡啊！這樣我每天都可看到牠了。」仁德笑著。

玉環看著小蝦，想起了自己的父母。「那牠的父母一定會很想牠。而且關在一個小玻璃缸裡，牠一定很寂寞、很孤單。」她說著嘴角往下壓去。

看著善良的玉環，仁德心裡更加欣賞她。「也是哦！好吧，我聽妳的話，放牠自由。」他說著就把小蝦放在水裡，然後微笑地看著玉環，「玉環，我帶妳去一個很棒的地方看日落。」

玉環點頭微笑著，「好啊！我也好久沒看日落了。」

他們一起漫步到靠近上次阿婆跌倒的山坡邊。

「在這裡，妳可以看到整個海平面。」仁德邊說邊比著前面的大海，他放下了手，「我喜歡一個人來這裡。好像這整個世界，就只有我和這片山和海。」他深吸了一口氣，然後帶著滿足的笑容，轉頭看著身旁的玉環，「我同時感覺渺小，但也壯大。是不是很奇怪？」

玉環看著仁德那天真的笑臉，還有嘴角上那可愛的梨窩，心想好單純、好開心的一個人。好像他的世界裏都沒有什麼憂慮一樣。她輕輕地搖著頭，「不奇怪。在這宇宙裡，你確實是很渺小。」她眼神堅定地看著他，「我相信，是因為你有一顆很寬廣的心，所以才會覺得自己壯大。」

「謝謝妳的肯定。」仁德嘴角上揚微笑著。

玉環打開了雙手，也深吸了一口氣。「好清新的空氣！」她閉上了眼睛微笑著。

他們在山坡上坐了下來，靜靜地等待著日落。

仁德在草地上躺了下來。他看了看天空，不自覺地視線就停在玉環身上。突然間，他為這年輕瘦弱的女孩感到心疼。年紀這麼小，就必須輟學，一個人來這山城工作。

而玉環剛好在此刻回過了頭，他們四目交接，玉環不好意思地紅了臉。她馬上轉過頭看著海說：「謝謝你今天帶我出來，我已經好久沒有這麼放鬆了。」

仁德坐了起來，微笑地看著玉環，「玉環，妳喜歡，我們每天都來。」

此刻的夕陽慢慢地從海的盡頭落下，橘紅色的晚霞籠罩著海盡頭的上方。

「好美哦！」玉環讚嘆著。她微笑地看了一眼仁德，「你忘了，我要工作哦？」

「對哦！」仁德笑著。

「以前，我也常在我家那邊看日落。可是就覺得今天的特別美。」玉環輕輕笑著，她轉頭看著橘紅色的天空，若有所悟地說：「人好像都是失去之後，才知道它的珍貴。每天可以有的，我們就習以為常了。」

仁德贊同的點著頭，「也是。」他看著前方的海繼續的說：「但是能真正體悟到的，沒有幾個人。」

玉環有些驚訝地看了一下，雙眼正凝視著海平面的仁德。她沒想到一生不愁吃穿，一切都被照顧好好的他，也有這樣的體悟。看著前方天際邊的夕陽，她同意地說：「是啊，人是漸忘的動物。今天的領悟跟感受，過了幾天就不會那麼深刻了。」這時的天空也開始從橘紅色變紫色。「我們總是受七情六慾控制著。而時間是一把利劍，它可以把好及不好的記憶，慢慢地斬斷進而消失不見。」她想起了父母的聲音，好似隨著時間的流逝，慢慢地也變模糊了。

仁德回頭看著玉環，心想好特別的女孩！玉環不止有個比她這年齡更成熟懂事的心，她的話語更是如此充滿智慧和靈性。他靜靜地看著玉環。

玉環轉過頭，發現仁德正呆呆地看著她。她有些不好意思的問：「我說錯了嗎？」

仁德微笑地輕輕搖著頭，「沒有，妳說的很好。我喜歡聽妳說話，很有智慧。」

「我只是有感而發，隨便說說的。不好意思，在你前面獻醜了。」玉環靦腆地笑著。

看著玉環有些泛紅臉頰上的羞澀笑容，仁德的心好像被什麼牽動著，一股想摸摸她的臉的衝動油然升起。他吸了一口氣後，轉頭往海面看去。

此時紫紅色的晚霞在天際邊消失了，天也慢慢地變黑了。

「妳看，那裡有一顆星。」仁德手比著北方的天空說著。

玉環抬起了頭，「那裡也有一顆！那裡也有！」她開心地比著天上的星星。

「來，躺下來看，比較舒服。」仁德說著就躺了下來。

玉環跟著躺了下來，他們開心地看著夜空中的星星。暖暖的晚風吹著他們的臉龐，他們一顆一顆地數著天上的星星。

第十三章

仁德和玉環(二) 採金礦區的蒙面人

玉環跟仁德很快地變成好朋友。然而暑假的時間很快就要過去了，仁德必須回去高校讀書。這是他在高校的最後一年，之後就要上大學了。這天仁德跟玉環到廣場要看電影，卻碰上了仁德的表兄弟。

「仁德，你什麼時候交女朋友啊？怪不得整個暑假都看不到你。」一位表兄對著仁德說著，然後他快速的上下打量了一下站在仁德旁的玉環。

仁德笑著回：「沒有，你不要亂說話。」他看了一眼站在一旁的玉環，才發現她有些尷尬的靦腆笑著。

仁德的表弟拍著仁德的肩膀，「好了，不打擾你們看電影。回去學校前，來打場撞球啊？」他挑著眉問。

玉環看了一眼仁德，心想他怎麼都沒提要回學校的事？

仁德的表哥把仁德抓到一邊小聲地說：「你怎麼那麼小氣！讓你女朋友穿得那麼寒酸，買幾件好看的洋裝送她。」

「哦……我倒不覺得她得穿著有什麼問題。」仁德說著回頭微笑地看了玉環一眼。

而會讀心術的玉環，聽到了一切。她看著自己的衣服，然後看著他們三個穿著絲質襯衫，西裝褲，心想我哪有錢去買他們穿的啊？

「就說你小氣。哪個女生不愛漂亮，聽我的就對了。」表哥說著拍拍仁德的背後，便一同和表弟離開了。

仁德跟他們揮揮手後，走到玉環身邊說：「走，我們去看電影。」

「嗯。」玉環點著下巴。

他們開始往廣場走去。

「他們是誰？」玉環邊走邊問。

「我表兄弟。」仁德回著笑了笑，「整天都愛玩。」他走到了賣棉花糖攤販邊，買了兩枝棉花糖後，拿了一枝給玉環，「給妳。」

玉環拿起了他手中的棉花糖點著頭，「謝謝。」她舔了一口棉花糖，看了一眼走在一旁的仁德。走了幾步後，她淺淺地問：「你什麼時候要回去學校上學？」

「再過一星期就開學了。」仁德回著停下了腳步，他目不轉睛地盯著玉環。

正吃著棉花糖的玉環停了下來，「你幹嘛這樣看著我？」她一臉茫然地看著他。

「玉環，妳不會很快就不做了吧？」仁德臉色有些緊張著。

看著仁德擔心的表情，玉環覺得很奇怪。她問：「不做？你是指你家的工作？」

仁德點點頭，「對。」

「當然不會，我還會做很久。」玉環笑著。

仁德鬆了口氣，「那就好。」他開心地笑著，「我過一學期就回來。我會在過年前回來，妳要等我。」

「等你幹嘛？」玉環皺著眉看著他。

「哦……沒事。」仁德笑著，然後假裝一副老闆樣壓低著嗓子說：「我的意思是，妳要好好工作，不要被老倉管開除了。」雖然他嘴上逗著玉環，但其實心裡很想告訴玉環他喜歡她。

「我一定會好好工作的，仁德少爺。」玉環笑著吃起了棉花糖。而這時她的心跳加快著，因為她已經聽到仁德心裡的聲音了。

☙

過了一星期，仁德到了水流室。在這兩個半月裡，他來了水流室很多次，每次都是很開心地來找玉環。可是今天，卻是帶著離別不捨的心來告別的。「玉環，這給妳。」他說著便把他手上的一個大袋子，放到玉環手裡。

玉環打開了袋子，「哇！好漂亮的衣服，這一定很貴吧？」她驚訝地問著仁德。

仁德笑了笑，「拿出來試試。」

玉環從袋子裡，拿出了一件外套跟兩件洋裝。

仁德拿起洋裝，把它比在玉環的身上，「我買的時候，還真擔心會不合。看起來應該可以。」他微笑著。「妳去試試。讓我看一下，好嗎？」他的眼神裡充滿了期待。

玉環很想拒絕這麼貴重的禮物，可是看到仁德溫柔又期待的雙眼，她不忍心拒絕。她點點頭，走進了她的小房間，換上了洋裝出來。

看著穿著米黃色七分袖及膝洋裝的玉環，仁德不由自主地走向前說：「真漂亮。」他的雙眼緊盯著她看著。

玉環不好意思的低下了頭，「是你買的，當然你要說好看。」

「妳喜歡嗎？」仁德溫柔地問。

玉環想假裝不在意，可是自己的心卻跳得好快。她抬起了頭，故作輕鬆地說：「當然啊！這麼貴的衣服，每個女生都喜歡的。」

仁德微笑著，然後走到一旁，拿起袋子上的外套，「來，手伸出來。」他溫柔地說著。

不知為何，玉環竟很聽話地伸出了手。仁德便把米白色的棉外套，幫玉環穿上。「穿上這件，冬天一定很溫暖。」他滿意地笑著。

玉環摸著身上這又軟又暖的外套，她的心裡是滿滿的感動。「謝謝你，仁德。」她眼眶紅著。

仁德伸出手摸著玉環的手臂，「玉環，怎麼了？」他關切地雙眼充滿憐惜的看著她。

玉環輕輕搖頭微笑著，「沒事，我只是想到我外公。我小時候，他辛苦的捕魚，幫我買了一件棉襖給我過年穿。」

「妳外公一定很愛妳。」仁德微笑著。

玉環點著頭，「嗯。」她想起了家鄉的外公、外婆及就要離去的仁德，心裡突然感到一陣的酸楚。她沉下了臉。

仁德伸出了雙手，輕輕地摸著她的臉，「不要難過，過年妳也可以回家看妳外公，外婆。而且我很快就回來。」他那柔情似水的雙眸，含情脈脈著。

看著仁德如此溫柔的雙眼和在她臉上的雙手，玉環退了一步，不好意思地低下了頭說：「沒事。謝謝你對我這麼好。可是，我實在沒有什麼東西可以送你。」

「妳不要一直謝我。妳只要把自己顧好，對我就是最好的禮物。」仁德說著雙手握住了玉環的兩隻手臂。

玉環抬起了頭。

「這裡冬天很冷，我已經叫老江多準備幾條棉被，及一個大火盆給妳保暖。如果還有需要什麼，再跟他說。」仁德溫柔的話語裡儘是關愛。

面對著如此細心溫柔的仁德，玉環的心慢慢被融化著。「我會照顧好自己的，你不要擔心。倒是你在外，才要好好照顧好自己。」她微笑著，然後脫下了身上的外套放回袋子裡。

「還有一件事。」仁德握住了玉環的雙手，「妳可以寫信給我嗎？」他那雙殷切盼望的眼睛，直直地盯著她。

玉環的心跳加速著，她不知如何回應地呆呆望著他。

仁德從口袋裡拿出了一張紙，然後牽起了玉環的手，把紙放在她手中說：「這是我學校的地址。我會每天等妳的來信。」他深情地看著玉環。

此時的玉環，都可以聽到自己心跳的聲音。她的臉頰發熱著，但她假裝沒事地說：「少爺，你時間很多哦？我可是要工作才有飯吃。」她馬上轉身走進了她的小房間裏，大大的吐了一口氣。她換下了洋裝，慢慢地走了出來。看著一直盯著她看的仁德，她走到他身旁，拍了拍他的手臂說：「好，我會。但不是每天哦。」

「少爺，車子在外面等很久了！再不走就天黑了！晚上山路比較危險，不好開。」倉管老江在外面叫著。

仁德那深情又不捨的雙眼，再次落在玉環臉上。他很想緊緊抱著她，但他還是只輕輕地摸著玉環的肩膀，很不捨地說：「妳一定要等我，我很快就回來。」

玉環心想真不想知道他心裡的想法。她雙手插在腰上很認真地說：「好，我等你回來給我加薪，小老闆。」

看著玉環調皮的樣子，仁德不自覺地伸出雙手摸著她的臉。他那溫柔又深情的雙眼微笑地看著她，「那妳要等我當上這裡的老闆才行。所以我想，妳可能要在這裡工作一陣子了。」他溫柔地說著。

玉環的臉紅了起來，她雙手推著仁德的胸口說：「你還不快去，等一下天黑就危險了！」

這一幕，被站在水流室外的仁德媽媽看見了，她皺著眉頭沒有說話。

「我等妳的信。」仁德說完，很不捨的往門外走去。到了門口，他回過頭，一雙甜甜的梨窩掛在嘴邊微笑著。他舉起手跟玉環揮著。這時的夕陽，灑在他棕色的頭髮上發亮著。

玉環看著仁德被陽光照得發亮的笑容，心想好迷人的一張臉。她也舉起了手微笑揮著。

仁德的車子發動走了。

在水流室裡的玉環，心裡好像失去了什麼的。她呆呆地看著袋子裡的衣服。

沒有仁德的陪伴，時間似乎過得特別慢。

一天傍晚，玉環到了夜市買晚餐。

「聽說有個蒙面人，最近常在這一帶偷東西。」一個攤販說著。

「是啊！聽說他會飛！功夫高強。還沒有人知道他是誰。」攤販旁的中年男子回著。

另一位中年男子插進來繪聲繪影的說：「我還聽說，他其實是濟弱扶貧的大俠。很多貧窮沒飯吃的人，都是靠他救濟的。他跟有錢人偷東西，然後救濟沒飯吃的人。」

「那他這樣還真是大好人！」站在一旁，拿著菜籃的老婆婆大聲讚賞著。

「對啊，有錢人的錢那麼多，也用不完……」站在老婆婆旁的中年女士跟著說。

會飛？難道他也是跟我一樣？玉環邊聽邊想著。

忽然間，在隱約中，玉環聽到很多人痛苦地叫聲。正當她要往痛苦的呻吟聲音走去時，一個中年男子驚慌地跑來，對著市集裡的人大喊：「不好了！！不好了！！前面山區的採金礦區，隧道崩了！好多人被困在裡面，需要人去幫忙。你們快回家拿鏟子來幫忙救人啊！」

玉環馬上往山邊快速跑去。

「哇！那女孩怎麼跑的跟飛的一樣快！！」剛才的老婆婆瞪大眼睛，看著玉環快速的飛奔著。

市集很多男人紛紛放下手中的事，有攤販工作的男人，把攤子交給隔壁顧攤的女人，就一起去救人了。

玉環來到幾乎已經全被石頭、泥土擋住的隧道口。而看起來是金子公司的救難人員，正努力地挖開它們。在這裡，玉環可以清楚聽到，很多人正痛苦地叫著。

忽然在一個很大的喘息聲後，心跳聲慢慢地變弱了。

他快不能呼吸了，怎麼辦？玉環緊張著。她往隧道的頂端一看，有兩個男人在上面。她飛快地跑上去，看見隧道上方崩塌了一大塊，形成一個洞口。兩個男人正在想辦法要下去救人。

「這洞這麼小，怎麼下去？」一個男人說。

「我回去拿繩子。」另一個男人說著就跑下山去。

站在洞口旁的男人，皺著額頭，神情凝重的看著小洞口。

玉環走到他一旁，看著洞口。在這裡她聽得更清楚了，剛才那個男人昏過去了，心跳聲也快聽不見了。這時她腦海裡，清楚地浮現了洞下面裡的影像。好可怕，他們快不行了！要趕快下去救他們。玉環緊張地看著洞內。

「小姐，這裡危險，妳快離開！」男人擔心地叫著玉環。

突然間，整個山又大震動了一下。男人站的地方，突然鬆動，他整個人往洞裡掉去。玉環馬上伸出手要去抓他，但卻來不及了。男人掉到至少十尺高的洞下面。玉環大聲叫著：「先生！您還好嗎？先生！先生！」

男人躺在地上沒回應。玉環看了一下左右，確定都沒人後，便往洞裡飛去。洞裡很暗，還好上方洞口有一些光線照下來。她落在剛才掉下的男人旁，抱起了他才發現他的頭正流著血，而且半昏迷中。「先生！先生！」她邊叫邊拍著他的肩膀。

男人半張開了正被流下來的血遮住的眼睛，「妳也掉下來了。妳沒事吧？」他沒力地問。

「我沒事。您在這裡，我去找人幫忙。」玉環說著便撕下她的長袖袖子，包住了男人正在流血的頭。男人閉上了眼睛，昏了過去。「先生！先生！」她擔心地叫著。她摸了一下男人的鼻子，確定還在呼吸後，才鬆了一口氣。這時傳來好幾個男人急速喘氣的聲音，好似快吸不到氣一樣。她往上一跳，快速地飛到他們身邊。

「先生！先生！您們不能睡，醒醒！！」她邊拍著他們的手臂邊叫。而洞內的空氣非常微薄，幾乎連她自己都很難呼吸，而且沒有什麼光線。她用力的一次抓著兩個人，往剛才男人掉下來的洞口下方飛去。她把昏睡的男人們放在受傷昏迷的男人旁邊，便又快速飛去載另外兩個昏迷的男人到這裡放下。就這樣來回好幾趟，她終於把這些昏迷且奄奄一息的人，全帶來放在洞口下。慢慢的他們的呼吸聲回來了。她在確定他們心跳比較正常後，又往痛苦的叫聲方向飛去。碰！碰！碰！突然傳來了爆炸聲。糟了！她快速地往爆炸的方向飛去。

有個出口！難道是金子公司的救難隊炸的？耶……那是什麼？就在這時，她看到一個蒙著臉的男人，背著兩個受傷的男人往隧道入口飛去。

哇！是那個大俠嗎？她心想。這時她聽到好幾個人，幾乎快停止跳動的心跳聲。她快速地往薄弱的心跳聲飛去，找到了昏迷的人們。她用力的一手一邊，抓起了人往隧道入口飛去，卻遇到迎面飛來的蒙面人。他那雙銳利的雙眼在她面前快速閃過。在把兩個男人放在隧道入口不遠處，折回載其他的男人的路上，蒙面人飛了過來，丟了一個手帕給她說：「給妳！」她接起了手帕，停在空中，「幹嘛？這些灰塵我可以應付。」她一臉自信地看著他。

「妳真的還不蒙起來？妳要他們知道妳是誰？」背著三個男人的蒙面人，邊飛邊說。

「哦！」玉環張大了眼睛，才想到她怎麼那麼不小心。「謝謝。」她說著便馬上用手帕，圍住自己的鼻子及嘴巴。

他們就這樣來來回回，把受傷的男人們全部都載到隧道口。

「好像有人來了！」蒙面人說著放下了背後背的三個男人，然後看了玉環一眼，「妳也快走吧！」他拿下綁在臉上的手巾，抓起地上的泥土，往臉上塗著。然後假裝一拐一拐的朝入隧道口走去。

一個男人跑過來扶住了蒙面人說：「先生，你沒事吧？」

「我能走，沒事。」蒙面人說著舉起手比著後面，「後面的人，你們快去救他們吧。」

飛在高處，躲在黑暗角落的玉環，看著這一幕心想，哇！他還真聰明，可惜沒有看到他的臉。她朝著剛才崩塌的洞口方向快速飛去，到了剛才男人掉下來的洞口下方，看到有好幾個人拿著繩子，把那些受傷的人綁著。而在隧道頂端的洞口處，有人正把他們往上拉去。她躲在一旁的大石頭後，等到他們都離去之後，才往上方的洞口處飛出。

走回水流室的路上，玉環看著手中沾滿著塵土的手帕，想著剛剛的蒙面人。他一定是月亮來的人，好厲害啊！這才是真英雄！她的心被蒙面人激勵著。

第十四章

誰偷走了金條

「玉環，已經入秋了。如果冷的話，我就幫妳多拿條被子來。」剛走進門的倉管伯伯老江對著蹲在水池邊，低著頭，正努力用著雙手在冰冷水池裡，清除著堵塞出水口的纖瘦背影說著。

玉環抬起頭微笑地說：「謝謝伯伯，我還好。我會冷，再跟您說。」她低下了頭，在水口的地方抓出了一把金沙，「就是這些堵住了。」她笑了一下，便將金沙放在一旁的碗裡，然後繼續清理著水池。

「玉環，上次金礦區的隧道崩了後，對我們公司也造成了一些損失。而且要等到隧道修復好，才能再繼續採礦。這一批金條冷卻完後，應該就不會用到那麼多池的水了。」老江說。

玉環停下清池的工作，有點緊張地看著老江，「伯伯，我該不會沒有工作了吧？」

老江微笑著，「妳不要緊張。工作一定有。只是我在想，也許妳想趁這機會回家看看。要不然，要等到過年還要三個多月。」

玉環馬上站了起來，走到老江旁，「我可以嗎？那就太好了！」她又驚又喜地握住了老江的手。

「還說不冷，妳看妳的手這麼冰。」老江很疼惜地摸著玉環冰凍的雙手。他拿出了口袋裡的手帕，擦著玉環濕冷的手。

「伯伯，謝謝，謝謝您！」玉環激動地抱住了老江，眼眶紅著。

老江微笑地摸摸玉環的頭，「我想如果沒有差錯，妳應該可以回家團圓過中秋。」

玉環放下了抱著老江的手，興奮地看著他，「真的嗎？那太好了！那我要趕快去準備一些東西帶回家。」她想著不到兩個星期就可以回家了。她要趕快去買一些家裡用的，和外公外婆愛吃的。

「玉環，這二十塊給妳買一些好吃得帶回家。」老江邊說邊將兩張十元紙鈔放在玉環手裡。

「伯伯，這我不能收。」玉環推拒的要把錢放回老江手中。

老江握住了她的手，「妳來這四個多月，很努力，也很盡職的工作。妳看，如果我請工人來清池子，也要花錢。」他說著便把錢放在玉環手中，「就當作是我給妳的加飯錢好了。」他輕輕地拍了拍她的手背微笑著。

「謝謝您，伯伯。」玉環既開心又感激地跟老江點著頭。

ᘓ

晚上休息的時後，玉環到夜市買了一些家裡用的東西，和幾件保暖的衣服給外公外婆。就在她開心地走回水流室，要拿鑰匙開門的時候，卻發現門沒有鎖。她緊張得開了門，放下了手中的物品，快速地巡視著水池中的金塊。忽然間，一隻手從她後面摀住了她的嘴，另一隻手抱住了她的腰。

「不准出聲！」一個年輕男人的聲音說著。

玉環想掙脫他，但心想這聲音好像在哪裡聽過？

「妳這麼瘦，還很有力嗎。」男人笑著，「放心，我不會傷害妳。只要妳拿幾塊金塊給我，我就馬上離開。」

玉環點著頭，心想我等一下就給你好看，休想偷走我的金塊！

男人放開手。

玉環轉過身，雙手很大力的向他推去，「是你！！」她張大了雙眼驚訝地看著蒙面人。

「是妳！！」蒙面人也很吃驚地看著玉環。

「所以，你真的是那個劫富濟貧的蒙面俠？」玉環問。

蒙面人點了點頭，「所以，妳是幫不幫我？」他往門外看了一下。

「我……我……」玉環猶豫著，心想如果我幫他被發現，一定就沒工作了。搞不好還會被抓去關？

「妳不用擔心會被抓去關。」蒙面人說著便從外套裡拿出一條繩子，「但是，我必須用這個把妳綁起來。」

玉環皺著眉頭看著蒙面人，心想他聽得到我心裡的想法？還是我的表情很容易讓人看出我的想法？

「有了這些金條，妳知道可以救多少挨餓的人？多少生病的人嗎？」蒙面人銳利的雙眼直盯著她。

「難道沒有其他的辦法嗎？」玉環咬著下嘴唇遲疑不決著。

「沒錢就沒飯吃，沒錢就沒藥醫。生病能不能好，就只能靠運氣。你的身體夠強壯，就能撐過。有時自己撐不過，也就自認倒霉。」蒙面人說著神情也愈加凝重，「但那還不是最糟糕的！最怕的是把自己的病，傳染給別人。妳有看過一家五口，又病又餓的，倒在破爛不堪的屋子內的樣子嗎？」他激動地看著她。

玉環想到大戰時，饑寒交迫的時候，她嘆了一口氣，「好吧，你把我綁起來吧。但是，我有一個條件。」

蒙面人點著頭，「妳說吧。」

「我要看你的臉。」玉環眼神堅定地看著他，「你不用擔心，我不會告訴別人你是誰。還有，你要告訴我為什麼你可以飛？」

「這麼多問題。」蒙面人皺了一下額頭，「為了妳的安全，還是不要知道我是誰比較好。」他平靜地說。

「那先告訴我，為什麼你可以飛？」玉環語氣堅決著。

蒙面人走到玉環身邊，在她耳邊輕聲問道：「那妳為什麼可以飛？」

玉環緊張地吞了一口口水。她咬著下嘴唇，不知如何回答。

蒙面人笑了笑，「答案妳我都知道。」他伸出手很快地將玉環綁在角落的樑柱邊。「對不起了。」他抱歉地看了玉環一眼後，便快速的從水池中拿了幾塊金條，放在他大外套的口袋裡，然後走到門外，往天空飛去。

站在仁德父親的辦公室，玉環壓抑著內心的緊張及不安，看著坐在辦公桌後的老闆——仁德的父親，一位年約五十歲左右，留著軍人的平頭，表情嚴肅的中年男人。

「老闆，這是顧水流室的玉環。」站在玉環旁的老江介紹著。

「老闆好。」玉環鞠躬問候著頭一次見面的大老闆。

男人嚴肅的雙眼盯著玉環說：「玉環，告訴我事情的經過。」

玉環把大約的經過告訴了男人。她低下了頭，心裡感到十分的不安。

男人點著頭，「好了，我知道了。」他注意到玉環手肘上的瘀青。

就這樣？他相信了。玉環驚訝的偷瞄了男人一眼，又低下了頭。她鬆了一口氣。

男人對倉管老江說：「老江，拿五十塊給她買個藥擦。」

五十塊！玉環震驚的抬起了頭，看著在嚴肅外表下的男人，內心卻是如此的溫暖。她想起了仁德。

老江點著頭，「是的，老闆。」

玉環忽然感覺自己好像做錯事一般，她揮著手搖著頭說：「老闆，不用了。我都沒有顧好我的工作，又讓您損失那麼多錢。您沒罰我，我就很高興了。我不能拿您這個錢。」

這時男人嚴肅的臉突有了笑容，他看了一眼玉環，然後對著老江說：「哦？我還第一次聽到有人不要錢的。」

「真的不用。您們能給我工作，我就很開心了。」玉環微笑著，心裡也不再那麼緊張了。

男人對她點了個頭，「好吧，妳堅持的話。那沒事，妳可以下去了。」

「好的。」玉環說完便走出了門。

「老江，這女孩還真不錯。」男人說著。

老江點著頭，一臉很認同的說：「對啊，很認真！年紀這麼小，就輟學來工作，幫忙家計。」

「這樣啊。」男人雙手交叉胸前看著老江，「我剛才原本還在想，要不要換個男生來顧好了。女孩子顧，是不是有點危險啊？」男人說著皺起了眉頭。

老江有點緊張地揮著手，「不！不會！都一樣。別人要來偷，都是有備而來的。我想還是加強警衛比較重要。」

男人挑著一邊的眉問著老江：「你很喜歡這女孩哦？」

老江有些緊張的握住了雙手，笑著。

男人站了起來，走到老江旁笑了笑，「不要緊張，我剛說過了，我原本想。但是，這女孩確實是善良。這種不貪心的員工很難找了。」

老江微笑地點點頭，「是！是真的很難找。」

走在辦公室外走廊上的玉環聽到了一切，心裡倍感愧疚。我這不是吃裡扒外的行為嗎？大家都對我這麼好。

☙

中秋節的前一天，老江用著倉庫的三輪車，載玉環到火車站。

「伯伯，謝謝您載我來車站。」站在火車廂前，手提著兩大包物品的玉環感激的對老江點著頭。

「小事，好好回家過中秋。」老江輕拍了拍她的手臂微笑著，「記得，三天後要回來工作哦！」

嘀！！嘀！！嘀！！嘀！！一陣陣火車啟動的聲音傳來。

玉環點著頭，「嗯，我一定會準時回來的。」她上了車。

站在車廂外，老江跟著坐在車廂內的玉環揮著手。

玉環的臉依偎在車窗旁，微笑地對他揮著手。

火車慢慢地開走了，老江慢慢地往出口處走去。突然間，有隻手拍了下他的背。他回頭看，卻沒看到半個人。

「嚇到你了，老江。」仁德站在老江前面笑著。

老江轉過頭，「你怎麼回來了？」他驚訝地看著仁德。

「我回來過節啊！」仁德滿臉笑容地看著他。「對了，玉環還好嗎？我聽我爸說水流室被偷金子的事了。」他擔心地問。

「哦！我就知道，什麼回來過節？我看你是回來看佳人。」老江笑著搖了搖頭。

「是啊，我回來看家人啊！」仁德笑了笑。

老江輕輕笑著，「此佳非彼家啊！可惜你晚了一步。」他聳著肩。

仁德抓住了老江的手臂，「什麼意思？玉環不會不做了吧？」他緊張地看著老江。

「她回家了。」老江回著。

「什麼？」仁德放下了握著老江的手，整個臉失望的沉了下來，「不過，她會不做，也是正常。沒想到會有壞人來，還把她綁起來。她一定嚇壞了。就不要被我抓到，我一定會給他好看。」他說著雙手握起了拳頭。

老江拍拍仁德的背，「已經交給警方處理了。」

仁德雙手握住了老江的手臂，滿臉期待地問：「那，玉環，她家在哪？」

老江拍拍他的手，「你不要緊張，她過三天就回來了。」他笑著。

仁德高興地笑著，可是臉馬上又沉了下來，「還要三天哦？我就要回學校了。」他馬上迫不及待地問：「你告訴我她家的住址，我坐下班火車去找她。」

老江挑著眉毛，微笑地問著仁德：「少爺啊！你不是要回來和家人過節嗎？」

「我……」仁德不好意思地摸摸後腦勺笑著。

老江拍拍仁德的手臂，「讓她回家跟家人過個中秋吧！以後你們有的是見面的機會。」

仁德無奈地嘆了口氣，「好吧。」

第十五章

再見！月婆

月光灑在躺在外婆旁，沉睡中的玉環臉上。

「玉環！玉環！」月婆站在玉環的床邊叫著。

玉環睜開了雙眼，「月婆！」她歡喜地坐了起來。

月婆牽起了玉環的手，她們一起隨著月光，飛過窗戶，往天上的月亮飛去。

「哇！我怎麼能夠穿過那麼小的窗戶？」飛在月光中的玉環，不敢相信地回頭看著剛才飛出來的小窗戶。

「因為現在是妳的靈在飛啊！」飛在她身旁的月婆微笑著。

「靈！」玉環非常驚訝地看了一下月婆和正在飛的自己。

月婆笑著，「只有身體才會受物質的阻礙，靈可以穿越任何物質及時空。」

「真奇妙！」玉環感到十分的不可思議。這時的她才注意到，自己一點重量也沒有，好似風一樣，輕鬆地在月光下往月亮飛去。「好久沒有這麼放鬆了！」她微笑著。

此刻月婆的臉呈現在月亮上，她微笑地問著飛到她旁邊的玉環：「玉環，告訴月婆，這一年都做什麼了？」

玉環把外公生病，輟學到金子山工作，和在那所遇到的事情，一一告訴了月婆。

月婆一臉疼惜地看著她，「聽起來，妳今年受到很多的挑戰哦。」然後帶著肯定的笑容她繼續說：「很好，妳學會付出。這一些寶貴的人生經驗，都不是課本上可以學到的。」

「雖然暫時不能上學，但我還是有找時間讀書。」站在空中的玉環微笑著。

「很好！很好！」月婆輕輕眨著眼，慈藹地笑著。

「月婆，那蒙面人一定是月亮的人，對嗎？」玉環好奇地問。

「除了我們，我還沒有遇見過其他人類會飛的。」月婆說著挑高了她如柳葉的細眉微笑著，「所以妳覺得呢？」

玉環不太肯定地看了一下月婆。她想了一下，然後舉起右手，表情認真地說：「月婆，您放心，我保證不會洩漏他的身分的。您可以告訴我的。」

「他都說了，為了妳的安全，妳不知道比較好嗎。」月婆說著，「所以，知道未必是好事。」她輕輕地搖著頭。

玉環驚訝地張大了眼，「您都知道啊？」心想既然如此，那就順其自然吧。

月婆點點頭，「是啊，順其自然吧。」

「哇！月婆，您也都聽得到我心裡的想法？」玉環十分吃驚地望著她。

「我們現在是用靈在溝通，也是一種用心溝通的方式。」

月婆沒說話只微笑著。

玉環開心地點著頭。

「所以，還有沒有什麼問題，要問月婆啊？」月婆好似知道什麼的對著玉環笑著。

玉環搖搖頭，「沒有啊。」她嘴上微笑著，而心裡只專注在飛這件事上，努力的不去想仁德的事。她接著說：「我現在的能力愈來愈強了，應該就是沒有時間練習飛。」

月婆輕輕地眨著眼，「好吧，妳如果自己都能處理的話，婆就不過問了。但是，我要提醒妳。」她說著表情突然變得慎重起來，「將來，如果妳遇到喜歡的人，選擇留在地球結婚生子。妳所有的能力，將會變弱，甚至有些會消失。這對我們要來對抗石獸，可是一種損失。這樣妳懂嗎？」

「這麼嚴重哦？」玉環皺起了額頭，心想難怪從來沒有看過外婆，除了會飛以外，有什麼其他的能力。

月婆長嘆了一口氣，「哎……這是我沒有辦法改變的事實。」

「月婆，我知道了，我會努力的。」玉環認真地點著頭。她在心裡告訴自己，妳是有責任的，妳要對抗石獸保護人類。

月婆輕眨了一下眼睛，滿意的笑著。然後她說：「玉環，月婆看到妳已經比以前更獨立，更有能力面對問題。所以，這將是我最後一次來見妳。」

「什麼？」玉環無比驚訝地看著月婆。她的臉沉了下來，難過地說：「月婆，那我再也見不到您了嗎？」

「我一直都在。」月婆慈藹地笑著。「只是妳已經長大了，妳要面對自己的人生了。」她慈愛的雙眼落在玉環不捨的臉上，「如果妳需要我的時候，就用心跟我說吧。我都聽得到的。」她微笑著。

「月婆，謝謝您這些年的教導，我會永遠記住的。」玉環點著頭，淚珠從眼角掉了下來。

這時浮現在月亮上月婆的臉，暖暖地靠著玉環的臉，「我們會再見面的，不要難過。」她慈藹地笑著。

玉環的心感到一陣溫暖，頓時也不再那麼難過了。她伸出雙手，緊緊的抱住月亮，微笑地依偎在月婆旁。

「玉環，回去吧，妳外婆在叫妳了。」月婆說著，就在她臉上吹了一口氣。

「玉環！起床了。」玉環聽到了外婆叫聲，她睜開了雙眼。此時一道晨光從一旁的小窗透了進來，她揉揉眼睛說：「好的！婆。」

到了快傍晚的時候，阿振一手拿著魚桶，一手拿著一條扁桃葉包著的魚，到了玉環家門口叫著：「外婆！婆婆！您在嗎？」

玉環走出了門口，滿臉笑容的說：「阿振。」

看著穿著米色棉質七分袖及膝洋裝，長髮已經快及腰的玉環，阿振心想玉環又更漂亮了。「玉環，妳什麼時候回來的？怎麼都沒有聽外公外婆說。」他很興奮的問。

「是公司突然放我假，所以他們也不知道我會回來。」玉環微笑著，「來，進來啊！」

阿振低頭看了一下自己半濕的褲子，他搖著頭，「不了，我的褲子還是濕的。這魚給你們晚上吃。」他把手中的魚遞給了玉環。

「謝謝。你等我一下哦！」玉環說著把手上扁桃葉包著的魚放在大廳桌上，然後跑進房內拿出了一個袋子，「這給你。」她把袋子放在阿振手上，「謝謝你這陣子照顧我外公外婆。他們都說有你幫忙輕鬆多了，還常吃你抓的魚，真的太謝謝你了。」她彎著腰，對阿振鞠了個躬。

「不要客氣啦，小事，小事。舉手之勞。」阿振一手拿著袋子，一手摸著脖子後面，有點不好意思地笑著。

「你回家試試看，合不合。」玉環說著，而仁德穿襯衫那俊帥的樣子忽然浮現在眼前。「那邊的男生，都喜歡穿襯衫。我想你穿一定很好看。希望你喜歡。」她輕輕笑著。

阿振點頭微笑著，「謝謝，讓妳花錢了。」

玉環也微笑著，「這一點東西，不能比你對我們的照顧。」她伸出手摸著阿振的手臂，「我買了一些好吃的香腸回來，晚上過來一起吃。」

「好……好啊。」阿振開心地點著頭，「那我先回家換洗一下，我先走了。」

「晚上七點來哦。」玉環叮嚀著。

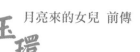

「好的。」阿振說著，一種莫名的喜悅及興奮突然躍上心頭。他轉身快步地往回家的路上走去，心想玉環真的變得好不一樣，以前那種兇兇的樣子都沒有了。去了大地方工作，真的就會變得比較好嗎？他心想著。他回過頭想再看玉環一眼，卻只看見空盪盪的門口。

到晚上的時候，玉環跟外婆一起煮了一桌很豐盛的晚餐。雖然沒有雞腿，但是有玉環帶回的香腸、醃肉及阿振送來的新鮮的魚。

坐在餐桌邊的外公，幫玉環和阿振挾著菜。「多虧阿振，我們才有魚吃啊！」他感激地說。

玉環疑惑地問著外公：「什麼意思？」

這時外婆踢了外公一腳。

「哎呦……」外公叫了一聲。他手摸著腿，皺著額頭，看著外婆問：「妳幹嘛踢我啦？」

「哦……抱歉，抱歉，不小心踢到你了。」外婆假裝不好意思的拍了拍外公的手臂。她輕眨了一下眼，但外公卻只專心的摸著他的腿。她狠狠的看了外公一眼，然後對大家微笑著。

此時她在桌下的手，掐了一下外公的大腿。

外公皺起了臉朝外婆看去，這時他才注意到外婆眼裡的暗示。他尷尬地笑著，「我的意思是，有了阿振才有這麼好的魚吃。我抓的都是岸邊的。這是要到外海才有的。」他邊說邊摸著大腿。

「是這樣嗎？」玉環懷疑地看著他，心想一定有什麼事情瞞著她。

「是啊。」外公說著便往阿振看去，「對不對，阿振？」他眨著眼。

阿振努力地點著頭，「對……對……外公。」

玉環看著表情很不自然的阿振，心想我遲早會知道的。她吸了口氣，低下了頭，閉上了眼睛。

外婆感應到正要用讀心術的玉環，她大聲的說：「你們看，我們小玉真孝順，不止買這些好吃的，還買我身上穿的這件上衣。是不是很好看？」她站了起來繞了一圈後，伸出手拍了拍玉環的肩膀，「小玉，妳看，是不是很好看？」她微笑著。

玉環抬起了頭，「嗯，真好看。」她笑著。

「妳不要以為穿個花衣，就可以從老妖精變成小妖精了哦。」外公笑著。

「什麼妖精？亂說話。」外婆說著對外公翻了個白眼，「這是牡丹花，富貴花。你不懂啦。」

「外婆，這牡丹花穿在您身上，真好看！您都變年輕了。」阿振說著對外婆舉起了大姆指。

外婆開心地笑著，然後對外公挑著眉說：「你看，還是我們阿振懂我。」她挾起了盤中的香腸，放到阿振碗裡微笑地說：「來，這香腸你多吃點。」

玉環看到阿振跟自己的外公外婆，相處有如一家人，心裡是既開心又感動。

晚飯後，他們一起到院子裡賞月。他們把客廳的桌子，搬到院子裡。阿振在桌子邊剝著柚子。玉環則在一旁泡著茶。

「這柚子是我媽媽叫我拿來的。」阿振說著便把剝好的柚子，放在玉環的手裡，「吃吃看，很香的。」

玉環聞著手裡的柚子，「謝謝，真香。」她說著放了一片在嘴裡，「哇……」她邊吃邊眨著眼睛。

「酸，是不是？」阿振問著馬上也吃了一片柚子。他的臉皺了一下，不好意思地對玉環笑著，「還真有點酸。」

「沒關係，吃塊月餅就好了。」玉環說著便在一旁盒子裡拿起了一塊切好的月餅，放在阿振嘴邊。

阿振有些害羞地吃了玉環手中的月餅，「還真好吃，也真甜。」他笑著，剎那間一種甜甜暖暖的滋味湧上了他的心頭。不一會的功夫，他用著柚子皮做了一個燈籠。在燈籠的上端繫上一根小竹子拿給玉環，「來，這給妳。」

玉環看著燈籠裡紅色小蠟燭的火，透過柚子皮上的幾個小孔，發出淡淡的橘光。而小燭火的熱度，讓柚子皮的香味整個都散發了出來。「真漂亮！真香！」她滿臉笑容地讚美著。

阿振摸著頭靦腆地笑著，「小東西。妳喜歡嗎？」

玉環點頭微笑著，「喜歡。沒想到你那雙大手這麼巧！」

「月亮出來了！」坐在木頭椅子上的外婆叫著。

坐在木頭椅子上的外公站了起來，抬起了頭望著天上那又大又圓的月亮，「今晚的月還真亮啊！」他微笑著。看著前方被月光照的通明的下坡路，他手比著，「你們看，這旁邊的路都照亮了。」

金黃色的月光，灑在往海邊的下坡路，一直到海面上。住在山丘下的他們，可以清楚的看見一閃一閃的海面。就好像天上的星星，都掉到海面上來一樣，真是美極了。

「真美！」玉環微笑地看著閃爍的海面，想起在金子山的夏夜，跟仁德在山丘上看海的時候。怎麼又想到他？不可以亂想。她在心中告訴自己。

「今晚的海還真美！」阿振讚嘆著。他微笑地問著一旁的玉環：「玉環，等一下，我們到海邊走走。要不要？」

玉環點著下巴，「好啊。」她心想已經好久沒去海邊了，很想去跳跳石頭。可是當她看到坐在木頭椅子上的外公外婆，她抱歉地說：「我想，還是留在這裡，陪我外公外婆好了。他們好久沒看到我了。」

阿振揮手微笑著，「沒關係，陪他們比較重要。」

在一旁，偷偷觀察他們一會的外婆聽到了。

「玉環，婆也來吃塊月餅。」外婆說著走到玉環身邊，拿了個月餅，「真好吃！哇！今晚的海真漂亮，又那麼亮，真是難得。應該去海邊走走哦！」

「婆，您想去嗎？」玉環問。

「好主意！我也好久沒去海邊了。」外公說著起身準備要站起來。

玉環轉頭往外公看去，「您不是幾乎每天去抓魚，為什麼沒有去海邊？」她懷疑地問著，心想一定是外公很久沒去捕魚了。

外婆握住了玉環的手臂說：「哦，妳外公最近腳痛，所以比較少去啦。」她轉頭向外公看去，「你腳痛，還是在家休息。晚上路暗，萬一又跌倒怎麼辦？」

「哦……也是。」外公邊點頭邊坐了下來。

「又跌倒？」玉環對外婆皺起了額頭。

外婆故作輕鬆的說：「哦……就幾年前跌倒啊！小青在的那次，還好她在。」她笑了笑，伸出了雙手，一手一邊的把玉環跟阿振推著，「反正，妳外公不去啦。你們兩個去，趁著月色這麼亮，快去快回。」她把他們往海邊的路上推去。

「婆，好啦……妳不要推，我們去。」玉環微笑地握住了外婆的手。

「好。那快去！快去！」外婆拿開了玉環的手。她揮著手，滿臉笑容地看著玉環跟阿振一起拿著柚子燈籠，往海邊的路上走去。

月光照著走在小路上的玉環跟阿振。

「阿振，告訴我實話，我外公是不是腳痛，很久沒有去捕魚了？」明亮的月光把玉環的臉照得發亮，她那擔憂的雙眼直直地盯著阿振看著。

阿振吸了一口氣後說：「對，其實妳離開沒多久，外公因為痛風發作，跌倒在抓魚回來的路上。那之後就沒再去抓魚了。」

玉環的臉沉了下來，她的心難過著。心想他們一定是怕她擔心，所以寫給她的信都沒有提到。她表情沉重地問：「那你知道，我外公有去看醫生嗎？」

阿振點著頭，「應該有。聽妳外婆說，有去拿一些草藥回來煮。現在應該有比較好了，都不用用拐杖了。」只見玉環難過地低下了頭。他握住了玉環的肩膀，「玉環，妳不要擔心，我會幫妳看著他們。」

玉環抬起頭，很感激地說：「謝謝你，阿振。我真的欠你很多。」

「耶！我們是多久的朋友了，不要這樣說。」阿振說著拍了拍玉環的手臂，「別忘記，我的命是妳救的。要說欠，我才欠妳呢。」他露出那兩排大白牙笑著。

看著阿振那陽光般溫暖的笑容，玉環心裡也感覺好些了。「我會永遠記住你對我們家的好。」她感激的說著舉起一隻手，拍著胸脯說：「以後，你的事也是我的事。」

阿振摸摸玉環的頭笑著，「對嘛，這才是我認識的那個女生嗎！」他抬頭看了一下頭上皎潔的月及明亮的夜空，然後又往海上一看，「明天天氣會很好，一定會有潮水，會是捕魚的好時機。」他語氣肯定地說。

「你怎麼知道？」玉環好奇地問著在月光下，黝黑的皮膚被月光照的發亮的阿振。

阿振轉過頭微笑地看著她，「我跟我大哥學的。他大我五歲，懂很多的天文，星象，海水潮流。」他一臉佩服的樣子。

此刻玉環發現，站在她眼前，有著寬寬大肩膀的阿振，他那大大的眼睛下，不再見稚氣和調皮，而是多了一份成熟及穩重。他已經不再是一個大男孩，而是一個男人樣了。「你大哥這麼厲害啊？」她問。

阿振很敬佩地點著頭，「是啊！他也很會幫人算命。跟我很不一樣，我爸說，我是武，他是文。」他笑了笑。

就在這時，傳來了一個年輕男人的叫聲：「阿振！阿振！」

「耶……才提到他，他就來了。」阿振笑著，便對著男人叫聲的方向揮手叫著：「在這裡！大哥！」

男人走了過來，他站到阿振身旁說：「你忘了要跟月娘拜拜嗎？」

阿振摸摸頭不好意思的說：「哦……聊天聊到忘了。」

「大哥，您好。」站在月光下，黑色長髮被月光照得發亮的玉環，微笑地問候著男人。

男人好像看到寶物般，眼睛睜大大地，眨也不眨的直盯著玉環看。

阿振注意到他大哥反常地樣子，他拍了一下他大哥的肩膀說：「大哥，這是我跟您提過的玉環。」

「哦……妳好。」大哥有禮貌對玉環點了點頭。

阿振比著一旁的大哥對著玉環說：「玉環，我大哥-邵修。」然後手比著玉環向他大哥介紹：「玉環剛從金子山放假回來過中秋。」

「大哥，阿振說您很懂天文、星象。您怎麼會對這個有興趣，又懂這麼多？」玉環微笑的問。

「我從小就對天文，宇宙的事很有興趣，所以讀很多這方面的書。後來又找到一位老師教我。」邵修邊說邊可以感覺到，玉環身上有種跟這當地人不一樣的氣質。他很有禮貌的問：「冒昧問一下，妳是哪裡人？」

「我是南部後山出生，長大的。」玉環嘴裡回著，但心想著他是第一個問她身世的人，他要幹嘛呢？可是又讀不出他心裡有其他的想法，也許是好奇吧。

「哦……」邵修的雙眼緊盯著玉環。

玉環尷尬地往一旁看去。

看到邵修不尋常的舉動，阿振馬上插著話：「大哥，不是要拜月娘？」

邵修這時才回過神，他對阿振點了個頭，「是啊，我們快回家吧。大家還在等我們。」

「對啊，我們老爸一定在發脾氣了。」阿振想著軍令如山的父親，心裡開始緊張了。

「玉環，我們先陪妳走回家吧。」邵修很有禮貌地微笑著。

「好吧。你們也快點回家，免得你們的爸爸生氣。」玉環微笑著。

他們一起往回玉環家的小路走去。

在玉環到家，阿振兄弟倆和她說再見後。

「哥，你剛才幹嘛一直盯著玉環看？是沒有看過漂亮女生嗎？」阿振挑動著雙眉對著邵修笑著。

「玉環是一個很特別的女生。」邵修說。

「我早就知道啊！從她到我們小學讀書，常跟我一起罰站，我就知道她真的很特別啊！！」阿振又笑了笑。

「不，你不懂。她身上的氣質，跟一般女生不一樣。很有靈氣。」邵修若有所思地說著，抬起了頭望著天上的月亮。

阿振皺起了眉頭，「連靈氣你都知道？你的功力可真強！」他搖頭笑著，心想難道他看出來玉環有的特別能力嗎？

「你不懂。」邵修微笑著。

在金子山的仁德，站在他房間的窗邊，望著窗外的一輪明月，心想著夏夜時跟玉環在山丘邊賞月看海的情景。「再過一天她就回來了。可是時間為什麼過得這麼慢啊？」他自言自語地嘆了一口氣。

「兒子啊，一個人在房裡做什麼？大家都在外面賞月。」一位快五十歲身材纖瘦的中年婦女，大約 160 公分高，棕色微捲髮到下巴旁。兩旁耳垂上的米白色珍珠耳環，被一旁手工彩繪蒂芬妮的黃色燈光，照的若隱若現的在髮下閃著；穿著簡單綠色長袖絲質過膝洋裝的她，氣質更顯優雅。她走到仁德旁邊，摸著他的肩膀說著。

「媽，我正要出去呢。」仁德微笑著。

仁德媽媽牽起了仁德的手，滿臉笑容地看著她心愛的兒子的說：「難得你今年回來一起過節。」

「對啊，也好幾年沒回來過中秋。」仁德說著伸手摟住了媽媽的肩膀，他們走出了房門。「在學校看到的月亮，好像都沒有在這山城裡的大。」他抬頭望著天上的一輪大明月。

「真的嗎？」仁德媽媽微笑著。仁德轉過頭微笑地點著頭。她轉頭看了一下在山坡上，被月光照的通明的山城繼續說：「我們這裡真是好山好水。依山傍水的，景色真的很美。唯一一點不好就是風大，雨水也不少。害你外公的風濕痛也愈來愈嚴重了。」她嘆了口氣。

仁德放下了在她肩上的手，轉過身說：「媽，我知道一個可以幫助風濕痛的藥方。」此時他的腦海裡，浮現出了玉環用熱鹽薑包幫老婆婆的樣子。他微笑著。

「真的嗎？那我們快給你外公試試。」仁德媽媽開心地握住了仁德的手，只見仁德傻傻地笑著。

「嗯。」仁德笑著。

他們繼續走著。

「兒子，從暑假媽媽就注意到，你的笑容變多了。是什麼事這麼開心？要不要跟媽媽分享一下啊？」仁德媽媽問著，想起了仁德在水流室跟玉環說再見的樣子。

「媽媽，沒有什麼事。」仁德輕輕搖著頭笑著。「放假回家，不用讀書，自然就開心了。」他們走到了大庭院。

「嘿，仁德！」「仁德！」「仁德！」坐在涼椅上仁德的三個表兄弟揮手叫著，便馬上起身走了過來。「跑去哪了？聽說你回來，我們一直在等你。」「對啊！去哪了？」「是啊，在忙什麼啊」他們一人一句的問著。

「明輝，明智，明勇。」仁德對著他們三人點頭笑著。

「阿姨，中秋節快樂。」仁德的三個表兄弟問候著仁德媽媽。

仁德媽媽微笑點著頭，「中秋快樂。」

明輝雙手交叉在胸前對著仁德說：「耶……回來都不通知的？你還欠我們一局撞球哦！」

仁德把手搭在明輝的肩膀說：「好啊，那我們去打啊！」

「好啊，走啊！」明輝說著伸手摟住了仁德的肩膀。

仁德轉過頭，微笑地看著身旁的媽媽，「媽，我先跟他們去打球。我明天陪妳。」

仁德媽媽點頭微笑著，「嗯，不要打太晚。」

「好。」仁德點著頭。

「阿姨，那我們先走了。」仁德的三個表兄弟揮手說著，便轉身和仁德一起走開。

突然間，一隻手抓住了走在最後的明智手臂。

明智回過頭，「阿姨，什麼事嗎？」他微笑著。

仁德媽媽把頭湊近明智旁，小聲地問：「我問你，仁德是不是交女朋友了？」

明智輕搖著頭說：「沒有啊，我沒聽說。」

「真的？你都沒有看到他跟女孩出去？」仁德媽媽不相信地看著他。

明智想了想說：「很少。但有一次看到他跟一個長得滿漂亮，但穿得很樸素的女孩，在廣場看電影。」

「是不是一個長頭髮，有雙大單鳳眼，身高跟我差不多高，瘦瘦的女生？」仁德媽媽表情看起來有些緊張。

明智點著頭，「對啊，阿姨。」

仁德媽媽皺起了眉頭，心想真的是玉環嗎？

明智摸摸仁德媽媽的手臂微笑著，「阿姨，不要緊張。我們問過仁德，他說不是。」

「哦……真的？」仁德媽媽說著鬆了一口氣。

明智肯定地點著頭，「是啊，阿姨。不要擔心，仁德的眼光很高。」他微笑著。

仁德媽媽點了點下巴，微笑著。

「阿姨我先走了，怕他們在等我。」他說完，便馬上跑開了。

仁德媽媽抬起頭，看著天上那一輪又圓又大的月亮，她心裡祈求著：「月娘，請您保佑我兒子仁德，找到真正愛他，疼惜他的女人。」

第十六章

當人難，當窮人更難

躺在床上的玉環，看了一眼平躺在一旁，閉著眼睛的外婆，她轉頭望著窗外皎潔的明月。「婆，外公的事我都知道了。」她緩緩說著。

外婆張開了雙眼。

玉環轉過身，一手抱住了外婆說：「就讓他在家養病，免得又跌倒了。您不要擔心錢的事。我現在的工作很穩定，收入也不錯。您安心帶外公去給醫生看。」

外婆伸出手握住了玉環的手，她轉過頭看著玉環，感動又疼惜地說：「小玉，辛苦妳了。還好我們有妳。」

玉環搖著頭，「不，婆，我一點都不辛苦。」她很感激地看著外婆，「您在這麼困難的時候把我養大，我現在也才剛開始有能力，幫這個家一點忙。希望以後，我可以讓您們過比較好的生活。」

看著玉環堅定的表情，外婆輕輕地摸著玉環的臉，「小玉，我們平安過活就好了。記得妳要存錢回學校讀書。」她提醒著。

玉環點著頭，「我會的。」然後她一臉神秘的笑著，「對了，婆，我應該是遇到月亮上的人了。」

外婆驚訝的睜大了眼，立刻起身坐了起來。她握住了玉環的手有些激動地問：「在哪裡？妳怎麼確定的？」

外婆這突來的舉動嚇了玉環一跳，她也坐了起來。「婆，您怎麼那麼驚訝啊？難道您都沒有遇過嗎？」她好奇地看著外婆。

外婆搖搖頭，「我從來沒有遇過，我母親也沒有遇過，我想應該快一百年沒有遇過了。但聽她說，在其他地方有出現過。」她握緊了玉環的手殷切地說：「告訴婆，怎麼回事。」

於是玉環把遇見蒙面人的事，一一的跟外婆說了。

「哇……沒想到，現在還有這麼正義的人！那應該就是了。」外婆又驚又喜地連連點著頭。

「婆，昨天月婆到夢裡來看我……」玉環說著突然停了下來。

「然後呢？」外婆挑著眉毛，睜大眼睛看著她。

玉環深吸了一口氣後說：「婆，您是不是在生下我媽後，您的特別能力就不見了？」

外婆的臉突然沉了下來。她吐了一口氣後問：「月婆告訴妳的？」

玉環點著頭，「嗯。」便把月婆說的話，一一的講給外婆聽。

「當妳喜歡上一個人，想跟他在一起一輩子，那個力量是比著什麼都大。」外婆微笑著。

看著外婆臉上那一抹甜蜜的笑容，玉環想到了仁德。她嘴角也不自覺地輕輕上揚著。

外婆接著說：「當初，我也沒有想到我的能力會不見。因為我想我還會飛啊！哪知道？」她聳著肩搖了搖頭，輕嘆了口氣，「哎……反正如果石獸來，我就跟他拼了！」她舉起了拳頭。

看著永遠是正面積極的外婆，就算為了愛的人，喪失自己的能力，一樣開心努力地過著生活。玉環也舉起了拳頭，「婆，我們一起打石獸。我相信還有很多月亮的人，跟我們一樣，跟蒙面人一樣，都會一起來保護地球的。」她很有信心地說。

面對著如此勇敢的玉環，外婆想起了玉環的媽媽，她唯一的孩子——小涵。她也曾經這樣跟玉環一樣，對保護人類和地球，充滿著使命感。努力讀書，甚至發明了可以抵擋子彈的大衣。「小玉，婆要跟妳說聲抱歉。以前我都不願讓妳知道，我們是月亮女兒的事。」她抱歉地看著玉環。

玉環握住了外婆的手，「婆，沒關係。我知道您是為我好。」

外婆搖著頭，「不，是婆不想妳跟妳媽媽一樣。」她說著眼眶頓時紅了起來。她哽咽地接著說：「如果她沒有那麼多的能力，沒有那麼正義，她就不會跟妳爸一起走了。」

「婆……」玉環伸手摸著外婆的背，「媽媽那樣做都是為了愛。」她安慰著難過的外婆。

「婆知道。只是我是一個母親，看著自己小孩身陷戰火裡，而自己卻沒有能力可以去救她。」外婆說著眼淚就掉了下來。

玉環抱住了外婆，「婆，不要難過。我相信媽媽在靈的世界都知道。」

外婆點頭微笑著，但淚水卻不聽使喚地一直往下掉。

玉環放下了抱著外婆的手，伸手擦著外婆臉上的淚，「有天我們會再見面的。」她說著眼淚也掉了下來。

「對，我們會再見面的。」外婆點點頭，舉起了手擦著玉環臉上的淚，「妳看，妳跟婆一樣，愛哭哦！」她微笑著。

玉環緊緊地抱住外婆，想到明天就要離開，心裡就酸楚了起來。她忍住眼淚，放開抱著外婆的手微笑地說：「婆，我現在不只會讀心術，有時還可以看到正在發生的景象。那也是為什麼，我可以清楚知道金子山被埋在隧道下的人。」

「這麼厲害！哇……太好了！！」外婆開心地握緊了玉環的手，「有這種能力，可以幫助很多人，甚至以後可以對抗石獸。」

玉環興奮地點著頭，「是啊，婆。我還在想，應該多打坐，看可不可以隨時都可看到。這樣我就可以看到您跟外公了。」她笑著。

「哇！那不就太棒了。」外婆眉開眼笑地拍著手。

咚！咚！咚！……客廳的時鐘敲了十一下。

「哇……這麼晚了。快睡了。」外婆說著便躺了下來。

玉環也跟著躺了下來。

「婆，月婆說，這是她最後一次來看我了。」玉環有點難過地說著。

「我就在想，應該是時後了。」外婆說著便往一旁窗外的月亮看去。

「什麼意思？」玉環疑惑地看著她。

外婆轉過頭，「據我所知，月婆在我們家所有的女生成年後，就不再到我們的夢裡看我們了。我想她要看顧的月亮小孩太多了。」她伸出手輕輕拍著玉環的臉，微笑著，「這表示，妳已經長大，可以獨力面對一切了，應該要開心。」

「是這樣哦……」玉環輕點著頭，「月婆還真辛苦。」她轉過頭靜靜地看著窗外明亮的月亮，然後轉過身側躺看著外婆，「婆……」

看著玉環一雙大丹鳳眼，正炯炯有神地看著她，外婆笑著，「耶……不是又睡不著了？」

玉環微笑地點點頭，伸手抱住了外婆的手臂。

「我也好久沒唱了。」外婆笑著。

「婆，拜託！」玉環撒嬌著。

外婆笑了笑，「好吧。」她摸著玉環的手開始輕輕的唱：「Momo Tara San，Momo Tara San。O Ko Shi Ni Tsu Ke Ta，Ki Bi Da n Go，Hi To Tsu Wa Ta Shi Ni，Ka Da Sa I Na。」

玉環也跟唱著。

而睡在隔壁間，只有一層薄木板隔間的外公，聽到了她們的談話。他眼眶紅紅地看著天花板。

ର

隔天快中午時，阿振騎著腳踏車，來載玉環到火車站。

「婆，公，您們要照顧好自己。」坐在阿振的腳踏車後座上的玉環說著，努力不讓泛了滿眶的眼淚掉下來。

「小玉，不要擔心我們，多寫信回來。」外公站在腳踏車邊說著。

外婆握住了玉環的手不捨的說：「冬天冷，記得要保暖啊。」這時她眼眶整個都濕了。

玉環點著頭，「我會的，您們也是。」她看著外公，「公，記得要多用爐炭火保暖。炭不夠，要去買，不要為了省錢而冷到了。保持屋內溫暖乾燥，這樣對您的風濕比較好。」她一臉掛心地囑咐著。

外公點點頭，「好，好，我會的。不要擔心。他說著眼角頓時紅了起來。

「玉環，我們應該走了。日頭都快過天中間了。」阿振邊說邊抬頭看著太陽的走向。

「好，走吧。」玉環輕聲應著。

「妳坐好哦！」阿振叮嚀著，便開始踩著腳踏車踏板，車輪慢慢地往前移動著。

玉環回過頭，對著後面的外公外婆揮著手，「您們要照顧好自己！！」她大聲叫著。

「我們會的！妳也要照顧好自己！！過年見！」外公外婆也揮著手，大聲的回著愈離愈遠的玉環。

坐在腳踏車後座上的玉環，安靜地流著淚。

「玉環，不要擔心。我會照顧他們的。」阿振說著，回過頭看了一眼手正在擦著淚的王環。「倒是妳，山上冬天一定很冷。妳要好好照顧自己，不要受涼了。」他的話裡充滿著關心。

玉環略帶哽咽的說：「我會的，只是又要麻煩你了。」

「小事，不麻煩。」阿振回頭對玉環笑了一下，他繼續大力地踩著輪子。

看到阿振爽朗的笑容，玉環此刻的不安及不捨，瞬間也少了許多。就好像是一個很大的支柱，讓她靠著一樣。

他們到了火車站，不一會火車就來了。

「玉環，我在，不要擔心。妳安心去工作，過年就可以回來了。」阿振臉上微笑著，但心裡卻很不捨玉環的離去。

玉環握住了阿振的手，「有你在我外公外婆旁邊，我真的安心多了。」

嘯！！！嘯！！！嘯！！！火車發動的聲音傳來。

「我走了。」玉環說著便拿著一袋行李上了車。

「嗯，保重！」阿振揮著手。他一直看著玉環上了車，坐到位子上，直到火車開走。

坐在車窗旁揮著手的玉環，看著愈變愈小的阿振。她閉上了眼睛，心想有阿振真好！不知不覺的竟睡著了，直到聽到有人叫著：「有小偷！小偷！偷了我的東西往前面跑了。」

她張開了雙眼，往聲音處看去，只見兩個男人往後車廂跑去。她專心聽著前方傳來的陣陣跑步聲及喘息聲。她從座位上站了起來，快步跟著聲音走去，到了最後一節車廂的廁所。她敲了敲門，可是都沒有回應。她繼續敲著門。不到幾秒鐘的時間，她聽到廁所裡窗戶打開的聲音。她馬上走到車廂門口，打開車門，往上一跳，飛到半空中。此時一個年輕男子，爬到車頂上坐了下來。火車突然煞車又開動。年輕男子重心不穩，往下滑。他試圖抓住車頂上的鐵板，可是手卻往下滑著。「啊……」年輕男子叫著。就在他整個人快掉到鐵軌上時，玉環馬上拿起口袋裡的手帕把臉圍住，且快速地飛到年輕男子旁，一把抓起了他放回車頂。男子嚇得雙手發抖，一雙驚嚇的眼直盯著玉環問：「妳是誰？」

站在車頂上的玉環，壓低著聲音說：「我是誰不重要。」她張大眼瞪著他，「為什麼要偷別人的東西？」

「我不就偷個飯糰，還有這袋子裡的幾塊錢。」男子說著從口袋理拿出一個小袋子和飯糰。

「你大男人不去工作，來當小偷，這樣對嗎？」玉環怒視著男人。

「我也想。我要去金子山找工作，可是我好幾天沒吃飯了。」男子不好意思地低下了頭摸著肚子。

玉環用讀心術看他，發現他說的都是真的。「好吧，錢拿去還人家。」她命令著。

「我……我不敢。等一下他會把我抓去警察局。」男子搖著頭有點害怕的看著玉環。

「那……好，你把錢袋給我。」玉環伸出了手。

男子一副不相信的看著玉環，「我怎麼知道，妳是不是自己拿去用了？」

「我可以現在就抓你去警察局，你自己選擇。」玉環瞪著男人。

「好！好！女俠。」男子用力地點著頭。「但可不可以留幾毛錢給我吃飯？我真的沒有錢……」他請求著。

玉環拿起男子手中的袋子，然後從自己口袋拿出一塊錢，放在男人手中，「給你，不可以再偷別人辛苦賺的錢。」

「謝謝女俠！！謝謝！！」男子磕著頭。當他抬起頭時，「耶……人呢？」在車頂的男子四處看著。

玉環到了車廂內，走到一位滿臉愁容的老農家座位旁。她拿著錢袋彎著腰說：「伯伯，這是您的嗎？我剛才上廁所撿到。聽前面的人說，您掉了東西。」

老農家又驚又喜地拿起玉環手中的錢袋說：「是啊。小姐，謝謝妳，妳真好心啊！我剛才還在想完蛋了，回家可會被那女人罵慘了。這是我買雞飼料的錢啊！」

「不客氣，我剛好撿到。」玉環微笑著。

老農家雙手合十的在胸口，「妳好人有好報！」他感激著。

玉環微笑地點著頭，「謝謝您的好話，那我回座位了。」

回到坐位的玉環，閉上了眼睛心想，哎……人為了生存，有時卻會傷害到別人。當人難，當窮人更難。

☙

在金子山火車站的仁德，已經等了快兩個小時。

怎麼這麼久？她不會不回來了吧？都快五點了！還是車子出問題？應該不會，有的話，應該會廣播。還是她生病了？我是不是應該回去跟老江要住址，直接去找她。但是，我這樣去，會不會太唐突？我要說什麼？說我很想妳嗎？這樣會不會嚇到她啊？還是不要好了。仁德就這樣在車站走來走去，來回踱步的想著。

「火車入站！」車站廣播著。

他快步地走到驗票的出口，看著人們一個接一個的走出了車門，下了月台。他努力的在人群中找著玉環的身影，他的心跳加快著。終於在十分鐘後，他看到玉環走出了驗票口。他靜靜地走到玉環後面，拍了一下她的肩膀。玉環回過頭，「奇怪，怎麼沒有人？」她自言自語的轉回了頭，驚見仁德正站在她面前，「你怎麼會在這裡？」她問著。

「我回來看妳啊！」仁德開心地說著，便伸出手拿走玉環手上的一袋行李。

「謝謝。」玉環點著頭。「但是，來看我？」她張大了眼。

「對啊！誰叫妳只寫兩封信給我，我以為妳沒做了。我就打電話回家，才知道有壞人到水流室綁了妳。我擔心死了，所以兩天前我就回來了。不過妳不在。」仁德說著像個小孩般嘟起了嘴巴。

玉環笑了一下，「那你怎麼知道我搭哪班車回來？」她好奇地問。

「我……我……」仁德摸著頭不好意思的看著玉環。

「你已經在這裡等很久了，對嘛？」玉環有些不敢相信地看著他。

仁德笑著，「也沒多久，就兩個小時而已。」

看著靦腆的仁德，玉環的心感動著。

「沒關係，最重要的是，妳回來了。」仁德興奮地如小孩般的抓住了玉環的手臂，開心地笑著。

面對著如此興喜的仁德，玉環心想他真的是很喜歡我，那現在我該怎麼辦？

第十七章

第一次心動

坐在仁德家的黑色大轎車內，玉環摸了摸在腿邊的絨布坐椅，一切就有如廣場放的，農家女跟富家少的電影情節一樣。但不同的是，那是黑白的，是別人編的故事；而這是彩色的，真實的。她感到有些不適應的握緊了在腿上的雙手，轉頭往窗外看去。

「玉環，怎麼了？不舒服嗎？」仁德關心的雙眼凝視著玉環。

玉環轉過頭，看見正溫柔看著她的仁德。她輕輕地搖著頭，「沒有，我很好。可能是有點累了。」她淺淺笑著。

「哦……」仁德鬆了口氣。「那等一下到了，妳先去休息，我去買東西，帶去水流室給妳吃。」他微笑著。

玉環輕輕搖著頭，帶著感謝的微笑她說：「沒關係，我外婆有幫我帶飯糰。你回去休息吧，你等我那麼久了。」

「我不累。」仁德說著，一隻手握住了玉環的手，「那讓我陪妳一會，好嗎？」他帶著近乎懇求的語氣問著。

面對著仁德那張懇切的臉，玉環實在不忍心拒絕對她這麼好，等她這麼多天的仁德。她輕點著頭微笑地說：「好。那如果你不嫌棄，就跟我一起吃飯糰吧。」

仁德興奮地轉過身，雙手握緊了玉環的手，「真的嗎？那太好了！」他嘴角上的梨窩甜甜的笑著。

仁德如此喜悅純真的笑容，好似這世界上都沒有煩惱般。玉環不禁被他那分歡樂感染著，她跟著笑了。

他們到了水流室，一起開心地吃著飯糰，聊著天。

「真好吃！我從來沒有吃過鹹魚包的飯糰，好特別！」笑容滿面的仁德邊吃邊說。

看著吃得津津有味的仁德，玉環驕傲地說：「雖然這是我們平民老百姓吃的，不過這真的是我外婆自己發明的，我們鄰居也說很好吃。」

「我要找個時間去看看玉環的外婆，跟她學作這麼好吃的飯糰。」仁德說著又繼續大口吃著飯糰，而沒有注意到黏在嘴角上的幾顆飯粒。

玉環笑了笑，用手比著仁德的嘴角。

仁德用手摸了摸嘴角，他拿起了飯粒放到嘴裡開心地吃著。

「真的這麼好吃哦？還是你很餓啊？」玉環笑著就把手上的飯糰，分了一半給仁德。

仁德拿著玉環一半的飯糰，邊吃邊說：「對啊！我急著要到火車站接妳，都忘了吃午餐。」

玉環的心沉了一下。她很想告訴他，你怎麼這麼傻？但是她沒說。她拿起了桌上的水壺，倒了一杯水，「江伯伯真好，水都幫我準備好了。」她說著便把水遞到了仁德前面，「吃這麼快，喝杯水吧。」

仁德一手接過水，一手握住了玉環的手說：「玉環，我每天都給妳寫信，為什麼妳只寫兩封信給我？」他嘟起了嘴。

玉環不知道要怎麼回答，她故意轉移話題，「你們學校的課業一定很簡單哦？要不然就是你太聰明，怎麼會有那麼多時間寫信？」

仁德挑著他那雙大濃眉，一副很自信地看著她，「那，妳覺得呢？」

「一定是你們學校的課業太簡單了！」玉環笑著。

仁德雙手交叉於胸前，不服氣地說：「這麼看不起我哦？」

「我逗你的，我知道你好聰明的！」玉環笑了笑。

「小老闆！你在裡面嗎？」老江在門口敲門叫著。

玉環走到門口開了門，「江伯伯，您好。」她微笑地點著頭。「小老闆在裡面。」她手往屋內比去。

仁德從椅子上站了起來，「老江，什麼事嗎？」他微笑地問著站在門口的老江。

「我是來問你，明天幾點出發？」老江說著。

「哦……明天哦……」仁德說著，馬上用雙手摀著肚子，皺起了臉，「哎啊！怎麼肚子好疼啊！」

玉環緊張地跑了過來，「怎麼了？哪裡不舒服？」她擔心地看著他。

「就這裡。」仁德摸著下腹，表情有些痛苦著。

玉環伸出了手，輕輕地摸著仁德的背，有些擔心地說：「會不會是一下子吃太多飯糰，消化不良？」

從小看著仁德長大的老江，知道每次仁德不想去上課，就會假裝肚子痛。他故意說：「小老闆，我去叫醫生好了。」

仁德一手揮著，一手繼續摸著肚子說：「不，不用了。我在這裡休息一下，我明天先不去上課了。」

「哦……那要不要先回你房間休息？」老江故意逗著他。

仁德搖著頭，「不，不用。」他說著便在椅子上坐了下來，「我在這裡休息一下。如果沒有好，我再叫玉環去叫你。」

老江忍住了笑容，「好，那我先回去休息了。」他說完便轉身走出了門。

「仁德，你有沒有很痛？要不要到我房間躺一下？」玉環關心地問。

「好……好啊。」仁德點點頭。他一手摸著肚子，一手摟著玉環的肩膀，走進了玉環的房間，在她小床上躺了下來。他拉住了玉環的雙手，微笑地對著她說：「我真希望可以永遠活在這一刻。」

看著仁德的笑容，玉環這時才發現原來他是假裝的。「所以你沒有不舒服？」她皺起了眉頭。

仁德傻笑著。

「你幹嘛要騙人？」玉環說著便甩開了仁德的手。

仁德坐了起來，看著生氣的玉環，他無辜地說：「我就想留在妳身邊久一點。」

玉環板起臉，一臉嚴肅地說：「你要回去上課，學業很重要。」她拉起了仁德的手，「來！起來。去跟江伯伯說，你明天要去讀書。」

仁德抓住了玉環的手，皺著眉頭，「好……好……小力點。妳那麼瘦，還真有力。」

玉環低下頭，才發現仁德的手背整個泛紅。她感到抱歉地說：「哦……對不起，我弄痛你了。」

「妳真的要我走？妳真的……」仁德殷切的雙眼緊盯著玉環。

玉環伸出手摀住了仁德的嘴，然後握著他的手說：「你能有機會求學，要好好珍惜。不是每個人跟你一樣幸運。」

「我知道，但是我想要跟我喜歡的人在一起。」仁德深情款款地看著她。

這柔情的雙眼，叫人如何不去喜歡他？但是他們的差異實在是太大了，而且她還是……。在深吸了一口氣後，玉環說：「我也想要跟我喜歡的人在一起。但是生命中，有些事情，是比自己喜歡的，想要的，更重要。」她雙眼堅定地看著他。

「妳是什麼意思？妳要我走？妳不喜歡我在這裡？」仁德問著，臉落寞的沉了下來。

看著仁德失望難過的樣子，玉環的心糾結著，她實在沒有辦法假裝不喜歡他。「我……我……」

仁德伸出手握住了她的一雙手，「妳不要我走，對不對？」他的眼神充滿著期待。

玉環的心感到好亂。她的心要她去點頭，可是她的腦卻大聲說著：「不要當電影中那苦情的女主角。」不能心軟，她告訴自己。她抽出了在他手裡的一雙手，「反正你去讀書就對了，我會在這裡工作很久很久。」她愈說愈大聲，「因為我家還需要我的幫忙，我外公還需要看醫生，我還要存錢去讀書，我沒有辦法像你一樣，過著無憂無慮的生活。」直到說完後，她才發覺仁德一臉驚訝的直直盯著她看。她感到不好意思地往一旁看去。

仁德站了起來，他那溫暖又柔軟的手落在她的肩膀上。

玉環慢慢地回過了頭。

「對不起，玉環。我好像太自私，都只想到自己，卻沒有顧慮到妳的想法。」仁德感到有些羞愧地說。

「對不起，我不應該跟你說這些的。這些事跟你沒有關係。」玉環抱歉地看著他。

仁德握住了玉環的手，「不！謝謝妳告訴我妳心中的想法。我很喜歡妳。但是我更希望妳快樂。」他的眼神真摯著。

玉環低下了頭，「謝謝你。」

「那，我明天就回去讀書。我會繼續寫信給妳，不管妳有沒有要寫給我。」仁德說著轉身就要離開。

此時的玉環，清楚的感應到仁德心裡的難過，她伸手握住了他的手臂。

仁德轉過頭，那溫柔的雙眼再次落在她臉上。

這次她沒有逃避他那深情的雙眼，她也看著他。他們就這樣靜靜的看著彼此。時間停止了，整個世界就只剩下他們兩人。看著那張如此多情充滿愛意的臉，玉環的心怦怦跳著。她好想伸出手去抱住他，可是一想到身上有那麼多責任，而且自己連中學都沒畢業，仁德的家人怎麼有可能接受她。或是，任何人怎麼可以接受她是月亮來的女兒呢？玉環的心驀地疼了一下，有如突然被針扎了一般。算了吧，她努力的告訴自己。「嗯……我會寫給你。你好好照顧自己，我們下次見。」她輕輕說著。

「那再見了，玉環。」仁德不捨地說著。他的心感到有些失落，有些難過。但是他卻更清楚明白，玉環是他喜歡的女孩，他不會放棄她的。

而這一切被原本有些擔心，要來帶她兒子回去，站在門外的仁德媽媽聽見了。她心想，玉環真是個好女孩。

☙

仁德離開後，玉環為了讓自己不去想他，她把心力全放在工作和用她的能力去幫人。日子過得很快，已經入冬了。山上的天氣突然變得非常的冷，路邊不知何時多了一些乞丐。玉環只要經過他們，就會把自己的飯分一半給他們。

有天，她在房間打坐時，腦海裡浮現出幾個小孩在踢一個小男孩。她走到門口，左右一看確定沒人後，她快速的往天空飛去。「哦……好冷啊！」飛在天空的玉環打著抖索，才發現自己一急忘了穿外套。為了不讓人發現，她飛到雲層上。她隨著哭叫的聲音看去，發現在山坡邊有幾個小男孩，正在踢一個穿著破舊的乞丐小男孩。而他旁邊有個小女孩，一邊哭一邊要拉開那些小男孩。

玉環在確定她的下方都沒人時，便快速往小男孩們飛去。就在她快飛到小男孩們旁邊時，蒙面人突然出現。他一把抓住正在打乞丐小男孩的手，「住手！你們在幹嘛？」他斥喝著。

男孩們緊張地看著蒙面人。

「他……剛剛要偷拿我的錢，被我抓到。」手被他抓著的男孩說。

旁邊的小女孩跑過去，抱著腳被踢到破皮的小男孩。她邊流淚邊問：「哥哥，有沒有很痛？」

小男孩摸摸腳，假裝沒事地擠出笑容說：「沒事！沒事！」

蒙面人看了看他們，然後對著一旁的男孩們說：「他被你們抓到，表示沒有偷到錢，對嘛？」

男孩們彼此對看了一下，然後對他點了點頭。

「你們沒有聽過，得饒人處且饒人嗎？」蒙面人問著，然後手比著坐在地上的乞丐小男孩和小女孩，「你看他們，一定是無家可歸，沒飯吃，才會去當小偷。可是，你們有家，又可以去上學，是不是比他們每天要露宿街頭的，好太多了？」他表情嚴肅地看著小男孩們。

男孩們互相看著，嘟著嘴沒有說話。

「偷東西是犯罪的行為，但是打人也是犯罪的行為，是可以被抓去關的。」蒙面人說著瞪大了眼睛，「你們學校沒教嗎？」

小男孩們慌張地看著彼此。

「是他先要偷我們的錢，是他的錯！要不然我們也不會打人。」一個男孩說。

蒙面人搖搖頭，語氣沉重的說：「用暴力永遠解決不了問題的，只會製造更多問題。多一些憐憫的心，沒有人願意當無家可歸的人，知道嗎？」

男孩們彼此對看著。

「我們知道了，大俠。」一個較大的男孩說。

「那你們把他打成這樣，要去跟他說什麼？」蒙面人看著男孩們，手指著乞丐男孩。

男孩們一起往地上的男孩看去。

「你真的把他打到破皮流血了！」一個男孩有點緊張地對著他身旁的男孩說。

「也不是我打而已啊……」男孩有點心虛的說。

三個男孩彼此又對看了一下後，大一點的男孩走到乞丐男孩旁邊。小女孩立刻抱緊了乞丐男孩，大聲的對著男孩說：「你們不可以再打我哥哥！！」

「對不起啦！」大一點的男孩說完便馬上跑走。其他的兩個男孩也跟著要跑去時，卻被蒙面人的手擋住，「耶……你們是不是要說什麼？」他挑了一下眉毛。

男孩們無奈地轉過身，對著乞丐男孩說：「對不起！」然後回頭一副無辜地望著蒙面人。

蒙面人放下了手，男孩們馬上拔腿跑開。

乞丐男孩跟小女孩站起來，向蒙面人鞠躬說：「謝謝您，大俠。」

「沒事。腳很痛嗎？」蒙面人微笑地看著穿著破舊不堪，大約十歲的小男孩，和在他一旁一樣穿著破衣，約七，八歲的小女孩。但唯一不同的是，小女孩多了一件破掉的舊外套。

「我沒事，謝謝您。」男孩回著。

「哥哥，你腳都流血了！」小女孩擔心地看著男孩。

男孩對小女孩眨了一下眼。

蒙面人笑著，「不錯，有擔當。」他皺起了眉頭看著小男孩，「不過，你受傷怎麼照顧你妹妹呢？萬一被感染了，搞不好還會更嚴重。」

「沒關係，我也不是第一次被人家打了。」男孩倔強地說。

「都是我！哥哥都為了我肚子餓，才會去偷錢的，才被人家打的。」小女孩難過地說著，眼淚又掉了下來。

蒙面人伸手摸著男孩的肩膀說：「你要照顧，要保護你妹妹，只有等自己強大了，才行。」

男孩咬著下嘴唇，看了一眼正扶著他的小女孩。他伸手擦了擦她臉上的淚。

「走，我帶你們去你們的新家。」蒙面人說著就抱起了小女孩。

小女孩驚訝的看著蒙面人，「我們的新家？」

「是的，那裡都是一些跟你們一樣的小孩。」蒙面人微笑地看著小女孩，然後對著男孩說：「來，你到我後面，我來背你。」

男孩猶豫著。

蒙面人挑起了一邊眉毛問：「所以，你要你妹妹跟你，一直在外面跟人家乞討，過著有一餐沒一餐的生活？冬天在山上可是很冷的！」看著面有難色的小男孩，他接著說：「我那裡不是什麼大房子，但是有三餐吃，又有溫暖的床可以睡，還有書可以讀。所以你決定好了。」他假裝要把手中的小女孩放下。

小女抓住了蒙面人抱著她的手，蒙面人停了下來。「哥哥，有飯吃，有床睡，還可以讀書，我們快去。」小女孩興奮地說。

男孩心想哪有這麼好的事？該不會是要把我們賣掉吧？但是賣掉也許也比餓死、冷死街頭好。他深深地吸了一口氣後，說：「好。」他的雙眼堅定著。

蒙面人笑著，「放心，我不會抓你們去賣。」他說完便背起了小男孩，快步地往山下走去。

躲在樹後的玉環，看到了這一切。她悄悄的跟著蒙面人後面，到了一個有著十字架的小屋子。

第十八章

教會裡的孩子

「哥哥回來了！！」站在教堂內，一個約莫十歲的女孩滿臉笑容地叫著。

蒙面人把背上的男孩和手中的小女孩放了下來。男孩和女孩雙眼好奇的環顧著教堂內，及眼前的一群小朋友。「對了。你們叫什麼名字？」蒙面人問著他們。

小女孩微笑地回道：「我叫可欣，哥哥叫可慶。」

蒙面人微笑地點著頭，然後對著屋裡十二個小孩說：「各位小朋友！這是可欣跟可慶，以後他們就要來住這裡，大家要互相照顧。」

一位穿著黑色修女服的中年女人，從廚房端了一鍋湯走出來。

「吳修女，煮什麼？這麼香！」蒙面人摸著肚子邊笑邊問著。

「南瓜湯。」吳修女微笑回著，便把鍋子放在大桌上，對著屋內的小孩們說：「來，大家去拿自己的碗跟湯匙。」

蒙面人把男孩跟小女孩帶到吳修女前說：「這是可欣跟可慶，以後就要麻煩您照顧了。」

吳修女點著頭，她慈藹地對男孩跟女孩笑著。她發現小男孩的腳正微微地流著血，便馬上在他前面蹲了下來。「哎啊……腳怎麼流血了。」她皺了一下眉頭，抬起頭擰著鼻子問著小男孩：「跟人家打架哦？」小男孩尷尬地笑了笑。吳修女立刻從口袋裡拿出了一條手帕，擦著小男孩流血的腳。她一手一邊牽起了小男孩及小女孩的手，走到一旁的長板凳微笑地說：「來，坐下來。」她轉過頭叫著一個光頭的小男生：「小龍，去我房間拿藥包。」

「好的。」小男生很快地跑去吳修女房間，拿出了藥包給她。

「謝謝。」吳修女微笑著，然後吩咐著他：「你帶可欣去洗個手再去喝湯。」她握住了一旁可欣的手，慈藹地笑著說：「以後這裡就是妳的家。這些小朋友都是妳的兄弟姐妹。他叫小龍，跟他去喝湯。」

「嗯。」可欣微笑地點著頭。

「跟我走吧！」小龍一副很大哥樣的對可欣說著。

可欣點點頭笑著。他們便一起往後面的廚房走去。

吳修女彎著腰，幫著坐在椅子上的可慶上著藥，他的臉皺了一下。

「痛哦？忍一下，忍一下。」吳修女輕輕地吹了吹可慶腳上的傷口。

突然，可慶的眼眶紅了起來。他深吸了一口氣，不讓眼淚掉下來。

「怎麼？很痛嗎？」吳修女擔心地看著可慶，然後檢查著手中的藥，「耶……我沒有拿錯藥啊！」她慈愛地安慰著可慶：「這個藥消毒，會比較痛，忍一下很快就不痛了。」

這時可慶的眼淚終於忍不住掉了下來。「謝謝您，已經好久沒有人對我們這麼好了。」他哽咽地說著，雙手拭著臉上的淚。

吳修女馬上伸出手把可慶擁入懷中，疼惜著，「哦……我可憐的孩子。以後這裡就是你的家了，沒有人會欺負你了。」

在吳修女懷中的可慶，開心地流著眼淚說：「謝謝您。」

「好了！妳躲夠久了！外面很冷吧？進來喝碗熱湯吧！」站在門口的蒙面人，叫著躲在門外的玉環。

玉環走進了門，眼睛紅紅的說：「原來你都在做這些好事。」這時她才驚訝地發現，沒有蒙著臉的蒙面人，居然如此年輕俊秀。他跟我想像中的都不一樣，頂多大我個兩三歲而已。

蒙面人笑著，「怎麼？我太帥，嚇到妳了？」

「我……對，是跟我想的不一樣。」玉環假裝鎮定地說。

「有那麼冷嗎？妳的臉都紅了。」蒙面人問著，皺起了眉頭，「還是妳在哭？」

「我……我……」玉環邊說邊拭著眼角的淚。

「哇！原來妳不是那麼兇嗎！」蒙面人笑著，便走到大桌旁剩了一碗湯給玉環，「喝點湯吧。」

「謝謝。」玉環微笑地接起了他手中的碗。

這時幾個六、七歲的小朋友跑過來，拉著蒙面人嚷嚷著：「哥哥，今天說故事給我們聽好嗎？」「上次那個故事沒說完。」「我喜歡新的故事，說新故事！」小朋友們你一句，我一句的說個不停。

「好……好……」蒙面人邊笑邊被小朋友拉到桌子旁。

第一次到教會的玉環，很快的看了一下四周。她發覺這裡跟之前在課堂上所提到的，莊嚴肅立的教會不一樣。雖是很簡樸的木頭屋，但是卻很溫暖的感覺。

這時吳修女走到了玉環身邊，她微笑地說：「妳好，是文治的朋友？」

文治！好一個文人的名字。怎麼跟他的行為差那麼多？玉環微笑的說：「算，是吧。」

「多虧文治，我們教會才能夠照顧這些小孩。」吳修女說著，轉頭看著手裡抱著一個三、四歲的小女孩，正被小朋友們追著的文治。他們開心地笑著。

玉環看著屋裡的一切和每一個人，心想原來有這麼多無私的人，在幫助這些受苦的人。今晚的這一切，更堅定了她幫人的信念。

ଓ

從那天後，只要玉環有空，就會到教會教小朋友唸書。她跟文治慢慢地變成了好朋友。

這天在教會裡掃地的玉環，問著正在修窗子的文治：「你能力那麼強，幹嘛一直圍著臉？」

文治邊釘著窗子邊說：「很難說。哪天要是我被抓了，我可不想牽連到妳和吳修女。」

玉環皺著鼻子，不同意的對他搖著頭，「你不可能被抓的，沒有人追得上你的。」

文治轉頭對她笑著，「妳沒有聽過子彈嗎？我畢竟是有血有肉的，小姐。」

玉環這才驚覺怎麼自己都沒有想到呢？「哦……對哦……那你還是小心點好了。」

文治走到了玉環身旁，「對了，我可能要請妳再幫我一次了。」

「什麼事？」玉環微笑著。

「我們這裡的柴油跟食物雖然還夠，可是有好幾個村落的老人及生病的人需要救援。冬天這麼冷，如果不快一點送食物跟藥給他們，可能他們很快就撐不住。所以，妳可不可以讓我再綁一次？」文治說著摸了摸頭，不好意思的看著她。

「不行！」玉環板起了臉。「他們已經派很多人在抓你了，也畫了你的畫像貼在廣場。雖然不太像。可是這……這實在是太危險了。不！不行！」她擔心地連連搖著頭。一想到了仁德和江伯伯，連老闆都對她那麼好，她實在不可以再做這種事。

「我不怕！」文治語氣堅決的說。看著玉環躊躇的樣子，他輕輕地笑了笑，「是不是擔心妳心裡想的人？」

玉環拍了一下文治的手臂，「我就知道你會讀心術。」

「因為妳也會，對吧？」文治挑動了一下眉毛笑著。

「反正就是不行！！」玉環堅持著。

「那麼，妳要那些生病的、年老的人，餓死，凍死？還是要我帶妳去看看他們？」文治說著握住了玉環的肩膀。

「我當然不想！」玉環皺起了額頭，她想到了仁德。

「怎麼？心裡那個人可以幫忙？」文治懷疑又好奇地看著她。

玉環點著頭認真地說：「嗯，我想試試。」

「好吧。我可不要妳賣身哦！」文治輕拍了一下玉環的肩膀逗著。「不過話說回來，犧牲妳一人，來救大家，也未嘗不是件好事。」他笑著。

玉環大力地打了一下他的手臂，「你亂說什麼？仁德才不是你想的那樣。」

文治笑著，「我都知道，妳騙不了我的。」他走回窗邊，繼續修著窗戶。

「你不懂啦！」玉環不同意地抿起了嘴，「反正你不可以來找我，我會盡快想辦法的。」

ଓ

玉環寫了一封信給仁德，請他幫忙救助那些村落的人。

再快一個月就要過年了，山上每天冷風刺骨。玉環一直在等仁德的回覆，可是卻都一直沒有等到他的回信。這天，在水流室來回踱步的玉環，心想信已經寄去兩個星期了，怎麼還沒有回？不過，他不回，也是正常吧。或可能還是學生的仁德，也沒有辦法吧。這時有個熟悉的年輕男人聲音，在外面叫著：「玉環！玉環！」

玉環打開門，又驚又喜地看著男人說：「阿振！你怎麼會來？」

「我送漁貨來附近的市場，所以就來看看妳。」阿振笑容滿面的說著，舉起手上的一小包東西，「這是妳外婆要我帶來的。」

「謝謝你。」玉環開心地拿起了阿振手上的袋子，然後一臉愧疚地看著他，「很抱歉，我知道外面很冷，可是你不能進來。」正當阿振微笑地搖頭說沒關係時，她摸著他的手說：「你等一下。」她立刻轉身把袋子放在屋內，然後鎖了門。她帶著阿振到了守衛室，然後跟守衛伯伯說了一下話。他們走進了小小的，只可容納兩三個人的守衛室。

「謝謝你來看我，又幫我帶東西來。」玉環點頭微笑著，然後關心地問：「我外公外婆好嗎？」

「他們都好。」阿振微笑著。

「那，我外公的腳呢？還痛嗎？能正常走嗎？」玉環一臉擔憂地問。

「還是差不多。不過他有聽妳的話，買炭火來用。」阿振回著。

玉環鬆了一口氣，「那就好。」她微笑地繼續問：「你什麼時候回去？可以留下來吃晚飯嗎？我七點下班。」

阿振雙手左右揮著說：「不用了。還有幾個小時，就要坐火車回去了。明天還要上船。」

「天氣這麼冷，你要去哪裡捕魚啊？」玉環關心著。

「就附近啦。」阿振微笑著，心想不能讓玉環知道，為了她，為了能照顧她的外公外婆，他拒絕了一個很好的遠洋捕魚工作。

「那你在這裡等我一下，我馬上回來。」玉環說完就跑出了守衛室。

約莫過了十分鐘，她穿著一件大外套，圍著圍巾，跑回守衛室前。她揮手叫阿振出來。

「叔叔，謝謝您。」玉環微笑地跟顧守衛室的中年男人點著頭。

中年男人揮著手說：「不客氣。」然後笑著對一旁高壯的阿振說：「少年耶，你運氣好。玉環又漂亮，又懂事。好好珍惜哦！」

阿振的臉頓時紅了起來，他不好意思地摸著頭說：「我……我……」

「叔叔，不要亂說啦。我們是好朋友。」玉環笑著，然後看了一眼正紅著臉的阿振，她不禁笑了出來。

「真的嗎？」守衛室的中年男人懷疑地笑著。

「真的。」玉環肯定地點著頭，「叔叔我們先走了。」她拉起了阿振的手臂，開心地往市場走去。

「妳不是要工作？」阿振邊走邊問。

「我請了幾個小時的假。」玉環好開心能看到阿振，好像看到自己的家人般。「走，我帶你去吃好吃的。」

阿振開心地點點頭。看著留著長髮，愈來愈成熟，有女人味的玉環，心裡更是愈加喜歡她了。

他們到了麵店，吃完了麵後，玉環便帶著阿振在山城裡散步著。

阿振邊走邊看著巷弄裡的小路說：「這裡的路雖然小，可是很有特色。每一條蜿蜒的路，好像都互相連著。」

「是啊，這山城蓋在山坡上。幾乎每一條路，都必須能通到下一條。否則就要繞道，走很遠。」玉環說著勾起了阿振的手肘，滿臉歡喜地看著他，「走，我們去山坡。如果運氣好，也許可以看到夕陽。這裡的夕陽真的很美。我也只有週末才有時間來看。」

阿振開心的點著頭，「嗯。」

他們走到山丘邊，寒冷的山風對他們吹著。

看著灰暗的海平面上微微的粉紫光，玉環有點失望的說：「沒有什麼晚霞。」

阿振搖頭微笑著，「沒關係。」看著晚霞的淡淡餘暉，落在玉環的粉紅色臉頰上。這樣子的她，顯得分外的美麗動人，就有如從畫中走出來的仙子般。「能看到妳，我就很開心了。」他露出那兩排大白牙開心的笑著

玉環挑著眉笑了一下。她墊起了腳尖，一隻手攬住了阿振的肩膀，好似大姐般的說：「什麼時候這麼會說話了？一點都不像你。」

「我……就真的開心看到妳，要不然要說什麼？」阿振說著雙手一攤，頭斜一邊看著她。

玉環放下了攬著阿振的手，落下了腳跟笑著，「這才是你嗎！」

這時沒有穿外套的阿振，咳了一下。

「這裡冷，我們還是去車站裡比較溫暖。」玉環說著拉起了阿振的手，「連手都是冷的。」她馬上把脖子上的圍巾拿下來，幫阿振圍上。「下次出門，要記得帶外套。」她關心地囑咐著。

阿振的心突然覺得好溫暖，就好似一陣暖暖的春風，吹到他心裡。「謝謝，我會記住的，大姐頭。」他再次露出他那兩排白白的牙齒笑著。

不一會他們走到火車站。坐在車站裡，玉環把蒙面人及那

些需要幫忙的，窮苦生病的人的事告訴了阿振。玉環說完後，心裡突然覺得舒服了好多。她沒有想到，原來這些事情已經造成她的這麼大的負擔。

阿振擔心地皺起了額頭，湊到她身邊小聲的說：「玉環，這是大事。你們才兩個人，怎麼有辦法去幫這麼多人？而且，要妳幫忙偷金子，那是犯法的啊！」

「我知道。可是，我們能見死不救嗎？」玉環嘴角往下壓著無奈地看著他。

阿振轉過身，雙手握住了玉環的肩膀，他軀身向前慎重的說：「玉環，絕對不可以偷金子。我回去跟村長說說看，是否大家可以來幫忙。人多力量大。」

看著阿振認真又關心的表情，玉環心裡的擔憂好像馬上少了許多。「我怎麼沒有想到，請大家捐款，捐食物幫忙呢？」她笑著。

哺！！哺！！哺！！轟隆的火車引擎聲逐漸靠近著。

「火車到站了！！」廣播聲從牆角上的喇叭裡傳來。他們站了起來，走到火車旁。阿振一隻手握住了玉環的手臂說：「玉環，我回去會儘快去找人幫忙。妳也跟那個蒙面人說，不是只有一條路可以幫人，也不用單打獨鬥。」他的表情認真著。

就在此刻，剛下火車的仁德看到了他們。他靜靜地站在柱子後看著。

玉環微笑地點著頭。

「沒想到，妳也會有聽我的話的時候！」阿振笑著。

玉環插著腰，嘟著嘴說：「怎麼，我那麼兇哦？」

「現在才知道啊？」阿振笑了笑便上了車，「妳記得我說的哦！！」站在車門內的他大聲說著。

「我知道！你保重！也幫我跟我外公外婆說我很好！」玉環也大聲回著，這時火車開始啟動。

「我會的！天氣冷，快回去吧！」阿振用力的揮著手。

玉環微笑的揮著手，心裡覺得暖暖的。

第十九章

玉環心中有個他

玉環嘆了一口氣，往車站外走去。

「妳的家人嗎？」走在玉環後面的仁德靜靜的問著。

玉環回過頭，「仁德！」她驚喜不已地看著他「你什麼時候回來的？你怎麼都沒有說？」

「我說了，妳也不會到火車站來接我。」仁德冷冷地回她。

「你怎麼了？」玉環問著，心想他一定是看到阿振。

看著走在她一旁，一臉落寞沒回話的仁德，她繼續的說：「那個人是我學校同學，也是我們那邊的人。他今天送魚來，順便拿東西給我。」

仁德仍舊沒有說話地走著。

玉環邊走邊看著仁德。不用讀心術，她也可以知道他在吃醋。「你吃飯沒？要不要去吃飯？」她微笑地問。

仁德回過頭對著她說：「我回來，是因為妳說，妳緊急需要我幫忙。不過，我看妳應該不需要我了。」他失落地往地上看去。

玉環笑了笑。

仁德抬起頭，不悅地看著她，「妳還可以笑？我一接到妳的信，就趕緊請假回來。那妳還有心情跟別的男生約會。」他嘟起了嘴。

「約會？我剛說了，他是……」玉環原想解釋，但看著嘟著嘴愈走愈快的仁德，她停了下來，然後假裝一派輕鬆地說：「算了，反正我說什麼也沒有用。你認為是什麼，就是什麼。」

仁德轉過頭，皺著眉看著她，「妳……」

玉環微笑著，「好了，老闆。我們去吃碗熱湯。沒有吃飯，血糖低，人容易生氣。」

面對著他朝思暮想的玉環，那麼甜美地對他笑著，仁德的心被融化了。他走了過來，摸著她的臉說：「我就是拿妳那可愛的笑容，沒有辦法。」他微笑著。

玉環不好意思地紅了臉。

他們吃完了晚餐，玉環堅持付了錢。

「謝謝。」仁德微笑地看著玉環。

「不客氣。這碗麵，我還付得起。」玉環笑著。他們一起走出了麵店。她感激地看著他說：「謝謝你趕回來。我還在想，你是不是沒收到我的信。」

仁德微笑的摸了摸她的頭，「告訴我，妳要怎麼幫助那些人？」

「我們先送保暖的衣物，還有食物跟藥。」玉環很認真的回著，「但是，這需要很多錢，所以……」她有些緊張地看著仁德。

仁德一手握住了玉環的肩膀，他點著頭，「我知道，所以我回來跟我父母商量。」他說著表情突然有些嚴肅起來，「但是，玉環，妳知道這可不是一天兩天的事。這些人的問題，不是我們送一次救援品就可以解決的。」

玉環努力地點著頭，「我知道。可是，如果都撐不過冬天，那還有以後？」她擔心著。

仁德看著為受苦的人而擔憂的玉環，心裡對她更是敬佩。年紀比他小的玉環，不僅賺錢養家，還懂得為別人付出，幫助別人。他摸摸玉環的臉，微笑地說：「不要擔心，我來想辦法。」

從仁德在她臉上的手及那雙深情的雙眸，玉環不只看到更清楚的感應到仁德對她深深的關愛。她表情慎重地說：「仁德，幫人這件事，不要為了我而做，而是你心裡真的想幫忙。」

「我當然想幫忙。」仁德一臉的認真。他握住了玉環的手臂微笑著，「妳不要想太多，我等一下到，就馬上跟我爸媽講。妳等我的好消息。」

「謝謝你，仁德。」玉環的眼神裡充滿著感激。

「不過，我有一個條件。」仁德說。

玉環張大了眼睛，「條件？什麼條件？」

仁德握住了玉環的雙手，「我要吃妳外婆做的飯糰。」他開心地笑著。

看著仁德臉上那麼童真的笑容，玉環心想就是這份純真，我的心才不聽我的話啊。她挺直了背桿，抬著下巴說：「好，沒問題，我回去學。你要吃幾個，就有幾個。」

仁德從沒看過玉環這麼有威嚴的樣子，他笑著說：「那我要一千個。」而他的心卻說著：「我要妳永遠做給我吃。」

「哇！那麼愛哦？那我可能會給你吃垮。」雖然玉環嘴角下壓，雙手攤在胸前苦笑著，但此刻她的心，卻感到無比的幸福及甜美。

仁德跟他爸媽在辦公室裡，講了兩個小時。玉環在水流室，緊張地走來走去。「奇怪，我怎麼沒辦法聽到他們說什麼？」玉環努力用心聽，可是緊張的情緒讓她沒辦法專心。她聽不到仁德跟他爸媽在辦公室裡談話的內容。她試著打坐，但擔憂的心浮躁著。

這時水流室門的打開了，玉環馬上走出了房間。看著表情凝重的仁德，她關心地問：「仁德，怎麼了？你臉色不大好。是不是他們不願意幫忙？」

仁德一隻手握住了玉環的肩膀，沉重的眼神裡隱約中似乎帶著痛苦，但他平靜地說：「玉環，沒事。他們願意幫忙，明天就會叫老江去準備。妳只要告訴他們地點就可以了。」

「真的嗎？」玉環興奮地握住了他在她肩上的手，「哇！你的父母怎麼那麼好！那麼善良！你看，他們跟你一樣的善良。我剛剛還在擔心他們不會幫忙。」她一臉的雀躍。

突然間，仁德伸出雙手緊緊地把她抱住，好似一放開，他就會永遠失去她一樣。

這突來的一抱，著實的嚇到玉環，她動也不動地站著。她輕聲的問：「你怎麼了？」

「妳可以抱我一下嗎？」仁德用著幾乎要哭的口吻央求著。

被仁德抱在懷中的玉環，這時清楚地感應到，仁德心中要離別的苦。她伸出手，輕輕地抱著仁德，感激地說：「仁德，謝謝你為我做的一切，謝謝你。」

仁德放下了抱著玉環的手，「不要說謝謝，一切都是我心甘情願去做的。妳要好好照顧自己，要開心，知道嗎？」他那柔情的雙眼直直地盯著她。

此刻，玉環不斷的聽到仁德心中要離開的聲音。難道他要遠行？她的心揪了一下。「我會的，你自己在外面讀書，才要照顧好自己。」她溫柔地說。

仁德點著頭，「嗯，我會的。」他緊緊握住了玉環的雙手。

玉環的心大大的跳了一下，她假裝沒事地說：「幹嘛一直盯著我看？我的臉上有什麼東西嗎？」她抽出了仁德緊握的手。

「我要永遠記住妳的臉。我怕時間久了，記憶就會慢慢地變模糊。」仁德那深情款款的雙眸，好似要把她淹沒般地緊盯著。「我真想把妳放在我的口袋裡。」他再次握住了她的雙手，且緊緊的握到他胸口。

玉環的雙頰發熱著，心想難道他真的要離開很久嗎？「你們高校都教這些風花雪月的文章哦？」她試著轉移話題。

仁德堅決又深情的雙眼看著她說：「這是我心中的話。」

玉環不好意思地低下了頭。

「那麼我們下次見。」仁德說著，很不捨地慢慢放開了玉環的手。他深深地吸了一口氣後，轉身就要離開。

玉環的心突然難過了起來，她拉住了他的手，「你……」

仁德吸了口氣，回過頭微笑地看著玉環，「什麼事？」

「你……等一下。」玉環說著立刻跑去房間，把她自己剛完成的一條圍巾拿出來。「如果你不嫌棄，這是我勾的圍巾，送給你。」她把圍巾放在仁德手上。

仁德緊緊地把圍巾握在胸前，「謝謝妳，這是我這輩子收過最好的禮物。」他微笑著，而那深情的雙眼，再一次落在玉環有些發紅的臉上。

仁德說的每個字，深深地感動著玉環的心。她想說謝謝你對我這麼好，這麼照顧我。可是為了不讓氣氛更難過，她笑著說：「你真的很會說話哦！我還在學呢。下次你回來，應該會勾得更好。」

仁德伸手輕輕地摸了摸她的頭，溫柔笑著，「嗯。那我走了。」他說完便走出了門。

站在屋內的玉環，雖然沒有辦法完全讀到仁德心裡的事，但是她感到這次的離別應該會很久。她的心有種失去什麼的感覺，她望著仁德走去的背影。

隔天早上，仁德坐著家裡的轎車離開了。

下午的時候，老江來到水流室跟玉環要捐贈的村落住址。

玉環將住址拿給老江，點著頭說：「伯伯，謝謝您的幫忙。」

老江微笑地說：「是我小老闆，我哪有幫什麼忙。」

「伯伯，發生了什麼事嗎？」玉環好奇又關心地問著，「昨天小老闆好像很不開心。」

「他啊⋯⋯」老江嘆了口氣搖搖頭，「我想應該是很不開心。」

「是不是這件事，給他帶來什麼麻煩？」玉環擔心地問。

老江反問著玉環：「妳覺得出國讀書，是一件麻煩的事嗎？」

玉環張大了眼，「出國讀書！他怎麼都沒說」她驚訝的臉沉了下來，「什麼時候要出國？」

「再過幾個月吧。」老江說著，又搖了搖頭，「哎⋯⋯他叫我不要說的。」

「為什麼不能說？什麼不能說？」玉環問著，心想能出國讀書也是一件好事啊。

老江又嘆了口氣，「好吧，我就說了。」老江說著伸手摸著玉環的肩膀，「他為了幫妳及那些需要幫忙的人，所以才答應出國的。妳應該知道，妳在這裡，他怎麼會出國呢？」他皺起了眉頭。

這時，玉環的心好像被什麼打到一樣。她的腦海裡浮現出仁德傷心的樣子，和那雙依依不捨的眼睛。她感到愧疚，沒想到仁德可以為她付出這麼多。「所以，是他父母跟他交換的條件？」她的語氣激動著。

老江點點頭，「我想是吧。」

玉環真想現在就飛到仁德身邊，跟他說謝謝他對她的愛，還有跟他說對不起。因為她，他才必須離開。她難過地掉下了淚。

老江伸手抱了抱玉環的肩膀，「傻女孩，也許這樣對你們兩個才好的。」他從口袋裡拿出了一個信封，「對了，這是妳的信，應該是家裡來的吧。」

玉環擦了擦臉上的淚，接起他手中的信。

「那我先走了。」老江說著。

玉環點著頭，「謝謝您，江伯伯。」

老江輕點著頭然後走出了水流室。

玉環打開了信，看著信中字字句句都充滿著外公外婆的愛及關懷。她低落的心情，有了動力。她想到江伯伯所說的話，或許仁德的離開是好的。

ଔ

「大廳今晚有非常重要的客人要來。玉環妳沒事就不要出來，我們整個區域都要戒備，會有很多的看守人員。」守衛叔叔站在水流室門口，對著站在門內的玉環說著。

玉環好奇地問：「什麼人啊？這麼慎重。」

「聽說是政府官員。」守衛叔叔回道，「今天早一點去買晚餐，回來就不要出來了，知道嗎？」他的表情變得嚴肅起來。

玉環點點頭，「好的。」

到了快傍晚的時候，買飯盒回來的玉環經過辦公室。

在辦公室大門前，停了兩台黑色大轎車。有十幾個男人手拿著槍，包圍著整個辦公室，正巡視著四周。

玉環看了他們一眼，然後快步地走回水流室。

「奇怪怎麼裡面是暗的？」玉環自言自語地打開了門，只見一個黑影坐在椅子上。她快速地打開了燈，「文治！！」震驚的她馬上鎖上了門，緊張地問：「你來幹嘛？」

「放心！我不是來拿金條的。」蒙面人笑著。「我來看看妳，不行嗎？」他站了起來。

「看我？」玉環不相信地看了他一眼，便快速地巡視了一下窗戶，然後拉著蒙面人到她房間，「老實說，你來幹嘛？」她慎重地問。

「我來謝謝妳的幫忙。」蒙面人說，「妳男友真的很喜歡妳，送了那麼多救資、藥品。我想以後，我們靠他就夠了！我也不用再偷了！」他雙手交叉於胸前笑著。

玉環可以感覺到，他試著隱藏住的些許不安。她點著頭，「對，都是他，我們才能幫那些人。」她迫切的雙眼直盯著蒙面人，「不過，你到底來幹嘛？你騙不了我的。」

蒙面人笑了笑，「好啦，我來是要麻煩妳。」他往窗外看了一下繼續說：「如果我今天發生了什麼事，教會裡的那些小孩，就要靠妳了。」

玉環緊張地抓住了他的手臂問：「什麼意思？你要做什麼？」

蒙面人手指著窗戶外面，「看到那些人沒？」

玉環轉頭看著窗外那些拿著槍的男人們。

蒙面人挑著眉毛說：「等一下，我應該會跟他們比武一下。」他表情嚴肅地看著玉環，「不管聽到什麼聲音，妳待在屋內不要出來。」

「你到底要幹嘛？說清楚！」現在玉環是更擔心了。

「今天妳老闆的貴客，是我們國家的總理。而這次的戰爭，就是他挑起的。不，應該說是，他那個邪惡的太太挑起的，總理只是個傀儡。」蒙面人回著雙眼瞪的大大的玉環。

「他們為了侵略別人的領土，賠上了自己的國家。所以，我今天就是要去為那些受難的人討公道！」他握起了拳頭，堅決的雙眼看著玉環。

玉環很震驚地看著他，「什麼？我都不知道。」

「一般人是不會知道的。要不是我爸爸在政府單位工作，我也不會知道。」蒙面人說。

玉環看得出來蒙面人心中的憤怒。「那你爸爸人呢？」她問。

蒙面人的臉沉了下來，「我爸媽跟妳的一樣，在戰爭中都走了。」他說著伸出手握住了玉環的肩膀，「玉環，為了我們的國家，為了那些因為戰爭而失去親人、家園及生命的人，我今晚一定要去的。」

看著蒙面人那堅毅的臉，玉環握住了他在她肩上的手，「那，我幫你！」她認真地點著頭。「這樣說來，我的爸媽也是因為他們才失去生命的！」她的眼神憤怒著。

蒙面人皺起了額頭，「那，妳外公外婆怎麼辦？」

玉環放下了握著他的手，「我……我……」她咬著下嘴唇，握緊了雙手。

「我沒有家人。所以就算被他們抓到，也不會殃及或傷害到別人。」蒙面人說著，放下了在她肩上的手，「但是，我唯一放不下就是那些小孩。」他的表情擔憂著。

玉環一手握住了蒙面人的手臂，「你不要擔心，我一定會照顧他們的。」她的眼神認真且堅定著。

蒙面人點著頭，目光炯炯地看著玉環，「好，有妳一句話，我就放心了。」

「你要小心，文治。」玉環握緊了他的手臂。

蒙面人點著頭，「我會的。」他拍拍玉環在他手臂上的手微笑著，「不要忘記，我可是有特別能力的月亮人！」

這是玉環第一次聽到文治承認自己是月亮人，她感覺到好像終於跟自己的哥哥見面一樣。她伸出雙手，抱住了文治，「你一定要安全回來。」她擔心的抱緊了他。此刻，她可以清楚感應到文治那既勇敢又堅毅的心。

而文治也在此時感到好久沒有的親情。「好了，等我好消息！」他說完就走出了門。

第二十章

戰火與傷痕

玉環擔心地在水流室裡來回踱步著，她的心七上八下。忽然，門外傳來巨大的倒塌聲和一陣子彈掃射的聲音。她立刻打開門往屋外一看，辦公樓起了大火，幾個人從裡面跑了出來。她拿出了口袋裡的手帕圍住了臉，鎖上了門，飛快的跑到起著大火，冒著濃煙的辦公樓前。一聲聲痛苦的呻吟聲和薄弱呼吸聲，傳到她耳邊。

她趁著一片混亂，跟著薄弱呼吸聲飛到了正在起著大火的辦公室門口。而煙霧瀰漫的辦公室內，很難看得清楚什麼。她隨著薄弱呼吸聲，走進了辦公室，到了大辦公桌旁。她翻開了桌子，發現了仁德昏迷不醒的爸爸。她馬上抱起了他，往後面花圃飛去。在確定他有呼吸後，她便立刻朝著另一個痛苦的呻吟聲飛去。發現了一個昏迷不醒，倒在靠近辦公室後的小茶房門口的女人。她馬上背起了她，飛快地往後花圃飛去。在確定女人有呼吸後，她又往屋內大火處飛去。這時傳來微弱的救命聲及咳嗽聲。然而此時的大火，已經從辦公室一直燒到外面走道了。一個頭跟腳都流著血的女人，倒在走道上。她飛下來，抓著女人的手臂，迅速的往外跑去。女人虛弱的邊咳邊看著玉環。玉環這時才發現，她是仁德的媽媽。她很快地把仁德媽媽，放在仁德爸爸旁邊。

「青峰！！青峰！！你醒醒！！」仁德媽媽抓著仁德爸爸的手臂叫著。

「他沒事，妳不用擔心。我去叫人來幫忙。」玉環說完，便快速地跑開。

仁德的媽媽望著玉環的背影，心想這聲音好像在哪裡聽過。

碰！！碰！！碰！！槍枝掃射聲傳來。

玉環隨著槍枝發射的聲音，很快地找到飛在樹上，正被樹下幾個男人拿槍射擊的文治。在一陣亂槍射擊中，文治快速地飛離了他們。此時樹下來了一個男人，對拿槍的男人們大聲怒罵：「刺客呢？你們這群笨蛋！這麼多人，抓不到一個人！！」

男人們則一臉驚慌地指著天空說：「他……飛走了！！」

ଓ

玉環跟著文治飛的方向，來到山丘邊。

「原來，你也是月亮來的人。」一位黑髮及腰，面貌姣好，打扮華麗的女人說著，便從天空飛了下來落在地面上。「我才在想，誰有這個能耐，敢對我攻擊。」女人上下打量著站在她面前的文治。

「為什麼妳要這麼做？妳害了多少無辜的人，妳知道嗎？」文治憤怒地質問她。

「那些人對我來說，就跟螞蟻一樣，一點都不重要。」女人不在乎的說。「倒是你能力這麼好，對我來說，可是很重要。」女人一邊嘴角微揚笑著。

「妳……真是狠毒！我們怎會出妳這種人！」文治握著拳頭，目光如火地看著她。

女人冷冷地說：「這些愚昧的低等生物，有需要你這麼為他們生氣不平嗎？你怎麼不會為那些，被人踩在腳底下的螞蟻、昆蟲不平？」

「廢話少說！妳不配作為我們月亮人！今天我就要妳永遠消失！」文治說著，雙手握成蓮花掌，一道火從手心發出往女人射去。

女人輕輕一閃，躲過了火把。她笑了笑，「耶……不錯嘛。」她快速往上一跳，站在空中說：「你確定，你不跟我？」

「妳真是無恥！！」文治說著手心又發出一道火，往女人射去。

女人則朝著溪邊飛去，文治緊跟在她後面。

「傻個！」女人說著，整個人往溪中落下。站在水中的她，雙手拿起了水往正飛下來的文治潑去。不到三秒鐘，文治身上的水快速結成了冰，把他整個人冰凍在空中。

女人飛到他旁邊，「再給你一個機會。幫我工作，這輩子，你要什麼有什麼。」她自負地笑著。

文治怒視著女人，「妳等著妳的報應吧！」

「那你就這邊凍死好了！哈哈哈……」女人輕蔑大笑的飛走了。

被冰凍的文治，這時從空中掉下來落在溪旁。

一直跟在後面的玉環，等女人飛走後，飛到文治旁邊。她緊張又擔心的摸著他冰凍的身體叫著：「文治！！文治！！你可以動嗎？」

文治的雙唇顫抖著，而且臉色愈來愈白。「我還好。」他試著擠出笑容，但凍僵的臉，一動也不動。

玉環用力地要打破文治身上的冰，但發現他身上的冰，比石頭還要硬。

「只有等他融化了。」文治說著，而這時他的唇已經發黑，呼吸也變得非常薄弱。他用力地呼吸著。

擔心的淚水在玉環眼眶裡打轉。「怎麼辦。怎麼辦。有火就好了。」她緊張地查看著四周。看著一旁的溪水，她突然想到水也可以融冰啊！於是她使盡全力，把冰凍的文治推到溪裡。

過了快十分鐘，不醒人事的文治浮在水面上。

守在溪上的玉環，馬上抱起了文治迅速的往天空飛去。

在吳修女的房間裡，一群小朋友站在房門口。

「哥哥生病了嗎？」「我們要進去看他。」小朋友們擔心地說著。

站在房門口的玉環，手圍著小孩們說：「你們讓哥哥休息。不要在這裡。等他醒了，我再告訴你們。」

「讓我們進去啦！」一個小男孩嚷著。

「哥哥不會死了吧？」一個小女孩擔心啜泣著。

玉環摸著小女孩的臉安慰的說：「沒事！沒事！」

在床邊，生著一盆爐炭火的吳修女，站起來對著門口的小孩們說：「你們聽話。這樣吵，哥哥怎麼休息？」

小朋友們嘟著嘴。

玉環合掌於胸前微笑的拜託著：「拜託，乖，我們先出去。」

這時，小孩們才心不甘情不願的跟著她回到了大廳。

看著安靜無聲，坐在大桌旁小朋友們臉上那擔心又難過的表情，玉環隱藏著自己的擔憂，擠出笑容說：「來，姊姊唸書給你們聽。」她拿起了桌上的書本。

「不要！我要哥哥！」一個小女孩搖著頭抿著嘴說。

玉環知道小朋友們都很愛文治，也很依賴他，所以他們現在應該是非常地擔心。「好！那你們在這裡安靜的讀書，我去看看他醒來了沒。」她說著便走回吳修女的房間。

「玉環！快去把我藥包拿來。」吳修女雙手壓著文治流血的腳，而血則一直不斷的從她的指縫中流出。

玉環馬上到吳修女房間，拿出了藥包給吳修女。

吳修女快速地用繃帶包住了流血的腳。

看著昏迷不醒的文治，玉環擔心地問：「怎麼會流血？」

「是子彈的傷口，子彈應該還在裡面。要想辦法拿出來，否則感染就嚴重了！」吳修女一臉擔憂著。

「那，我去找醫生。」玉環說著轉身就要離開，吳修女拉住了她的手說：「玉環，文治不是一般的人，不可以讓人知道他是誰。」

「那怎麼辦？」玉環緊張地看著她。

「妳幫我顧一下小孩，我去找神父幫忙。」吳修女說著便站了起來。

玉環想到水流室及仁德的爸媽，她也必須趕快回去。她拉住了吳修女的手說：「還是我去吧，我跑得比較快。妳告訴我住址。」

「那……好吧。」吳修女很快地寫了一封信交給玉環，「神父在下一個村子的教會服務。他懂醫術，應該可以幫忙。那妳快去吧。」

「好的。」玉環拿著信出了門，看四下無人後，便快速往天空飛去。她很快地找到了神父的教會。這個教會跟吳修女的一樣，是個很簡樸的木頭屋。

她敲了門，一位約五十幾歲模樣的神父開了門。玉環介紹了自己，然後把信交給神父。神父打開信快速的看著，然後看了玉環一眼說：「我這就去。」他馬上走進屋內準備醫療的器具。

「那你有腳踏車嗎？」站在教會門外的玉環問。她很想載神父去，但是又怕被神父當成怪物。

神父回頭對她笑著，「我有妳，哪需要什麼腳踏車！」

玉環吃驚的看著神父，「我……」

神父走到門口，點著頭說：「我知道你們的事。」

玉環雖驚訝但還是微笑地點點頭。

「來！快載我去。」神父說。

玉環點點頭。

神父走出來，關上了門，但並沒上鎖。

「神父，您不鎖門？」玉環好奇地看著他。

「這是神的家，就是大家的家。每一個人都歡迎。」神父笑著。

玉環心想，好棒的一個地方，好善良的人。

她背對著神父，彎下了腰。

神父看著纖瘦的玉環，他搖搖頭說：「真的很難相信，妳可以背我。」

玉環回過頭微笑地看著他，「試試看就知道了。」

神父伸出雙手抓住了玉環的肩膀。

玉環雙手往後一抓，抱起了他的雙腿放到她腰的兩側。「抱緊了。」她說。

「好的。」神父馬上抱住了玉環的雙肩。

玉環迅速地查看了四周，確定無人後，她往上一跳，不到幾秒鐘的時間，他們就已經飛在雲層上了。

「哇……我不敢相信，我在飛了。」神父興奮地看著雲層下的村子，心卻是撲通撲通好快地跳著。他抱緊了玉環。

「神父，放心，我不會讓您掉下去的。」玉環邊說邊快速地飛著。「我們到了。」她說著。在確定四下無人後，他們落在地面上，進了教會，走進了文治的房門。

他們走到床邊，看著昏迷不醒，臉色發白的文治。神父立刻拿出醫療包內的小手術刀，很快地將文治腳上的子彈取出。可是文治還是昏迷不醒。

吳修女摸著文治的脖子，擔憂地看著神父說：「怎麼會這樣？他的體溫也慢慢恢復了。」

「今晚再看看，若沒有醒，我們再來想辦法。」神父說。

玉環想到身上帶的香包，她馬上從腰上取下說：「這個香包裡有各種珍貴的藥材，是一位廟裡的老和尚送我的。我不懂草藥，不知道可不可以幫得上忙？」她把香包交給神父。

神父聞著香包，睜大了眼睛說：「真香！聞起來有好幾種很好的藥材。」他摸著玉環的手肘，點頭微笑著，「謝謝妳，玉環。那我先留著。」

玉環點著頭，「嗯。」

咚……咚……咚……這時牆上的時鐘敲了 11 下。

「我出來也好久了，我必須快點回去。神父，您要我載您回去嗎？」玉環問著。

「我還是等文治醒了，再回去。」神父說。

吳修女伸手握住了玉環的雙手，眼睛含淚地說：「玉環，謝謝妳救了文治。」

「修女，不要擔心。我們月亮人都很強壯的。文治很快就會醒來的。」玉環說著，忽然覺得自己說得太多了。

「對啊，你們是我見過最厲害的人類。」神父微笑著。

難道神父見過其他的月亮上的人？玉環抿了一下嘴巴，有些靦腆地笑著，「那我先回去了。」語畢，她便走出了房門。

在房裡的神父及吳修女看著昏迷的文治。

「這些月亮的人，能力驚人，不知是好，還是不好？」神父語重心長的說著。

坐在床邊的吳修女，握著文治的手說：「當然好！」她轉過頭看著站在身旁的神父，「你看文治就知道了。不是他，我們的教會怎麼生存？我哪有能力照顧這些小孩。」她回過頭疼惜地摸著文治的臉。

神父長嘆了一口氣，「妳難道忘記，這場戰爭是誰興起的？」

吳修女也嘆了一口氣，「哎……只要是人，就有黑暗面。他們跟我們一樣，都是有血有肉的人。」她輕輕地摸著文治的頭。

「沒錯！只有神，才能讓我們活在光明的世界裡。我們一起來為文治、玉環和大家禱告吧！」神父說著，就在房間的十字架下跪了下來。他雙手握在胸前，低下了頭，開始禱告。

吳修女也跟著跪在床邊的地上，雙手握著，面向著十字架禱告著。

回到水流室的玉環，看到已經快被燒光的辦公室，心想不知有沒有人受傷？希望沒有。

隔天一大早，老江敲著門叫著：「玉環！玉環！」

玉環開了門，「江伯伯早。」她微笑著。

老江走進門，在椅子上坐了下來。他神色有些凝重地看著玉環說：「玉環，昨晚我們的辦公室遭到攻擊。所幸沒有人傷亡。從今天起，我們進出會有更多的檢查。公司會多派幾個人，二十四小時巡邏，而且短期內，不可以有訪客。」

玉環點著頭，「好的。」帶著關心的眼神她問：「那老闆跟老闆娘還好嗎？」

「他們受了點小傷，沒有什麼大礙。但因為受了驚嚇，所以最近會在家休息，不會來公司。」老江回著舉起了手，指著外面快被燒光一半的辦公室繼續說：「再說，也沒有地方讓他們辦公。」他輕嘆了口氣。

玉環看了一下窗外，點著下巴說：「也是……那還好，他們沒事。」心想還好他們沒事，否則仁德不就很可憐了。「江伯伯，您知道發生了什麼事嗎？」她試探著。

「目前只知道，有個蒙面的刺客，要刺殺昨晚的訪客跟他太太。但是不知道為什麼就著火了……」老江皺起了額頭。

「為什麼要刺殺昨晚的訪客？他們是誰啊？」玉環假裝好奇地問。

「跟妳說也沒關係。反正，我們都不喜歡他們。」老江說著瞪大了眼睛，「他們就是我國的總理。」

「總理！」玉環再次假裝驚訝地張大了眼睛，「為什麼你們不喜歡他們？」她好奇地看著他。

「他們每年都會在過年前來一次。美其名來做友善的拜訪，其實是來收稅收的。我們每年明明就按照政府規定按時繳稅，但是還不夠。說什麼我們的國家需要我們，如果我們不供獻金條，就沒有辦法給我們繼續採礦開墾。」老江愈說愈生氣，「這跟土匪有什麼兩樣？明明來收保護費的！」他憤憤不平地兩掌互擊著。

「這麼壞！」玉環不敢相信怎麼會有這麼可惡的人，她義憤填膺的說：「一國之君，不是應該要照顧她的人民，怎麼可以跟她的人民敲詐啊？這種人怎麼可以當我們的國君？」

老江搖搖頭，嘆了一聲，「哎……玉環，妳還小，以後妳就會看到，很多人為了一己之利，什麼事都幹得出來。」

一直以來，玉環以為只有窮人的生活很困難，但是有錢人的生活似乎也輕鬆不到哪去。「江伯伯，我相信，將來的世界一定會不一樣。人們會為民主自由奮鬥的！他們這些用君主極權的人，將會滅亡。因為，這個國家是由人民組成的。我相信，只要我們團結，一定可以打敗這腐敗的政府。」她的語氣堅定又認真。

老江看著志氣高昂的玉環，心想她真的跟一般的女孩不一樣，怪不得仁德那麼喜歡她。

「那就看你們這一代了。」老江笑著。

「會的。」玉環肯定地點著頭。「江伯伯，那你們有查出來，蒙面人是誰了嗎？」她試探著。

「還沒有。」老江搖著頭。「但是，我想也不用我們出面，總理應該會出動人馬去抓他。」

玉環的臉沉了下來。

「雖然，我不贊成那個蒙面人偷竊的行為，可是我還真希望，他把那兩個可惡的人解決了。」老江說著生氣地舉起了拳頭。

玉環心想文治這下麻煩可大了。「江伯伯，其實我認為，那蒙面人偷東西，都是去幫助貧困的人，不是用在自己身上。

所以，他是一個好人。」她很認真地說。

「哎……這世上，沒有絕對的是與非。偷竊的背後，是因為要救人。所以，怎麼去說對跟錯呢？」老江無奈地說著，大大的吐了一口氣，「而罪魁禍首就是那無恥的總理，跟他的太太啦！真是氣死人。」他氣憤地蹬了一下腳。

玉環伸手輕輕拍著老江的背安慰著：「伯伯，不生氣。那種人，一定會有報應的。」

老江微笑地點點頭，「好了，我也該回去工作了。」

玉環跟老江說再見後，想著昏迷的文治不知道醒了沒。

第二十一章

警察來做什麼？

一大早，天剛亮，坐躺在床上的文治氣色看起來好多了。

吳修女端了一碗熱湯進來，走到床邊說：「這個湯是神父叫我煮給你喝的。可以幫助你恢復體力，補氣用的。快，趁熱喝了。」

文治拿起了她手中的碗聞著，「好清香！」他微笑著，然後拿起碗中的湯匙喝了一口，「哇，還甘甘甜甜甜的，比一般苦到不行的草藥，好喝多了！」他很快地就把湯喝完了。瞬間一股熱氣從他下背升起，不到幾秒鐘的時間，他全身開始發熱起來。「不知道是熱湯的關係，我怎麼覺得身體熱多了。」他說著看了一眼吳修女，便從床上起身站了起來。他大大地吸了一口氣後笑著，「這湯真不錯，我呼吸都順多了，好像也比較有體力了。」他舉起了拳頭左一拳又一拳的打著，然後抬起腿左右踢著。

吳修女握住了文治的手臂，「好了，你才剛醒來不久，還是躺著休息。這樣踢，小心腳的傷口裂開了。」她關心地拉著文治到床邊坐下，便從口袋裡，拿出一個香包，「這是玉環給你的。這湯就是用裡面的珍貴藥材做的。」

文治拿起她手中的香包聞著，他驚訝地張大了眼，「哇，真香！我在夢中，好像一直有聞到這個香味。」

「可能是你昏迷時，我一直把它放在你床頭。」吳修女說著摸了摸文治的額頭，「沒發燒了，很好！」她鬆了一口氣微笑著，「昨晚我真的是擔心死了，你一直在發高燒。」

看著一直像個母親一樣照顧他、愛他的吳修女，文治心裡感到既溫暖又愧疚。「修女，對不起讓您擔心了。」他抱歉地看著她。

吳修女摸摸文治的手，慈藹的笑著，「沒事，你沒事就好了。」她說著打了個哈欠。

文治伸手握住了吳修女的手，「您一定為了照顧我，整晚都沒睡。您去睡一下，我沒事了。」他微笑著。

吳修女輕點著頭，「好吧，那我先去休息一下。你也再躺一下。」說完，她站了起來。

「不要擔心我，我壯得很。」文治有自信的舉起了拳頭笑著。

吳修女笑了笑，走出了房門。

文治在床上躺了下來。他聞了聞手中玉環的香包，好舒服的香味！他微笑著。而聞著聞著，不一會他閉上了眼睛，沉沉睡去了。

ଓ

接下來，到過年前的三星期中，玉環都沒有看到老闆及老闆娘來公司。而仁德的信也沒有來了，只有老江來巡視水流室。玉環開始擔心著公司會不會停止營業。而且奇怪的是，為什麼報紙都沒有寫總理被刺殺的事？就只有寫辦公室起火的事。

這天，她收到家裡的來信，問玉環什麼時候回去過年。於是，她鼓起勇氣跟老江問公司的事。

老江摸著玉環的肩膀微笑著，「不要擔心，老闆們在家辦公。過年後，辦公室重建工作完成了，他們就會回來公司工作。」

「哦，我想也是。」玉環微笑地輕點著頭。忍不住心中的疑惑，她問：「那麼，小老闆有回來看他爸媽嗎？」

老江點著頭，「有啊。」他挑著眉毛驚訝地看著玉環，「所以，他沒有來找妳？」

玉環輕輕搖著頭。

「怪不得，他一直問我妳好不好。」老江笑著。

玉環心想仁德這次真的是離開她了。她擠出淺淺的笑容說：「應該是功課忙吧。」

老江拍拍玉環的肩膀，「這樣對你們也許比較好。」他鼓勵著。

玉環低下了頭。

看著不開心的玉環，老江嘆了口氣，「哎……我不是老古板，講什麼門當戶對。但是，要嫁入這麼大的家族及企業生活，不是一件容易的事。我來這裡工作有三十年了，我看到這家族裡很多的風風雨雨。妳單純善良，又有正義感。這裡的環境，這樣的家族企業生活，很多人可都無法真正做自己，都是必須以家族企業的利益為優先。」

玉環抬起了頭。

老江握住了她的肩膀繼續說：「我覺得，能開心的生活最重要！錢啊、房子，這些都是身外之物。如果你們真的有那個緣分，你們會再見面的。」

玉環心想可憐的仁德，原來錦衣玉食下的生活，不只沒有一般人想的美好，還要付出自己最寶貴的自由。

她點點頭，「嗯，我知道。謝謝伯伯的關心。」

「好了，過年妳就如期回去，一星期的假。」老江說著，就從口袋拿出一個紅包，「來，這給妳。」

玉環馬上推回老江要放在她手上的紅包，「江伯伯，我不能一直收您的錢。您雖然一個人，但是要留錢養老啦。」她婉拒著。

「哦……這不是我給的，是老闆娘給妳的。她說謝謝妳的幫忙。」老江邊說邊把紅包放到玉環手中。

「我的幫忙？」玉環驚訝地看著他，心想難道起火的晚上，她認出我是誰？

「對啊，幫公司工作，就是幫忙。」老江微笑著，「老闆跟老闆娘都很慷慨，對員工不錯的人。每年過年，都會發紅包給每個員工。」

玉環放下了心，「哦……是這樣哦。」她輕吐了一口氣，收下了紅包，感激的說：「謝謝。」

「好了，快去訂火車票吧。」老江笑著。

「嗯！」玉環開心地點點頭。

圍坐在餐廳大桌旁的小朋友們，安靜的聽著文治唸著故事書。

吳修女走了進來，「小朋友！睡覺時間到了，快回房去。」她大聲說著。

小朋友們心不甘情不願的站了起來。

「每次都聽一半……」「對啊……真討厭。」幾個小朋友說著嘟起了嘴。

「那麼，你們要加油啊！要努力學認字啊，就不用等哥哥唸了。」吳修女邊說邊走到文治旁邊。

「大家晚安！明天再唸給你們聽。」文治笑著。

等小朋友都到房間後，吳修女從口袋裡拿出一張畫著蒙面人像的大紙。她面露憂愁，說：「文治，到處都是這張畫像。」

文治笑了一下，「這也看不出是誰，不用擔心。」

「我是怕這些小朋友單純，說漏了嘴。」吳修女說著手指著畫像，「而且你看，上面寫抓到有一萬元的賞金。」

文治看了一眼紙上的文字，很有自信地說：「小朋友很懂事，您不要擔心。而且誰有這種能耐，抓得到我。」

「文治，我覺得還是先離開這裡，避避風頭。等過一段時間再回來。」吳修女擔心地看著他。

文治一手摟住了吳修女的肩膀自信地笑著，「放心，我不會讓他們抓到我的。」

吳修女摸著他在她肩上的手，「我知道，你放心不下我們。不用擔心，現在，慢慢的有比較多人來教會，也開始有一點捐款。加上你之前給我的，我們省點用，過個半年都沒問題的。你還是去避避風頭吧。」她勸著。

「省著用？大家現在已經很省了，還能怎樣再省。」文治說著反握住了吳修女的雙手，「您不要擔心，我保證，短期內，絕對不去刺殺那個混蛋。我會很小心，您放心的去睡覺吧。」

「哎……我真拿你沒辦法。」吳修女搖了搖頭。

隔天早上，文治跟小朋友們玩捉鬼的遊戲。他用手帕蒙著眼睛，試圖抓著一旁的小朋友。

「我來了，不要跑……」文治假裝大怪獸的聲音低沉的說著。他兩隻手舉在前面，作勢向小朋友們抓去。

小朋友們緊張地大叫：「不要抓我啊！！」「啊……快跑啊……」

眼看一個小男生就快被文治抓到了，他快速地躲到大桌底下。

文治的雙手左右揮著，用著低沉嗓音大喊：「你們跑不掉的，因為我是大野獸！」他張大了嘴。

小朋友們又叫又笑的，圍著他跑。

這時文治的手，抓到一個四歲小女孩，她尖叫了一聲：「啊……」

文治把手帕拉到嘴上，微笑地對著小女孩說：「是哥哥啊，不要怕。」

小女孩看著嘴巴上圍著手帕的文治，她手比著手帕，嘟著嘴，搖著頭說：「不是，不是哥哥。」

文治拿下圍在嘴上的手帕，笑著問：「這樣呢？」

「哥哥！」小女孩開心地緊緊抱住了文治。

突然間，門口傳來敲門及男人講話的聲音：「開門，開門，我們是警局的人。」

吳修女緊張地瞪大了雙眼，朝抱著小女孩的文治看去。

「妳去開門。」文治小聲說著，然後一根手指比在嘴上跟小朋友小聲的說：「噓……安靜，不要說話。」說完後，他便馬上跑到後面廚房躲著。

吳修女開了門，「長官好，有什麼事嗎？」她微笑地問。

站在門口的兩位警察，一個舉著手上的畫像，另一個較年長的警察回道：「總理的命令，每一家都要搜察。」

吳修女輕輕的倒抽了一口氣，假裝鎮定的問：「這裡是教會，要搜察什麼嗎？」

年輕的警察指著手上拿的畫像說：「這個人。」

吳修女假裝沒事的看了一下畫像，「哦。」她點著頭。

兩位警察走進了教會。

「我們這裡除了我跟小孩們，沒有其他的人。」吳修女說著，回過頭對著正在吃早餐的小孩們眨了一下眼睛。

「修女，不要為難我們了，我們也是按照指示的。我們很快看一看，就走了。」年長的警察說。

「好吧，你們要看，就給你們看。」吳修女拉大了嗓門說。

看著乖乖坐在桌旁的十二個小孩們，年輕警察感到驚訝的說：「這些小孩好乖啊！怎麼這麼安靜。」

「對啊，真乖。我家的，只有我在才這麼安靜。」年長的警察邊說邊看著出奇安靜的小孩們，心想這一定有什麼問題。

吳修女看出年長警察眼中的懷疑，便說：「我們這些小孩，不比你們的那麼幸運。他們都是失去雙親，受過苦，才會在這裡。所以都很懂事。」

此時年長的警察，走到一個約七歲的小女孩身上旁邊，手指著手中的畫像問：「妹妹，妳有沒有看過，這個蒙面人來過這裡啊？」

小女孩雖然緊張，但她還是說：「沒有，我沒見過。」

「那是哥哥啊！」剛才被文治抱著的四歲小女孩，在一旁說著。

年長警察走到小女孩旁，彎著腰，微笑的問：「告訴叔叔，妳在哪裡看到他的？」

「這裡啊。」小女孩天真的說。

這時吳修女趕快走到小女孩旁，抱起小女孩說：「小綺，那是故事書的人，不是真的人。」然後她假裝沒事的對警察說：「長官，她才四歲，常常把故事裡的人當真了。」

「真的嗎？」年長警察皺著眉頭，懷疑地看著吳修女，「小孩不會說謊的，修女。」他眼神銳利地看著她。「若妳知道什麼，要老實說。如果真的讓我們查到妳窩藏此人，那我們就幫不了妳了。」他試探著。

吳修女笑著，「真的，長官。我從來沒有看過這個人。小孩子，童言童語，您也當真啊？」

「有啊，哥哥跑到後面去了。」四歲小女孩手指著在他們的後方廚房說著。

躲在廚房的文治聽到了一切，他立即跑出了後門，蹤身一跳快速的往天空飛去。

這時在大廳的兩位警察互看了一下，馬上快步往後面走去。他們分別到廚房及裡面的三個房間內檢查。

他們走了出來。年輕警察手舉著畫像，大聲地對著小孩們說：「你們要是有誰看過這個人，沒有老實說，被我們抓到，可是要抓去關的。」

小孩們被他大聲加上嚴肅的表情，嚇到驚慌的全都跑到吳修女旁。小一些的，則在躲在吳修女一旁啜泣著。

吳修女邊摸著一旁抓著她的腿正在啜泣的小女孩，邊對警察說：「這位年輕長官，就不要嚇我們小朋友了。您看，他們都在哭了。」

兩位警察看了看驚慌的小孩們，又互看了彼此一眼。他們皺著額頭，看著吳修女。

吳修女心想看起來他們不信。她馬上臉色一變，假裝生氣的說：「您們有找到什麼嗎？我跟您們說沒見過這個人。小孩子看個故事書，幻想力豐富，有時都還會跟自己幻想出來的朋友說話，你們知道嗎？」

看著修女生氣發紅的臉，兩位警察又互看了一眼。

「好吧，那我相信妳一次。不過，妳要是知道什麼，一定要來警局告訴我們。」年長警察說著看了一下小孩們，然後表情嚴謹地看著吳修女，「妳要為這些小孩想想。」

「是啊，修女。再說抓到此人，還有很大的獎金。這些錢，可以讓你照顧這些小孩很久了。」年輕警察力勸著。

「好，我會的。」吳修女冷冷的點著頭，然後不客氣地下起了遂客令：「那如果沒有別的事的話，我就不送你們了。我還有一群被你們弄哭的小孩要照顧。」

「對不起，嚇到你們了。」年長警察說著從口袋拿出一張紙鈔，放到一個小女孩手中，「來，這五塊錢給你們買糖果。」

小女孩有些害怕地點著頭說：「謝謝。」

年長警察微笑著，然後轉頭看著吳修女，「修女，記得我們說的話。」他說完後便和年輕警察走出了門。

這時嚇到手心都溼了的吳修女，才鬆了一口氣。而躲在廚房外大樹上的文治，聽到了這一切。

第二十二章

外婆的年糕

「玉環，妳等一下。」守衛叔叔叫著買著便當回來的玉環。

玉環走了過來，「叔叔，什麼事嗎？」她問。

「剛剛有個男生來，說是妳表哥，留這個給妳。」守衛叔叔說著，把一個小紙袋交給了玉環，「他叫我跟妳說，他要去趕火車，所以先走了。」

玉環點著頭，「謝謝叔叔。」她馬上打開了紙袋，一看是她的香包。她抬起頭問：「叔叔，他多久以前來的？」

守衛叔叔看了一眼掛在守衛室牆上的鐘說：「差不多十五分鐘前。」

「謝謝您。」玉環說著便走回水流室。進了室內，她拿出香包，才發現小紙袋裡有一張小字條。她拿出了字條，看到上面寫著：「謝謝妳！我要先離開一陣子，他們就先拜託妳照顧。感激不盡！！」

「他走了！他要去哪？」玉環震驚著。「那教會，小孩怎麼辦？」她的心擔憂著，但也為文治的離開感到難過。

ꕥ

再過三天就要回家過年了，玉環趁著晚上沒人時，飛去教會。

「修女，我是玉環。」她敲著門輕聲叫著。

吳修女開了門，驚訝地看著她說：「玉環，妳怎麼來了？外面這麼冷，快！快進來。」

玉環走進了教會，拿出了口袋裡的紙條說：「修女，我今天傍晚收到這個字條。」她把紙條交給了吳修女。

吳修女看了內容，嘆了口氣說：「文治今天也留下一張字條，及一包錢給我。」

「發生了什麼事？他為什麼要離開？」玉環關心又好奇地問。

吳修女把警察來的事情，全部告訴了玉環。「他應該是為了我們的安全。」吳修女嘆了口氣搖著頭，「不過這樣也好，我也希望他先到別的地方避避風頭。」

看著為文治擔心的修女，玉環心想修女真的很愛文治。她伸手握住了吳修女的手，眼神堅定地看著修女說：「修女，您不要擔心文治，也不要擔心這裡小孩的事情。以後我會常來，有什麼事情需要幫忙，都交給我吧。」

吳修女點點頭，「玉環，謝謝妳。」她摸著玉環冰冷的手，「手這麼冰！來，我有一副手套給妳帶著。這麼冷，在天上飛，哎……怎麼受得了？妳等我一下，我去房間拿。」語畢，她便往房間走去。

看著如此善良有愛心的修女，玉環了解到幫人並不需要有什麼特殊能力或是錢，最重要的是有一顆愛人如己的心。她想到那個狠毒的總理太太。沒有一顆愛人的心，我們的能力就變成一種爭權奪利，傷害人的武器。她抬頭望著窗外的眉月，心裡祈求著：「月婆，妳要看顧修女及這些小孩。還有文治，保護他的安全。這輩子，我一定會盡我的全力，去幫忙有需要幫忙的人。」

就在這時，微微的月光透過窗戶灑進屋內。「放心，我一直都在。」月婆慈藹的聲音傳來。

玉環微笑地看著天上，發著淡淡銀光的下眉月。

從房間走出來的吳修女，看著站在窗戶旁的玉環，想起了站在月亮下文治。「文治也常常站在月亮下，望著月亮。」她邊說邊走到玉環旁。

玉環回過頭微笑地看著吳修女，「哦……是哦。」

吳修女把米色手套放在玉環手中說：「下次就帶著。我知道妳們月亮來的人能力都很強。但是必竟是肉身啊！哪有那麼不怕冷的？」她摸摸玉環的手，慈藹地微笑著。

「修女，謝謝您。」玉環說著伸手抱住了修女，「如果世界上的人都跟您一樣，這麼有愛心，就不會有戰爭，就不會這麼多人受苦。這些小朋友就會有爸媽，我爸媽也不會離開我了。」她眼眶紅著。

吳修女輕輕地拍著玉環的背，「玉環，人都是脆弱的。我相信，大部分的人，都不是故意要傷害別人的。」她的語氣充滿著溫暖和慈愛。

玉環放下了抱著吳修女的手，點著頭。

吳修女伸手輕輕地拭去玉環眼角的淚，然後握著她的手說：「人為了生存，卻傷害到了別人。那雖是不對，但我能理解。就像在自然界，大的吃小的，而弱的就必須時時防禦強的攻擊，才能生存。我認為，這世界上只有少數人是惡的。而且我深信，這些惡人是天生就有問題的。」她摸著玉環的臉，「玉環，妳未來的日子還很長。我相信以妳的能力，一定可以幫助很多人。」

「修女，我要跟您一樣，盡我的全力去幫人。」玉環一臉認真地說。

吳修女點頭笑著，她輕拍著玉環的手臂說：「好了，快回去吧。如果我這裡有什麼需要，我會告訴妳。」

玉環點著頭，「好的，我過完年再來。」說完她便走出了門。

過年期間，在玉環的漁村，雨下不停。所以大部分時間，大家都待在屋內。

回家過年的玉環，也因此有很多時間跟外公外婆述說，這些時間在金子山發生的所有事情，但就除了仁德的事。

「小玉，婆真以妳為傲。幫了這麼多人啊！」坐在大廳長木板凳上的外婆，滿臉驕傲地對著坐在一旁的玉環說著。

「婆，跟文治及修女比，我做的根本不算什麼。」玉環搖頭笑著。

坐在大木椅上的外公問：「那妳打算要怎麼幫那些小孩？要養那麼多人，那可是很大的一筆費用。」

「阿振建議我們去募捐，我想那是個好方法。」玉環說。

「現在大家的日子，也沒有很好過。很多人自己都不夠用，哪還有多餘的錢捐給別人。」外公說著皺起了眉頭。

「我有想過。但是任何東西都好，只要一戶人家能捐出一樣東西，就夠了。若是教會用不到，我們可以在教會義賣，那些錢也可以幫忙照顧那些小孩子們。」玉環一臉認真地說。

「哎……這可是要一家一家去啊。」外公皺起了額頭，「妳只有幾天的時間在這裡，就妳跟阿振兩個人，那是要花很久的時間。」

「公，我跟阿振商量過了，我們會請鄰近的各村村長幫忙。反正能收到多少就多少，總比沒有的好。」玉環說著聳了一下肩膀。

「妳說，上次妳小老闆幫了大忙，那是不是可以請他繼續幫忙？」外婆問著。

這時玉環的臉突然沉了下來，「哦……他要出國留學了。」

外婆注意到玉環眼中的落寞。她微笑的說：「沒關係，婆跟公也去幫忙募捐。」她轉過頭對阿木眨了一眼。

阿木會意的點了一下下巴。他笑著對玉環說：「對，對，外公也去找人募捐。」

面對著如此支持她的外公外婆，玉環收起了低落的心情，微笑地說：「婆，公，謝謝您們。」她很有信心地看著他們，「我相信，只要有人願意幫忙，就有希望。團結力量大！」她舉起了拳頭。

隔天雨停了，阿振跟他大哥邵修，帶著一袋橘子來玉環家拜年。

「公，婆，恭喜恭喜，新年快樂。」阿振跟邵修雙手握在胸口，對著坐在大廳的外公外婆鞠躬拜年。

「新年快樂，恭喜發財啊！」外婆開心地邊說邊接起阿振手中的一袋橘子，「謝謝你們，還帶禮物來。」

「吃橘，就大吉大利！」邵修微笑著。

這時穿著仁德買的米色外套的玉環，從房間走了出來。她那黑色長髮，掛在她那粉色臉頰旁，整個人看起來美極了。「新年快樂！」她微笑地祝福著阿振跟邵修。

「玉環，妳穿這個米色外套，真是好看。」邵修微笑的讚美著玉環。

「哦……謝謝。」玉環有些羞澀的微笑著。

「對啊！玉環真好看。」阿振傻傻地笑著。

「你們兄弟真的很會說好話，我看我必須請你們吃個甜甜的年糕。」玉環笑著便往廚房走去。

此時的外公外婆看了看他們，又彼此互看了一下。外婆在外公耳邊低語著：「我們家小玉，好像都不怎麼喜歡哦？」

「哎……人要相處，才會有感情啦。」外公也小聲的回應著。

玉環很快地從廚房端來一盤切好的年糕放在桌上。「來，試試。我婆做的，很好吃。」她邊說邊拿起桌上的筷子給阿振跟邵修。

「謝謝。」阿振跟邵修說著，便開心地吃起年糕。

「真好吃！外婆做的都好吃。」阿振說著大口地邊吃邊笑著。

「謝謝，你最捧場啦。」外婆開心地說。

「外婆，阿振說的是，真的很好吃。」邵修很讚賞的點著頭。「加上這桂圓，風味更是獨特。這比外面餐館的還好吃，如果拿去賣，我相信一定會很多人買。」他微笑地吃著。

外婆邊揮手邊笑著說：「你們兄弟太捧場了！我這個小東西，怎麼端得上檯面。」

「婆，連我小老闆都說，您做的飯糰他可以吃 1000 個。您的手藝是我們鄰居公認，這村子裡最好的。」玉環驕傲地說著，想起仁德吃飯糰那天真可愛的樣子，她嘴角上揚了一下。

「什麼？妳小老闆也吃了我的飯糰哦！」外婆說著，心想玉環跟這個小老闆一定有什麼事。

玉環有些緊張地張大了眼睛，她想糟糕，說太快了。她假裝沒事地說：「對啊……就上次您給我帶的飯糰，剛好他在，我就給了他一顆。」

外婆心想絕對沒有那麼簡單。「好吧，這麼多人喜歡，那我多做一點給你們吃。」她笑著。

玉環突然想到，可以讓外婆做糕餅飯糰拿去金子山賣。「婆，我想到了。」她笑著。「您可以做一些讓我帶回去賣。試試看，也許這樣我們可以幫助那些小孩們。」

外婆張大了眼，點著頭，「可以哦！」

「外婆，我來出材料錢。讓我也能幫忙。」阿振很誠懇地說。

「那外婆，您多做一點，我弟最近領到年終紅包，應該蠻有錢的。」邵修說著，轉過頭對阿振挑著眉笑著。

阿振點著頭，然後往外婆看去，帶著肯定的笑容說：「對！對！外婆，多做一點。今年漁獲還不少，老闆包了個紅包給我。」他表情認真地看著外婆，「這樣好了，您告訴我要什麼材料，我明天到鎮上看店家開了沒。如果有，我就先買。」

看著阿振那誠懇認真的臉，玉環忽然覺得好像只要阿振在，任何事都可以解決。

「謝謝你，阿振。」玉環感謝地笑著，然後看著大家說：「即然大家這麼支持，那我當然也要貢獻。我老闆也有包紅包給我。」

這時的外婆舉起手揮著說：「嘿……嘿……你們這些小孩，是要累死我哦！」她笑了笑，「先買一點試試看，不知道有沒有人要吃，不要浪費錢啦。」

玉環走過去抱住了外婆的肩膀，笑著說：「婆，不用擔心。一定很多人要買的。如果真的沒人買，那我可以拿去教會給小朋友和修女吃啊！一定不會浪費錢的。」

「玉環，我也可以幫忙，拿去我的攤位賣賣看。」邵修說。

「好的，那先謝謝大哥了。」玉環對著邵修點頭微笑著。

邵修心想玉環不止外表漂亮，內心更是美。怪不得她的笑容這麼迷人。

「哥……哥……你幹嘛一直盯這玉環看？」阿振拉著邵修的衣角小聲說著。

「哦……我在想要怎麼賣啦。」邵修不好意思地摸了摸頭。

玉環笑著，而外公外婆互看了一下也笑著。

接下來兩天，外婆跟玉環做了一籠的年糕，加上二十個飯糰。

在房間裡，拿著木梳子幫坐在鏡子前的玉環，梳著頭的外婆說：「小玉，會不會做太多了？妳一個人怎麼有辦法拿回去賣。」

玉環回頭看著外婆微笑地說：「婆，不用擔心，阿振說他明天會跟我一起去。」

「阿振真的是很難得的一位年輕人。心地善良，熱心助人，又有正義感。」外婆滿意地笑著。她梳著玉環快到腰的長髮，「他對我跟妳外公，就像他自己的阿公阿嬤一樣，那麼盡心盡力。好多次，妳外公痛風都不能走去看醫生，都是阿振背著你外公，跟我們一起去。」

玉環看著鏡中的外婆，很感動地說：「婆，我不知道阿振為我們家做這麼多。我明天真的要好好謝謝他。」

「我原本想用飛的載他去，可是你外公怕我老了，沒力了。其實也是他怕高啦！」外婆說著輕輕笑著。「不過真的多虧了阿振的幫忙。我們老了，家裡有個年輕壯碩的男人，真的安心多了。」她邊說邊觀察著玉環的反應。

玉環轉過頭，眼神堅定地看著外婆說：「婆，那我不要做了，我回家。我相信苦一點，還是可以過得下去。」

「那妳答應照顧教會裡的那些小孩，怎麼辦？」外婆邊說邊摸著玉環又黑又亮的長髮。

「對哦……」玉環回過頭，看著鏡子裡的自己，嘆了一口氣。

外婆握住了玉環的肩膀，看著鏡子裡的玉環，「小玉，妳知道嗎？阿振為了能照顧我們，讓妳能安心在金子山工作。有好幾個遠洋捕魚，賺大錢的工作機會，他都拒絕了。」她說著輕輕拍著玉環的肩膀，「妳說，這份情，我們怎麼還哦？」

「怎麼他都沒說？」玉環驚訝地問著鏡中的外婆，心想阿振對她這麼好，默默為她付出這麼多，她能給他什麼呢？

外婆移到玉環旁，牽起了她的手微笑著，「他應該是很喜歡妳，難道妳看不出來？」

玉環轉頭看了一眼外婆，有些不知所措地說：「我……我不清楚啦，婆。」她不好意思的低下了頭。

「要是婆有她當我孫婿，不知道有多好！」外婆說著便把手中的梳子，放到鏡子前的小桌上。「當然啦，除非妳已經有喜歡的人，那婆也不會勉強妳的。」她摸摸玉環的手臂。

玉環轉過身，「婆，我還小，您幹嘛要說這個？」她說著握住了外婆的雙手，「而且，您不是希望我能回學校讀書嗎？怎麼現在要我嫁人啊？」她嘟起了嘴。

外婆拍拍玉環的手笑著說：「好，好，不說這個。」她表情慎重地看著玉環，「不過，阿振真的對我們很好，這恩情可要記住。」

玉環抱住了外婆微笑著，「我會的，我會記住一輩子的。」

第二十三章

撥雲見「月」

阿振跟著玉環拿著一大袋的年糕和飯糰，提早了一天出發去金子山城。

坐在火車裡的玉環，對著坐在一旁的阿振說：「謝謝你，為我家和我做了那麼多。」

「小事，幹嘛一直謝。又不是去做上山下海，那種粗活的工作。」阿振憨厚的臉笑著。

玉環看著阿振那靦腆的笑容，心想這麼善良的人應該不多，但是她好幸運就遇到一個。

「邵振，我這輩子，沒欠人，就欠你一個。」玉環說著，心想不對，她也欠仁德一次。「不，連你是第二個。我保證，這輩子，只要你邵振有困難，需要幫忙。我，韓玉環，一定赴湯蹈火，在所不惜。」她雙手握在胸口，感謝的對阿振點著頭。

「演戲啊，妳！」阿振露出那兩排的大白牙笑著，「沒有那麼嚴重啦，就鄰居互相幫忙而已啦。」

看著阿振燦爛的笑容，不知為何玉環的心頓時覺得輕鬆舒服多了。他就好像是一支大大的支柱，讓她依靠著。而且是不管何時，她都可靠著他。瞬間，她覺得欠他的恩情，那些壓在她肩膀的重量，好似也不再那麼重了。她可以開心輕鬆地，接受阿振對他的好。而不用感到，像她對仁德有的那種難過和愧疚。

☙

回到了金子山，玉環在拿了年糕及飯糰給守衛叔叔後，便和阿振來到老江這邊。

「江伯伯，新年快樂。」站在老江房門口的玉環，滿臉笑容地問侯著房內坐在椅子上，正聽著收音機的老江。

老江驚訝地往房門口看去。「怎麼提早回來了？」他開心地說著便站了起來，朝著玉環走去。他看了一眼站在她身旁的阿振。

「我回來賣東西。」玉環回著走到她身旁的老江。她把一小袋年糕和飯糰，放到老江手裡，「這給您，是我外婆做的。」然後手比著一旁阿振介紹：「這是我家鄉的好朋友，阿振。」她轉頭微笑地看了一眼阿振後接著說：「他來幫我一起賣。」

「伯伯好。」阿振點著頭，露出他那兩排大白牙笑著。

好陽光的一個男生，老江心想。「你好！你好！」他微笑應著便往玉環看去，「謝謝妳，玉環。那妳要賣什麼？」

「這個啊！」玉環指著老江手中的袋子，然後把要幫教會小孩的事，告訴了老江。

「真難得！真棒啊！你們。」老江連連讚賞著。他從口袋裡拿出一張十元紙鈔，「來，添個好運。」

玉環搖頭推拒著：「不，不行。伯伯這是送您吃的。不可以收您的錢。」

「算我是第一個開春的客人，可以吧？」老江溫暖地笑著。「也讓我出一點心力，幫助小朋友，好嗎？」他說著便把錢放到了玉環的手中。

「那……好吧。」玉環微笑地接過了錢。「先謝謝伯伯了。」她雙手握在胸口向老江鞠了躬。

玉環跟阿振來到沒什麼人潮的市場。

「來啊！來！好吃的年糕跟飯糰！保證你們沒有吃過！祖傳秘方，僅此一家哦！要買要快哦！」阿振大聲叫賣著。

可是過了好一會，市場還是沒什麼人。

「玉環，好像很多人都還在放假。不知道這些東西放到明天，還可不可以賣？」阿振有些擔心地看著玉環。

玉環看著原本熱鬧的街頭，今天就只擺了幾個攤子，也沒有多少人在街上。「好像是，沒有什麼人出來買東西。」她說著伸手握住了阿振的手臂，微笑地鼓勵著：「沒關係，那再賣晚點，也許等一下工人們就收假回來工作了。」

阿振點點頭，「好，那就再賣一會吧。」

玉環看了一下逐漸變黑的天空，然後關心的對著阿振說：「我想你先去坐車吧。等一下太晚，路黑，你還要騎車回家，比較危險。」

「沒關係。」就在阿振說話時，走來了一位穿著咖啡色絨質長風衣外套，手上帶著絨質手套，看起來非常高雅的中年婦女。她的身旁跟著一位瘦高的年輕男子，也穿著大風衣外套。他們一看就是有錢人的樣子。「耶……有客人來了。」阿振開心地說。

玉環的心大跳了一下，仁德！她深吸了一口氣後說：「老闆娘，小老闆，您們好。新年快樂。」她臉上微笑著，但她在桌下的雙手卻握的緊緊著。

阿振察覺到玉環緊張的情緒。他也微笑地說：「您們好。」

「玉環。」仁德的語氣出奇的平靜，甚至有些冷。他面無表情地看著她。

「你們在賣什麼？」仁德媽媽微笑地問。

「我們在義賣這些年糕跟飯糰。我們會把賺來的錢，捐給教會，照顧那些無家可歸的小孩。」阿振說著便拿起切好試吃的盤子，到仁德媽媽前，「老闆娘，試試看，這是玉環的外婆做的。」他微笑著。

仁德媽媽脫下了一手的手套，拿起了一塊吃著。她微笑地說：「真好吃。那我也吃吃飯糰，仁德一直說玉環的外婆做得有多好吃。」

玉環看了一眼仁德，才發現他正凝視著她。她的心跳開始加快著。但她仍很快地把試吃的盤子，端到仁德媽媽前。

仁德媽媽拿起了一小塊邊品嚐邊說：「的確很特別的味道。」

「謝謝。」玉環開心地點著頭。她把盤子拿到仁德前說：「你也吃啊。」

仁德拿起一塊吃著，「嗯，還是那麼好吃。」他說著露出了一絲笑容。

在一旁正用手帕擦著手的仁德媽媽，看著仁德回來過年後的第一個笑容，她擔憂的心跟著放鬆了。她戴上了手套，滿臉笑容的對著玉環說：「好了，我全買了。等一下就直接送到新辦公室去。多少錢就跟老江拿。」她打開了皮包，拿出一張千元大鈔，「既然是做好事，來，這給妳。」她把錢放在玉環手裡，「以後教會裡的小孩有什麼需要，直接來跟我說。」

看著千元大鈔，阿振驚訝地張大了眼，「哇！一千元。」他開心又興奮地合掌對著仁德媽媽點著頭說：「老闆娘，謝謝您，您真的是好人。」

拿著千元大鈔的玉環，感激地對仁德媽媽鞠躬說：「謝謝您，我會跟修女說是您給的。」

仁德媽媽點頭微笑著，「不用客氣。」她說完轉身便要離開，但又停了下來。她回過頭對玉環說：「妳先拿幾個給仁德帶走。」

玉環點點頭，「好。」她很快地放了幾個飯糰和年糕在紙袋內，交給仁德。

仁德很深情地看了她一眼。

玉環的心跳得好快，她用手指掐了一下自己的大腿，微笑地說：「你下次回來，我再做給你吃。我外婆有教我做了。」

「嗯。」仁德點著頭，深深地看了玉環一眼。他轉過頭看了一眼阿振，便轉身同著他母親走開了。

玉環的心沉了一下，他怎麼看起來這麼的不開心……

阿振查覺到玉環臉上的些許失落，他邊收著桌子邊笑著說：「玉環，妳老闆娘真大方，一下子就給一千元。」

「哦……對啊。」玉環回著便把桌上的盤子放在袋子裡。

他們很快地收拾好後，一起往水流室走去。

走在玉環旁的阿振，摸著她的肩膀，關心地問：「怎麼不開心啊？我們都賣完了。」

玉環搖搖頭笑著，「我很開心啊。」

「那就好。」阿振笑著，然後繼續地說：「不過，有錢真的不錯。我們忙了好幾天，她一句話就解決了。」

玉環想起仁德那悶悶不樂的樣子和老江說的話，她有感而發地說：「有錢人的生活，不是每個人都可以過的。也並不像你想的那樣美好。」

「有錢還不好？」阿振不解地皺起了眉頭。「難道要跟我一樣，過這種辛苦的捕魚的生活，才好哦？」他搖了搖頭笑著。

「你不知道，有時他們可能還羨慕你能這樣自由自在地過生活呢！」玉環說著，忽然聽到仁德媽媽說：「玉環真是個好女孩，可惜就沒有讀什麼書。」

「媽，不能讀書，不是她要的。她是我認識的人裡面，最上進，最善良，最會為別人想的人。」她在腦海中看到仁德語氣高昂地紅起了臉。

仁德媽媽勾住他的手肘說：「我知道，兒子，她很好。」她微笑著，「可是你怎麼知道，你以後不會遇到比她更好的人？」

仁德沒說話。

看著沮喪的仁德，仁德媽媽心裡也難過起來。心想難道我這樣做是錯的？

「玉環！玉環！」阿振在一旁叫著。

玉環轉過頭，「怎麼了？」她茫然地看著他。

看著玉環一副心不在焉的樣子，他好奇又關心地問：「我跟妳講話，妳都沒回。妳在想什麼？」

「哦……我在想……要趕快把錢拿給修女。」玉環支吾說著。她伸手握住了阿振的手臂微笑著，「這樣好了，你今晚待下來，明天我們開工，我只做半天。我帶你去教會。」

「那太好了！」阿振開心地笑著，但臉馬上又沉了下來，有些擔心地問：「可是，我要睡哪？」

「我來想辦法。」玉環說著便帶阿振來到老江這邊。站在房門口的她，把剛才發生的一切及明天要去教會的事告訴了老江。

老江微笑地拍了拍阿振的背說：「好的，這位小兄弟不嫌棄，今晚就跟我擠一晚了。」

ɞ

吃過晚飯後，玉環回到水流室。「好冷啊！」她打哆嗦的邊說邊趕緊燒了一盆爐炭火。這時，房門傳來敲門的聲音。

「誰啊？等一下。」她說著開了門，「仁德！」她驚訝地看著他。

「玉環！」仁德興奮地握住了玉環的雙手。

看著滿臉笑容，激動的仁德，玉環心想下午還很不開心的樣子，現在怎麼這麼興奮？

仁德走了進來，「怎麼這麼冷！跟個冰庫一樣。我不是吩咐老江多給妳幾盆炭火，他沒拿嗎？」他即關心又不悅地說著。

「哦……可能是我這幾天不在，才這麼冷。你不要怪江伯伯，他對我很好。」玉環說著便走到火盆旁加炭，「等這個火大了，就暖了。」

仁德走到玉環旁邊，雙手緊緊地握著玉環的手，「手這麼冷！來，放在我外套裡，這樣會溫暖些。」

玉環不好意思的讓他抓著手，放在他的外套裡，而他的臉是這麼近地看著她。仁德暖暖的胸口就快貼到她的身體了。

「好了，不冷了。」玉環害羞地抽出了仁德緊握的雙手，「你來找我什麼事嗎？」

興奮又開心的仁德，雙手握住了玉環的手臂說：「玉環，我媽媽同意我們的交往，而且也願意讓妳陪我去國外讀書。」

「什麼？」玉環張大了眼睛，非常吃驚地看著仁德，「可是……」她猶豫著。

「妳一定是擔心妳外公外婆，對嗎？不用擔心，我媽媽會照顧他們。」仁德滿臉喜悅地看著她。

玉環對這突如其來的一切，震驚的不知如何回答。她想這樣一切不是很好嗎？仁德媽媽會照顧一切啊，而她也喜歡仁德。可是為什麼心中就是不安？

看著沒說話的玉環，仁德握住了她的肩膀，「玉環，難到妳不想跟我在一起？」他那雙擔憂的眼緊張地看著她。

「我……我……」玉環咬著下嘴唇躊躇著，心想我怎麼能離開我外公外婆呢？還有教會的小孩。雖然仁德媽媽說願意幫忙，但是我答應過修女，還有文治，還有……我是月亮來的女兒？

仁德摸著玉環的臉，深情的雙眸落在她慌張的臉上，「我相信我這些日子來的感受，妳是喜歡我的，對嘛？」他的聲音是如此的溫柔。

玉環雙手緊握，默默無語地看著仁德。她的心是喜歡仁德的，可是他能接受她的特殊能力嗎？就算他可，也願意為她保密，可是為什麼總覺得哪裡不對？

仁德握住了玉環的肩膀，一臉關愛地問：「妳是不是不想離開妳外公外婆？」玉環咬著下嘴唇，低下了頭。「不用擔心，我媽媽會派最好的醫生，去醫妳外公的病。錢也不用擔心，他們會被照顧得很好。我媽媽是說到做到的人。」他的語氣肯定認真著。

玉環心想，所有一切都是他媽媽掌控的。那萬一他媽媽反悔了，她又出國了，那她的外公外婆要怎麼辦？她抬起了頭，表情嚴肅地問著他：「那如果我不想去，你會為我留下來嗎？」

仁德握緊了她的肩膀，很激動地說：「玉環，只要能跟妳在一起，我什麼都可以不要。」

而在門外，跑來叫玉環去老江房間喝湯的阿振聽到了。

玉環想起了仁德媽媽和老江的話，還有自己特別的能力。「你真的那麼喜歡我？真的？」她語氣沉著且慎重。

仁德驚訝地看著如此嚴肅的玉環，他認真地點著頭，「是的，玉環。我真的願意為了妳放棄一切。」

「所以，你願意去過一個沒有什麼機會的生活，每天就必須為三餐努力，沒有時間跟體力，去想自己的夢想。你每天只能想的就是，如何能保住現在的工作。」玉環愈說愈激動。

仁德握住了她的手臂，肯定又堅決的說：「我願意！只要能跟妳在一起，這些我都可以承受。」他那堅定的雙眼眨也不眨的直看著她。

玉環心想，好！那今天我讓你知道我是誰。「好，既然你這麼喜歡我，願意為我放棄一切。我也必須讓你知道我是誰。」她說著便拉起了仁德的手，快速的往門外走去。

「玉環，妳幹嘛？妳要做什麼？」仁德試著拉住玉環，可是玉環的力氣太大了。

玉環左右看了一下，確定沒人後，她抱起了仁德往天空飛去。

「玉環……」在天空的仁德，嚇得心跳加速，整個身體都僵硬了。

「這就是我！我是月亮來的人。」玉環說著，才發現仁德已經昏倒在她手中。

她很快地把仁德帶回水流室，放到她的床上。

「仁德！仁德！」她握著仁德的手叫著。

過了一會，仁德醒來了。他一臉驚嚇地看著玉環，然後坐了起來問：「妳……妳怎麼可以飛？妳是誰？」

「我是月亮來的人。」玉環平靜地回著。

仁德張大眼睛不敢相信地看著她，「什麼？月亮來的人？妳是說妳是外太空來的人，還是民間故事中說的仙女？」

「我的祖先是住在月亮上的人。」玉環說著，便一一的把所有有關月亮來的女兒的事，告訴了仁德。

「哇……這太不可思議了！」仁德雙手抱著頭，震驚的雙眼看著他身旁那個他最心愛的女生，他不知道要怎麼去面對這件事。他放下了在頭上的手，在深吸了一口氣後，他站了起來。

而此刻的玉環，心好亂。

在房內不停走來走去的仁德，在不知過了多久後，他忽然轉過頭，神情凝重地看著玉環說：「我需要一點時間去消化妳說的。」他的語氣是如此的沉重，就好似全世界的重量都壓在他身上般。

玉環對著眉頭深鎖的仁德點著頭，「沒關係，我了解。」

「讓我好好想想。」仁德說完便走出了門。

看著仁德走去的背影，玉環心想我們有那麼難懂嗎？只是不同的人類。不過也不能怪他，要是我自己喜歡上一個像我一樣的人，我可能早就被嚇跑了。

第二十四章

面對分離的玉環

隔天早上，阿振買了早餐帶來水流室。他站在門口敲著門說：「玉環，我幫妳帶早餐來了。」

玉環開門走了出來，看見滿臉笑容的阿振。「天氣這麼冷，還讓你一大早買早餐，真謝謝你。」她微笑說著，接過了阿振手中的早餐。

「妳昨晚沒睡好哦？兩隻眼那麼腫。」阿振關心著。

玉環摸了一下眼睛，「哦……可能是。」她尷尬地笑了一下。

阿振心想分明就像是哭過的眼睛，不過他還是微笑的說：「那妳要不要下午休息一下，我們可以改天去教會。」

玉環搖著頭，打起精神說：「沒關係，我不需要休息。我需要趕快把錢交給修女。」

阿振點著頭，「好吧，女俠。」他笑著，「趁熱吃了吧。我先去附近逛逛，上次來都沒機會好好看看這裡。」

玉環點著下巴，「嗯，中午見。」

「玉環，我……」阿振想要問昨晚他看到的事，但看著滿臉倦容的玉環及她哭腫的雙眼，他停了下來。

「什麼事嗎？」玉環看著他。

「哦……我只是想問，等一下怎麼去教會？」阿振微微笑著。

「哦……我還沒想到呢。」玉環摸摸頭笑著，「大部分我都飛去的。」

「我想也是。」阿振笑著。「還是妳給我住址，我現在就去坐車，等一下妳再自己去。」他建議著。

「沒關係，我們一起坐火車去。大白天的，我比較擔心會有人看到我飛。」玉環說著心想為什麼跟阿振說到飛，是那麼輕鬆的事。可是跟那麼喜歡她的仁德說，心卻是如此沉重和擔憂。

阿振點點頭，「好，那我去買車票。」

玉環把教會的住址給了阿振。

阿振拿了住址，轉身要走時，又忽然回頭，露出他那大大的笑容，對著玉環說：「玉環，不管發生什麼事，我一定都會在。不管妳是哪裡來的人，妳永遠都是我的好朋友。」

看著阿振那陽光般燦爛的笑容，不知不覺中，玉環整晚烏雲遍佈糾結的心，好像也不再那麼糾結了。「謝謝你，阿振。」她眼眶紅紅地微笑著。

阿振微笑著，「等一下見，我去買票了。」說完他便轉身離開。

望著阿振走去的背影，玉環的心感到暖暖的。

☙

下午的時候，他們到了教會。玉環跟修女和小朋友介紹了阿振。

「這些小孩真乖，都自己讀書哦？」阿振邊說邊看著小朋友們，安靜地坐在長桌旁讀書。

吳修女笑著說：「大部分的時間都很乖，但是也有調皮搗蛋的時候啦。」

「像我就沒辦法一直坐著看書。」阿振摸著自己的後腦勺不好意思地笑著。

玉環笑了笑說：「所以才常常被老師罰站。」

「哦！那妳自己還不是一樣？還笑我。」阿振對著玉環皺了皺鼻子。

「我，我跟你不一樣。」玉環挑著眉毛，抬著下巴。「我是愛問問題，話說太多了！」她邊說邊笑著自己。

吳修女在一旁看著逗著嘴的玉環跟阿振，也笑了起來。

「修女，如果您有什麼要修的、要補的，告訴我。我雖不是專業的，但是我家的屋頂、窗戶、桌椅、櫃子啦，都是我跟我爸爸修的。」阿振露出那兩排大白牙笑著。

吳修女看著眼前這位，充滿著陽光般笑容的年輕人，她笑著說：「謝謝你，阿振。那我一定不客氣了。」

「您儘管吩咐。」阿振那張誠懇的臉自信的笑著。

「這裡真的要修得還不少。」吳修女說著苦笑了一下，「像現在，我廚房的灶真的就需要幫忙了。不知道為什麼就很難起火，而且煙好像排不太出去。不曉得是不是煙囪的管子堵住了？」

「那我現在去看看，在後面對嗎？」阿振問。

「是，就在這個門後。」吳修女邊說邊指著後面的門。

「嗯。」阿振說完便快步往廚房走去。

吳修女往抱著小朋友的玉環看去，微笑地說：「他真是善良，熱心的人。」

「嗯，他從小就這樣。好打不平，很熱心。我也多虧他幫忙，照顧我外公外婆，我才能安心在金子山工作。」玉環微笑著。

「真是難得。這麼年輕，就知道幫助人。怪不得，他有這麼開心的笑容。」吳修女說。

玉環感到好奇地問：「怎麼說呢？」

「助人為快樂之本。」吳修女笑著。「阿振擁有的財富，不是一般人有的。他有著愛己及人的心。這種人就算身處逆境，他的世界依舊是充滿著陽光。人會苦，不快樂，是因為想要的得不到。而像阿振，他只想到別人要的，要如何幫助別人渡過難關。而在幫人的同時，他所得到的快樂，不僅讓他快樂，也豐富了他的心。這可是金錢買不到的。而且啊，喜樂的心，是戰勝任何病痛的最佳良藥。所以妳說，他是不是一個很富有的人？」

聽了修女的一番話，玉環好像突然被打醒般。「修女，謝謝您。您說的話，正是我現在很需要的。謝謝您！」她語氣有些激動著。

「玉環，妳怎麼了？發生什麼事了嗎？」吳修女關愛地看著眼眶紅紅的玉環。

「我……」玉環猶豫著。

吳修女拍拍玉環的手臂，「沒關係，妳想說再說。」她慈愛地說。

玉環輕輕搖頭微笑著，「我沒事。只是您的話，給了我一個，一直困在我心中，解決不了的答案。」

「好，沒事就好。」吳修女輕輕地拍了拍她的手臂。而此時在玉環手中的小女孩已沉沉睡去。

「哎啊……小如睡著了。」吳修女說著伸出了雙手，「來，給我。我抱她進去睡覺。」玉環把小女孩放到她手上，她便抱著小女孩往房間走去。

玉環走到長桌旁，看著安靜在讀書的小孩們。

這時臉上沾滿了黑色煙灰的阿振，從後面走出來。

玉環跟小朋友看了大笑著。

「怎麼了？你們那麼開心看到我。」阿振露出他那兩排白白的牙齒笑著。

玉環走到他旁邊，用手摸了一下他的臉，「你整張臉都黑的了。」她邊說邊把沾著黑煙灰的手指給阿振看。

「黑面哥哥！」一位小女孩邊笑邊叫著。

「蒙面哥哥走了，但是現在來了黑面哥哥。」一位小男孩開心地喊著。

從房裡走出來的吳修女，看見哈哈大笑的大家，她表情嚴肅的對小男孩說：「小龍，不可以亂說話。」

「哦！」小龍張大了眼，好似發現自己說錯話後，便坐了下來。

小朋友們跟著也都安靜下來，繼續讀著書。

「修女，您不要生氣。」玉環說著走到修女身旁，「文治的事，我都告訴阿振，他都知道了。他是可以信任的。」她有點緊張地看著修女。

「玉環，不要緊張。我只是不要小朋友提到他。我相信阿振不會說的。」吳修女說著看了阿振一眼。

「吳修女，我用我的生命保證，我不會說的。」阿振滿臉認真地說，「他那麼了不起！我敬佩他都來不急了。」

吳修女走到阿振旁握住了他的手，「好，我相信你。」她肯定的雙眼看著他。

阿振點著頭，「謝謝。」他微笑著，「對了，那煙囪堵了好一大截，我已經清乾淨了。我剛剛也試起了火，現在應該都沒問題了。」

吳修女開心又感激地點著頭，「太好了！謝謝你。」她輕輕地拍了拍阿振的手臂，「來，快去後面洗洗臉。辛苦你了，弄得整身黑的。」

阿振摸了摸自己的沾滿灰的臉，他不好意思地笑了笑，

「嗯。」說完，便往後面廚房走去。

笑容滿面的吳修女轉身對看著玉環說：「有他的幫忙，我就不用再花錢請人來修。清煙囪，可能也要不少錢哦！」

玉環點頭笑著。她從口袋內拿出了一個信封袋，「對了，這是我們義賣我外婆做的年糕及飯糰的錢。」她說著便把信封袋放在吳修女手中，然後從包包中拿出裝有年糕及飯糰的袋子，「這裡還有幾塊年糕跟幾個飯糰，給大家分著吃。」她把袋子交給了吳修女。

「玉環，太感謝你們了。」吳修女感動地紅了眼。

玉環再從包包裡，拿出一張千元大鈔，放在吳修女手裡說：「還有，這是我老闆娘給的。」

吳修女驚訝地瞪大了眼睛，下巴幾乎要掉下來說：「一千元！！！」

「是啊，她說以後這裡有什麼需要，告訴她，她都會幫忙。」玉環微笑著。

「哇！玉環，這實在是太好了！！這些錢，足夠這些小孩吃用好幾個月了。」吳修女說著眼淚就掉了下來。

玉環伸手擦著修女臉上的淚水，「修女，您怎麼哭了？」她不捨地問。

吳修女握住了玉環的手笑著，「這是開心的眼淚。」

「修女，您們浴間的水孔，我也順便清了清。現在應該不會再堵水了。」阿振從後面走出來說著。

吳修女一手拭著臉上的眼淚微笑地說：「太謝謝你了！我

每次都花好久的時間，才清乾淨。」她看著阿振半濕的身體，關心地說：「哎啊！怎麼身上都濕了。來，來，我拿衣服給你換。」

阿振低頭看了一下自己，「哦……剛剛清水管趴在地上。」他說著舉起手左右輕揮著，「沒關係，不用麻煩了，我習慣啦。我捕魚常常都是全身濕的。」他笑著。

「天氣這麼冷。不行！來！」吳修女堅持的拉起了阿振的手，他們走到文治的房間，從櫃子裡拿出衣服給阿振說：「這裡還有一套，文治沒來得及拿走的衣服，你們身材差不了多少，拿去穿。」

「謝謝修女。」阿振點著頭。

「我先出去，等一下留下來吃晚餐。」吳修女說完，走出了房門。

玉環跟阿振在大廳唸書，唱歌給小朋友聽。

「姊姊唱歌真好聽！」一個十歲小女孩一臉仰慕地說。

「謝謝。」玉環笑著。

阿振挑著眉毛對玉環笑著，「沒想到妳那麼會唱歌啊。」

玉環抬著下巴驕傲地說：「你不知道的還很多呢？」

「才讚美一下，尾巴就翹起來了。」阿振笑了笑。

「怎麼，不行啊？」玉環說著嘟起了嘴。

「姊姊，再唱歌！」「姊姊，再唱嗎！」小孩們叫著。

玉環微笑地舉起了雙手，試著讓小孩們安靜下來地說：

「好，好，你們安靜一下。我再唱一首，就換哥哥唸故事書，好嗎？」

「好！」「好！」小朋友叫著。

玉環唱著，而阿振帶著小朋友開心地拍著手，打著節拍。

接著，阿振講了兩個精忠報國的歷史故事。小朋友們聽了都志氣高昂的。

「以後，我也要跟裡面的將軍一樣，為我們國家盡力。」一個約八歲的小男孩說。

阿振點著頭，「嗯，很好！我們國家就需要跟你一樣，愛國的人。」他舉起了拳頭鼓勵著。

「是的，哥哥。」小男孩說著站了起來，他也舉起了拳頭，「就跟蒙面哥哥一樣，幫助別人。」

「對！就跟蒙面英雄一樣！」阿振點著頭，舉高了拳頭。

玉環瞪了阿振一下。

「哦！」阿振張著嘴巴。他馬上把手舉在額頭邊，抱歉的對玉環點著頭小聲地說：「對不起！我說太快了。」

玉環微笑地眨了一下眼睛，然後對著小朋友們大聲的說：「小朋友，以後，只要阿振哥哥有空，就會來唸書給你們聽，好不好？」

「好！好！」小朋友開心地叫著。

「好！我以後一定會常來。」阿振說著，就抱起一個約五歲的小女孩，他帶著那大大的笑容問著大家：「哥哥下次帶好吃的來，好不好？」

「好！好！」小朋友開心地叫著。

從那天後，玉環跟阿振都會固定來看小孩們，直到他們一個個的長大。

☙

而在金子山的仁德，整晚都沒法入睡，一直到快天亮才睡著。而起床時已過了中午的他，為自己昨晚對玉環的態度感到羞愧，於是來到水流室想跟玉環道歉，才發現她不在。他回到他的房間內，寫了一封信後，又回到水流室。他把信放到玉環的床上。他看著玉環的衣物，手摸著玉環的被子，然後走出了水流室。傍晚時，他搭著家裡的轎車離開了。

☙

晚餐完，玉環在火車站跟阿振說再見後，她走出火車站到了公園。等到天全黑，四下都無人後，她縱身一躍往天空飛去。飛在天上的玉環，想著昨晚在她手中昏倒的仁德。我有那麼可怕嗎？嚇到暈倒？還說有多喜歡我。她嘆了口氣。

「救命！救命啊……你們不要過來！」一個小女生慌張地大叫著。

玉環往下一看，可是地面上太黑，她看不清楚。她很快地往聲音方向飛去，來到山腳下，一間破舊的茅草屋外。她環顧了一下空盪盪的四周，確定聲音是從茅草屋裡傳來的。透過窗戶，她看到兩個男人，圍著一個約十二、三歲的小女生。還有一個老人，躺在地上噓弱地叫著：「不要傷害她。欠你們的錢是我，要抓，抓我好了。」

「抓你有什麼用？你已經病到不能動，又沒有錢還我們。」男人不客氣地說著，然後抓住了小女生的手臂，「欠債還錢，所以你孫女要跟我們走。」

老人伸手抓住了男人的腳。

「你幹嘛！不放手，我要踢了。」男人斥喝著。

「不要踢我阿公，他生病。我跟你們走，我跟你們走。」小女生邊哭邊求著。

玉環馬上從口袋裡，拿出手帕圍住了鼻子和嘴巴，走進了屋內。「放開她！」她大聲喊著。

兩個男人往玉環看去。

「喂……妳是誰啊？叫我放，我就放。」一個男人邊說邊打量著玉環。

「幹嘛還蒙著臉？」另一個男人說著便朝玉環走了過去，伸手要拿下圍在她臉上的手帕。

玉環往空中一跳，停在空中。

「哇！這是什麼法術啊？」男人吃驚地看著停在空中的玉環。

屋內的每個人都瞪大了眼睛，張大了嘴，不敢相信地看著站在空中的玉環。

玉環心想，就來嚇嚇他們。她快速地抓起其中一個男人，往門外的天空飛去。

「妖怪！妖怪！放我下來！！」玉環手中的男人發抖大叫著。

屋裡的另一個男人跑了出來，驚慌地看著停在空中的玉環跟男人。

「放了他們！否則我把你們兩個，都丟到海裡去。」玉環對著地上的男人大聲喊著。

「快，快放了他們！！！」在玉環手中的男人，對著地上的男人大叫著。

「那他們欠我們的錢怎麼辦？」地上的男人大聲的問。

玉環心想，欠錢還錢，天經地義。可是這兩個男人來綁架，就是不行。「不行，要跟文治一樣。」她告訴自己。然後大聲的對地上的男人說：「這麼愛錢，不愛命嗎？」她立刻朝著更高處飛去。停在高空的她，作勢要把手中的男人放下，「你可以想像從這裡掉下去的結果嗎？」她大聲地說。

冷風不停地吹著高空中的玉環跟她手中的男人。男人全身發抖地看著玉環，然後往下一看，幾乎都快看不到地上的人了。男人顫抖又緊張地哀求著：「小姐，這麼高，求求妳可不要放手啊！」

而這時，地上的男人也不甘示弱。他跑回屋裡，抓出小女生對著玉環大喊：「妳快放他下來！否則，我現在就帶走她。」

而小女生已經被眼前的一切，嚇到說不出話來。

玉環飛到屋子前的半空中，怒斥著：「你一個大男人，這樣欺負老人跟小孩，對嘛？」

「欠債還錢，我哪裡欺負他們了？」男人趾高氣昂地說。

玉環看了一眼她手中的男人說：「我看，你的夥伴也要上來試試。」她把男人放在一棵大樹的頂端，然後快速往地面飛下來，一把抓起在屋子前的男人，往天空飛去。

「啊……放手！快放手！」在她手中的男人大叫著，「妳要帶我去哪？」男人下巴不停顫抖著。

「你不要命，只要錢，不是嗎？」玉環說著愈飛愈高。

「我，我不要錢。女俠，饒命啊！」男人哭叫著，嚇到尿濕了褲襠。

玉環在空中停了下來，她瞪著男人說：「你只要答應我，不再來騷擾他們，我就放你一條生路。」

「我……我保證，我不會再來，我保證！！」男人語帶恐懼，全身瘋狂地顫抖著。

「好。那麼空說無憑，等一下你寫下來。」玉環瞪著男人。

「好！好！」男人大力地點著頭。

玉環飛了下來，他們進了屋內。

「妹妹，不要怕。」玉環輕聲安撫著受著驚嚇的小女生，然後她微笑著，「拿一張紙跟筆給我。」

小女生馬上從小神桌的櫃子裡，拿出了筆紙給玉環。

玉環抓著男人的手臂說：「來，寫所有欠的錢，今晚已還清。」

男人有些不情願地拿起了玉環手中的筆紙，在桌上照著玉環的話寫完後，把紙交給了玉環。「我說到，做到。」他說著。

玉環在確定紙上內容無誤後，看了男人一眼說：「很好。」

「還有借據。」一旁的小女生小聲地說。

玉環看了一眼小女生，然後轉頭瞪著男人說：「借據？」

男人心想，原本想用借據再來討錢的。

玉環讀到他腦子裡的想法。「來，給我，快點！」她命令著。

男人不甘願地拿出了口袋裡的借據給玉環。

玉環看了眼借據，當下撕了它。「為了一百元，來綁人，你們還有良心嗎？」她氣憤地問。

男人頭低低的說：「欠債還錢，有什麼不對？」

「你們綁人是犯法的！我可以現在送你們去警局。」玉環說著抓起了他的手臂。

男人抬起頭驚慌地看著玉環，他雙手合十於胸前緊張地請求著：「拜託！不要送我去警局……我們沒有綁她。只是想先讓她作工來還錢。」

「還強辯！」玉環大聲說著，瞪大了眼，大力的掐著他的手臂。

男人整個手臂都麻了，他皺著臉叫：「痛……痛啊。」

玉環瞪了男人一眼，放下了抓著他的手。卻聽見男人小聲地嘀咕著：「我們也要吃飯啊……也有家小要養啊……」

她輕嘆了一口氣，心想算了。她從口袋中拿出一張五十元的鈔票，「我只有這些，拿去。」她說著便將紙鈔放在男人手上，銳利的雙眼落在男人驚訝的臉上，警告著：「現在馬上離開。要是你們敢再來欺負他們，我真的會把你們丟到海裡。」

男人大力地點著頭，「好！好！好！我不會的。」說完，他快步跑出了門。

「你！你不要丟下我啊！！」在樹上的男人大喊著。

在地上的男人邊跑邊叫：「我回去拿繩子！！」

「快點啊！好冷啊！」樹上的男人叫喊著。

「你……你撐著！」在地上跑的男人叫著，他的身影很快地消失在黑夜中。

冬夜的冷風呼呼地吹著樹上的男人，他全身顫抖地抱緊了樹幹。

「謝謝您，仙女。」在屋內被小女生牽著的老人，感激地說。

仙女！玉環心想，還是頭一次有人這樣叫她。她輕輕地摸著老人的肩膀說：「沒事，老伯。您放心，他們不會再來。」

「謝謝您。」小女生說著，就在玉環前跪了下來。

玉環立刻把她拉起，「沒事了，不要怕。」她微笑著。

玉環看著破舊不堪的屋內，她馬上拿起桌上紙筆寫著，然後把紙放在老人手中，親切地說：「老伯，妹妹，如果以後需要幫忙，可以去這個教會。裡面的吳修女會幫你們。」

「謝謝您！謝謝您！仙女。」老人邊說邊向玉環鞠躬著。

玉環立刻伸出手扶起了老人，「不客氣，老伯。」她從口袋裡拿出身上最後的十塊錢，放在老人手裡，「這給您。那我先走了。」她微笑地說完後，便快速走出了門，往天空飛去

老人跟小女孩快步地走到門口，他們雙手合十向天空鞠著躬說：「天上的眾神啊！謝謝您，派這仙女來救我們，謝謝您！」

飛在天空的玉環聽到了，心想仙女！我是嗎？能夠救人讓她覺得，她真的是月亮來的女兒。忽然間，她的心不再那麼沉重了，而原本沮喪的心情也好似都不見了。她嘴角微微上揚的笑著。她邊飛邊想這世上有這麼多可憐、需要幫助的人，而身為月亮來的女兒，有著特殊能力的她，怎麼還在為自己的小情小愛難過。她發現在幫人的同時，其實自己也變得勇敢，快樂。「我應該要去幫更多的人才是！！」她告訴自己。她愉快地往金子山飛去。

她回到水流室，發現了仁德的信。

玉環：

昨晚很抱歉，妳一定覺得我很糟糕。我嘴巴說有多想跟妳在一起，結果在妳告訴我，妳真實的身分後，我居然不知道怎麼面對，而逃開了。我想妳一定鼓起了很大的勇氣，來告訴我妳的一切。對不起，我讓妳失望了。

我對我自己，對妳做出的反應也嚇到。我不得不對妳承認自己懦弱的一面，我曾以為自己對妳的愛，是大到可以為妳放棄一切。可是當面對真正的妳時，我卻是那麼不堪一擊。妳有的超能力的確有嚇到我，但也因此讓我更深刻明白，我還不夠成熟，我的力量還不夠強大到給妳一個家。

我從妳身上學到了什麼是 「無私的愛」。而我自認為給妳的是愛，好笑的是，卻是自私的愛。我一直只想要把妳放在我的身邊。我以為這樣，我就可以完完全全的擁有妳。

玉環，我希望妳能原諒我。也許到外地，一個人真正的獨立後，我才能學會做一個有擔當，配得起妳的人。我走了，請妳務必照顧好自己。我會每天跟神祈求妳的平安。謝謝妳這些日子以來，帶給我的美好。妳永遠都在我心裡。

仁德

**對了！我暈倒，不是因為妳的能力。而是我從小到大，都有懼高症。很好笑吧！一心認為，自己是最有能力，可以保護妳的人，反而卻是被妳保護，照顧著！

玉環看著信，兩行的眼淚從臉頰流了下來，「他真的走了……」

第二十五章

茶樓的阿雪

很快的春天過了，夏天來了，玉環來到金子山也已經一年了。雖然一切還算順利，可是她心裡十分掛念著家鄉外公的病。她很想趕快回家，也想回學校上課。想到上次過年回去，外公都必須用著拐杖才能走路；而家裡大大小小的一切，都是外婆一個人在處理。她需要更多的收入。為了能早點存到錢回家，而且不有時間去想到仁德，玉環在老江同意及介紹後，到了附近茶樓的櫃檯幫忙收錢。每個月有三個週末在那裡工作，留一個週末去教會陪小朋友。

在茶樓的工作中，玉環看到來自各地，各個階層的人。有些善良，有些邪惡。有些很天真，被占了便宜都還不知道。而有些很狡猾，像是批了羊皮的狼。表面和善，內心卻是時時算計著，如何為自已拿到最大的利益。她心想這些貪婪、自私自大的人，不就是她阿姨對人類失望的原因。但是玉環並沒有為此而失去助人之心，反而為這些人感到可憐。他們因為害怕失去，所以沒安全感，進而踩在別人身上往上爬。

但是也有面惡心善的人。外表看起來難以接近，但內心卻是善良跟溫暖的。就如同茶樓裡，一個年紀大玉環十歲的女櫃檯阿雪。

在茶樓的同事都知道，阿雪很會跟老闆咬耳根子，報告同事的工作情形；而且仗著自己是這裡的老員工，對其他同事，總是不放在眼裡，常常頤指氣使不客氣的指揮著大家。好像她才是老闆，對玉環更不用說。而老闆也睜一隻眼，閉一隻眼的容許阿雪霸道的行為。因為有阿雪幫他管員工，幫他賺錢，他也輕鬆多了。

玉環發現，在晚上打烊要做總結帳時，好幾次少了三、五塊錢；而一碗麵只要半塊錢，這可是很多碗麵的錢。玉環心想自己不會算錯啊。而當她跟阿雪講時，總會先被她數落一番。說什麼她在收錢，錢都不會少，只有玉環在才少。但奇怪的是，她也沒有叫玉環貼補少掉的錢，只說下次小心點。玉環心想，也許阿雪只是表面上兇的人，其實並沒有大家說的那麼壞。由於玉環只是週末來，所以並沒有常遇到她。因此也沒有把這件事跟別人提。直到有天，她在一般日子來幫老江拿公司訂的餐點。

由於茶樓中午點餐人多，玉環從後門的廚房進去拿餐點。當她走到櫃檯後面要去付款時，看見了阿雪從錢櫃裏拿出五塊錢放到自己的口袋裡，然後走到一旁招呼客人。玉環悄悄地走到櫃檯前付錢。另外一位年輕女櫃檯，從前面走來收錢。當她打開錢櫃要找錢給玉環時，突然皺起了眉頭，然後緊張地揮手叫著站在後面跟客人說話的阿雪：「雪姊！雪姊！您來一下。」

阿雪走過來，口氣不悅地說：「什麼事？慌慌張張的。」

「怎麼辦？剛剛我還看到，有一張五塊錢在裡面，現在怎麼不見了？」年輕女櫃檯一臉緊張著。

阿雪瞪著年輕女櫃檯說：「妳真的沒腦啊！還好是玉環站在這裡。要是在客人前，這樣慌慌張張的，像什麼樣！」她從口袋裡拿出剛剛放進口袋裡的五塊錢，然後放在女櫃檯手上，「先用我的錢找吧，等一下結帳時，記得要還我。」她冷冷地說著。

女櫃檯點著頭，「好的。」她說著便把要找的錢拿給玉環。

「謝謝。」玉環說著拿起了女櫃檯手上的錢。她看了阿雪一眼，心想我一定要揭穿妳！可是要怎麼做？口說無憑。她邊想邊走出了茶樓。而在走回公司的路上，她想到了一個方法。

在週末的時候，玉環假裝水流室有事，必須跟阿雪調班。於是她在週五，趁著買晚餐的時間來到茶樓。

「妳們年輕人，就是這麼不可靠啦！下次再這樣，我就叫老闆給妳扣薪水。」阿雪說著瞪了玉環一眼。

玉環帶著拜託的口吻，臉上堆著笑，說：「麻煩您了，阿雪姊。我請您吃飯！」

「那我可要點我要吃的哦。」阿雪挑著眉毛，一付喜歡占人家便宜的樣子。

玉環心想我早就知道妳會獅子大開口。「哦……雪姊，我也沒賺多少錢。現在就只能給您這個飯盒。」她說著拿起手中的晚餐。

看著飯盒，阿雪嘟起了嘴

「還是年終時，我請您吃您最愛吃的火鍋，好嗎？」玉環請求著。

阿雪拿走了玉環手中的飯盒，笑了一下說：「誰知道妳年終還在不在，到時候再說。這個我先拿了，謝謝哦。」

玉環點頭答笑著，「好，好。」

☙

在週末快下班時，有三個年輕男生喝了一點酒，站在櫃台前糾纏著櫃台後的玉環。「妳不是我們仁德的女朋友嗎？」一位有點半醉的男生問著玉環。

「對！對！是她！愈來愈漂亮了。」另一個男生跟著說。

玉環看著他們，記起了他們是仁德的表兄弟。

男生們圍著櫃檯，邊說邊笑地直打量著玉環。

玉環不理睬地往一旁看去。

其中一個男生走到玉環旁說：「要不要也陪我們去看電影？反正仁德不在嗎。」他動了動一邊眉毛笑著。

「先生，這裡是收錢的地方。你們若是要付錢，我可以幫你們。」玉環面無表情地說著。

「付錢，可以啊！只要妳跟我們一起去看電影。」男生說著伸手摸著玉環的肩膀。

玉環馬上伸手把男生在她肩上的手推開，她瞪大眼睛不客氣地說：「先生，請你放尊重點。」

「尊重？我哪裡不尊重妳？好意邀請妳，幹嘛那麼兇嗎？」男生笑著又伸出手要去摸玉環的臉。

玉環馬上一閃躲開了男生的手，她板起了臉。

「不過連兇起來，都可愛。」男生邊說邊笑地往他身旁的兩個男生看去，「你們說，是不是，兄弟們？」

「是啊！真是可愛。怪不得我們仁德那麼喜歡妳！」另一男生說著便朝著玉環的臉伸出了手。

玉環馬上抓住男生的手。

「啊……啊……會痛啊！」男生皺著臉叫著。

玉環放開了手說：「總共十五元。」

男生甩著發痛的手，不高興地說：「妳這個女生，賞臉不給臉。都把我手弄傷了。」他走近玉環，抬起了下巴，雙眼直盯著她說：「我不付！除非妳陪我們去看電影。」

「你們怎麼這麼不講理，吃飯就要付錢。」玉環堅持著，「否則我去叫警察。」她瞪大了眼睛。

「這女的還真兇啊！」其中一位男生說著。

「有個性，我喜歡。」另一位男生笑著。

「妳去叫啊！」「對啊，看誰敢動我們！」男生們雙手交叉於胸口，傲慢地挑釁著。

一個年輕女服務生跑來，拉著玉環的手小聲的說：「玉環，他們，我們惹不起啦。我去叫老闆來處理。」就在她轉身要走時，其中一個男生伸手攔住了她，上下端詳著。男生挑了挑眉毛笑著說：「這個也挺漂亮的，也一起去嗎？」

玉環拉起男生的手，瞪著他說：「我看你們不是醉了，就是很不要臉！」

「會痛……妳放手……」男生皺著臉痛苦的叫著。

玉環放了手。

「我們哪裡不要臉？」男生這時腦羞成怒的說，「是給妳臉，妳不要臉吧！」他張大了眼，一臉傲慢地看著她。

玉環聽了很生氣，她也不客氣地說：「你們吃飯不付錢，就是！」

這時阿雪從後面廚房快步走來，她伸出手握住了正跟玉環吵架的男生手臂，「哎呦……我們李家的三位少爺啊，不要生氣！不要生氣！她新來的，不懂事。來，來，今晚雪姊請你們。」她邊說邊笑的一手勾起了男生的手肘，另一手拍著一旁兩個男生的背。她轉頭對著年輕女服務生說：「小芳，去拿一瓶酒來。」三個男生也就被她半推半就的推離了櫃檯。

「那女生，還真以為自己是我們家仁德的女朋友！」男生傲嬌無禮地罵著，「什麼出生嗎！幫我們家仁德洗腳剛好。」他回頭往玉環的方向瞪了一眼。

「好了，好了。」另一位男生拍著男生的肩膀說著。

他們走進貴賓室，關起了門，喝著酒。

玉環聽到了男生對她侮辱的話語，心想這些人真是自大狂傲！

「雪姊，只要妳幫我弄到剛才那個兇女人，這一百塊就是妳的。」剛剛被玉環抓著手臂的男生，手拿著百元鈔票說著，挑了挑眉。

「哦……你對她這麼有興趣？不怕仁德生氣？」坐在他旁邊的男生問。

「他那麼遠！他能怎麼辦？生米煮成熟飯，她就是我的了。」拿著百元鈔票的男生笑著。「再說，當我的女人，有的吃，有的花，有什麼不好？」男生驕傲地說著，轉頭對著坐在他身旁的阿雪說：「雪姊，就今晚吧！這錢就是妳的了。」

「有錢賺，我當然想要。只是……」阿雪說著臉露出了難色。

「只是什麼？能跟到我是她的福氣。」男生很自負地說。

「只是，你不是說，那是仁德少爺的女朋友。他用過了，你也要呦？」阿雪挑著一雙柳眉笑著。

男生張大了眼，「對哦。我怎麼沒想到。」他說著便不屑地甩著手，「算了……算了……我才不要用人家用過的。」

阿雪輕拍著他的手臂笑著，「對啊！你這麼年輕，家世這麼好，要什麼樣的女生沒有，對不對？」她端起了酒杯，「喝酒啦。」

在櫃檯的玉環，可以清楚的用感應術，聽到他們在房內的談話。她原本以為阿雪為了錢，一定會出賣她。沒想到阿雪並沒有收錢，而且救了她。不過阿雪那樣地說她，她心裡還是有些難過。

過了約兩小時，阿雪在送走他們後，走到了櫃檯，大大地吐了一口氣後說：「終於把他們弄走了！！」她往玉環看去，「好了，妳可以走了。等一下叫廚房的阿忠陪妳走回去。」

「雪姊，謝謝您的幫忙，我都聽到了。」玉環點頭說著。

阿雪張大了雙眼，驚訝地看著她說：「妳跑來偷聽哦？」她翻了個白眼搖了搖頭，「這種人，妳最好離他們遠一點。仗著有錢有勢，什麼事都做得出來。」玉環一臉不平地看著她。突然間她神色有些緊張地說：「還有，我不那樣說，他們是不會放過妳的，不要怪我把妳說的那麼難聽。」她假裝鎮定的整了整衣服。

「我知道。雪姊，我不會介意的。」玉環說著伸出雙手握住了阿雪的手，「謝謝您！雪姊。」她感激地看著她。

看著如此真誠的玉環，阿雪頓時不知如何回應。「好啦，妳不是有事，怎麼還在這裡？快走啊！不要妨礙我工作。」她命令般地說著，甩開了玉環的手，打開了櫃檯抽屜，拿出了錢開始算著。

玉環微笑地點著頭，「那我先下班了。」她心想阿雪霸氣的外表下，其實是有顆溫暖柔軟的心。也因此她對阿雪偷錢的行為，感到更加的好奇。

在阿雪晚上下班時，玉環偷偷跟著她回家。

站在窗戶外的玉環，看著屋內。

「媽，我回來了。」阿雪叫著便把手裡的便當盒，放在坐在長板凳上的老婦人手裡，「這個今天店裡剩的菜，還很好吃。」

老婦人輕咳了幾聲，拿起了鐵製的便當盒聞著，「好香哦。」她微笑說著。

「這五塊錢給您。」阿雪邊說邊把手中的紙鈔放在老婦人手上，「我想這樣子，您這個月的買藥錢應該夠了。」她微笑著。

「妳那些客人真好，每天都給妳小費哦？」老婦人拿著錢，邊咳邊開心的說，「還好我有妳這個乖女兒，要不然我跟妳妹怎麼辦？要不是我們拖累了妳，妳跟阿良……」老婦人嘆了口氣。

阿雪伸手抱住了老婦人的肩膀，「媽，幹嘛老是說這個。」她撒嬌似地嘟起了嘴。

老婦人摸著阿雪的手，點頭笑著，「好，好，不說，不說。我去拿碗。」她站了起來往廚房走去。

這時從房間裡走出一位，雙手撐著木頭拐杖，雙腳瘸著，看起來和十七歲的玉環差不多大的女孩。

「阿珠，這麼晚了，妳怎麼還沒睡？」阿雪邊說邊走到女孩旁扶著她。

女孩笑著說：「等妳啊，姊姊。妳一定很累了。」她關心的雙眼落在面帶些倦容的阿雪臉上。

阿雪搖頭笑著，「我不累。妳姊姊我還很有體力，不用擔心。」她們一起走到一旁的木桌旁的長板凳坐了下來。

這時老婦人從廚房端出三個已經裝著飯菜的碗，放在小木桌上。她輕聲叫著：「來，快來吃。」

她們三人一起開心地吃著剩菜。

站在門外的玉環，心裡感到一陣酸酸的，可是也暖暖的。

這件事後，玉環決定不去揭發阿雪，反而對阿雪更好。有時也會請阿雪吃飯，而且用餐廳的廚房做魚飯糰，給阿雪帶回家。慢慢的，阿雪也放下心房，讓玉環做她的朋友。玉環才知道，阿雪在她十歲那年，她的父親在礦坑工作意外喪命。她的母親為了養她們，在老舊又通風不良的礦坑裡撿煤礦維生，導致肺病久咳不好。而她的妹妹在出生不久，就得到小兒麻痺。阿雪從十歲開始，為了生活，什麼活都做過。先在路上乞討，然後大一點，到人家家裡幫傭。晚上幫完傭，便到火車站幫人挑行李，擦鞋子。再大一點，白天到旅社當清潔工，晚上到餐館當服務生。因為還讀過幾年的書，加上已工作多年，她才有辦法得到現在櫃檯的工作。為了拿一碗飯回家，為了生存，她看盡別人的嘴臉和受盡別人的欺負。所以她霸氣的外表，其實是她保護自己的戰袍。

為了存錢，玉環在夏末的時候，很快地飛回家看外公外婆一晚，確定一切安好後，便又立刻飛回工作。

而阿振也在這一年，來看玉環三次。每次阿振來，總是讓玉環更放心地在金子山工作。仁德的媽媽也信守承諾，每半年就請老江跟玉環拿錢跟需要的物資給教會。就這樣冬天又快到了。玉環存了一些錢，準備回家過年。

在水流室的玉環，開心地檢查著要帶回家的東西。

「玉環！玉環！」阿振在門口叫著。

玉環的心突然怦的跳了好大一下。她開了門，看著阿振緊皺著眉頭的臉，「是不是我外公怎麼了？」她擔心地問。

阿振點著頭，「嗯，還有外婆。」

「外婆？」玉環張大了眼，她的心跳加快著。

「外婆牽著外公到外面上廁所時，因為下雨地滑，在外公快跌倒時，外婆用自己的身體，撐著跌在她上面的外公。結果不僅外公受傷，外婆也受了輕傷。現在外公都不能走了，外婆也沒有辦法一個人照顧他。他們叫我不要告訴妳。原本我想等外公吃藥後，看腿會不會好點。但是，我想妳還是應該要知道。」阿振說著，只見玉環的表情愈來愈凝重。

「謝謝你。」玉環點著頭，咬著下嘴唇，一臉擔憂的問：「你來這裡，他們怎麼辦？」

「我哥在，妳不要擔心。」阿振回著。

「好，你先回去。我交代一下事情，我就回去。」玉環說著。

阿振握住了玉環的手臂說：「好，我先回去了。玉環，我在家等妳。」

「在家等我。」玉環在心中重覆著，心想為什麼從阿振口中說出來，那麼的自然，彷彿他們早就是家人般，一點都不突兀。

玉環點著頭，「好，我明天就回去。」她握住了阿振的雙手，臉上滿是感激地看著他，「謝謝你，阿振。」

「好朋友，說這幹嘛。」阿振微笑著，「我先回去了。」他說完便轉身離開。

看著阿振的身影慢慢地消失在路的盡頭，玉環的心決定了，她必須要回家了，不能繼續讓阿振來扛照顧她家人的責任。

玉環很快地到茶樓辭職。

「玉環，只要妳有需要這份工作，跟我說，我會跟老闆說的。」阿雪握著玉環的手說著。

玉環感謝地微笑著，「謝謝您。」帶著關心的口吻她囑咐著：「妳也要好好照顧自己。不要店裡有事，妳就出來擋，叫老闆出面。」

「我會照顧自己的。妳已經夠多要擔心的，不要擔心我了。」阿雪輕拍著玉環的手微笑著，「等我一下。」她說著便往廚房走去，拿了一個袋子出來，「來，這飯盒帶著路上吃。」她邊說邊把袋子放在玉環手上。

玉環握住了阿雪的手，感激地看著她，「謝謝您，雪姊。那我先走了。」她走出了茶樓。

站在後門口的阿雪揮著手，紅著眼眶說：「路上小心，保持聯絡啊。」

在老江的辦公桌旁，玉環跟老江講著外公外婆的事。

「江伯伯，謝謝您這些時間的照顧。」玉環說著彎下了腰深深的鞠了個躬，「我很抱歉，臨時這樣跟您辭職。」她抱歉地看著老江。

老江摸摸玉環的肩膀說：「玉環，不要擔心，快回家吧。我會跟老闆說的。等我一下。」他走進房內，拿了一個信封袋出來，「這，給妳。這個月薪水。」他說著便把信封放到玉環手中。

玉環發覺手中的信封袋特別的厚，她打開一看，看到至少有幾十張的拾圓及伍拾圓大鈔。「這麼多！不行啦。」她不好意思地推拒著。

老江舉起了手帶著命令的語氣說：「不准不行。」他淡淡地笑著，「這些原本就有過年的紅包，加上我給妳的紅包。這是我的心意，謝謝妳讓我在這陣子，都不用擔心水流室的運作。妳外公醫療需要錢，就收下。」他輕輕地拍了拍玉環的肩膀。

玉環感動得眼睛都溼了，她雙手合十的鞠躬感謝著：「謝謝您，江伯伯。我真的沒有什麼可以報答您。以後您若有什麼需要幫忙的地方，一定要告訴我。」

老江點點頭，眼眶紅紅地摸著玉環的手臂說：「好了，回去之後，要保持聯絡。快去買票吧。」他慈藹的笑著。

玉環伸出雙手抱住了老江的肩膀，「謝謝您，江伯伯。」她語帶哽咽，眼淚便從兩頰流了下來。

老江輕輕地拍著玉環的背，也哽咽地說：「沒事，沒事。」

玉環放下了抱著老江的手，一手擦著臉上的淚，一手握著老江的手臂微笑地說：「江伯伯，您一定好好照顧自己。我回去後，會給您寫信。您有空，也可以來找我好嗎？」

「好，好，一定會的。」老江點頭微笑著。

就這樣玉環離開了金子山，她的第一個工作，她的初戀。

第二十六章

回到漁村

回到漁村的玉環才發現，外公的痛風已經是比她想像中還嚴重。西醫開的藥，只能止痛幾小時。而中醫消腫止疼的藥膏，也已經沒有之前有效了。每天晚上，外公疼痛地叫著。

「婆，山上大廟師父給的香包裡有很珍貴的中藥。那些藥幫文治補氣，恢復他的體力。也許我們可以到大廟，請師父多給我們一些，給外公試試。」玉環手拿著香包說著。

「小玉，這些補氣的，增強體力的，都不行。」阿蜜搖頭說著，「只會讓這個痛風，愈補愈嚴重。」

「那怎麼辦？」玉環擔心著，她想到了月亮，「那月亮上的植物呢？他們可以給我們那麼多能力，也許外公吃了，就會很快好起來。」她滿臉期待地看著外婆。

「我從來都沒去過月亮。我只知道小青說，那些發光的植物有很強的能力。但是要怎麼拿回來？」阿蜜邊說邊想著。

「外婆，我們去試試看就知道。」玉環建議著。

此時，門外傳來小青的聲音，「不用試了！」

「阿姨！」玉環驚喜的叫著從門口走進來的小青。

「小青！」阿蜜喜出望外的看著走到她身旁的小青。

「阿姨，小玉，我已經試了好幾次。可是，每次到地球，就不知為什麼，他的能力就沒了，就變得跟地球上一般的植物一樣。」小青說著握住了阿蜜的手，她有些無奈地看著阿蜜和一旁的玉環。

「我也在想，如果那麼容易，我想很早前，這個病就會有解藥了。」阿蜜說著長嘆了口氣。

「阿姨，那可醫人的發光水晶呢？我們可以拿嗎？」玉環殷切地問。

「月婆說，如果地球上的月亮人都來拿，不用多久所有的水晶都會被拿光。」小青回著，只見玉環的臉沉了下來。她繼續解釋著：「月亮上的人需要那些水晶，來醫治被石獸攻擊而受傷的男人。再說，沒有月亮上的光，也不知道水晶醫治的能量，是否能跟在月亮上一樣強。月婆也說，每個人生命的長短都有定數，不能反自然而行。」

玉環皺起了眉頭，不解地看著小青，「救人怎麼說反自然而行？她不是要我們在這裡救人，保護地球的嗎？」她不贊同地問。

看著一臉不服氣的玉環，小青輕拍著她的肩膀，「妳能想像，在地球上住著很多老老的人類，常常都需要照顧跟醫療嗎？這樣，不是變成社會的負擔？如果大家都活很久，哪來那麼多的食物去養這麼多人。」面對著一臉為難束手無策的玉環，她感到心疼的說：「我了解，妳擔心外公的病痛，我也是。所以……」她從口袋拿出一小塊紫色水晶，「我還是拿了一小塊，看是否能減輕姨丈的痛。」

玉環又驚又喜地看著閃閃發著淡紫色光的水晶，「哇，好漂亮！好像一顆發光的燈泡。」她驚嘆著。

「小青，要是被月婆知道，那不就……」阿蜜的面容顯得十分擔心。

「阿姨，月婆什麼都知道。我也準備好被她罰了。現在，先拿給姨丈試試看。」小青說完便走到了大廳後的小房間，看著姨丈瘦弱的身軀，腫大的雙手跟雙腳，聽著他痛苦的呻吟聲：「啊……哎……哎……」她眼眶紅著，走到床邊蹲了下來，「姨丈，我回來了。對不起，我忙著去救別人，而讓您受苦了。」她難過地說。

阿木睜開了雙眼，看著小青虛弱地喊著：「小青……」

小青忍著眼中的淚水，把紫色水晶放在阿木手上，然後把手放在水晶上面，口裡開始誦：「Om……Om……」

跟在她後面走進來的阿蜜跟玉環，也一起把手放在阿木的腿上誦：「Om……Om……」

慢慢的，阿木緊皺著的臉鬆開了，痛苦的呻吟聲也慢慢不見了。他閉上了眼睛，沉沉地睡著了。

「他已經好久，沒有這樣安安靜靜地睡一覺了。」坐在床頭的阿蜜，眼眶含著淚，摸著阿木的臉說著。

玉環摸著阿蜜的肩膀不捨地說：「婆……」

阿蜜握住了玉環在她肩膀上的手，「看他被病痛折磨成這樣，我也不能替他痛。我有時真想跟他一起走算了。但是想到小玉妳……」她說著眼淚流了下來。

看著如此脆弱難過的外婆，玉環感到無比的震驚。因為在她心中，永遠都是最正面積極，不管再困難的環境都是抬頭挺胸，一笑置之的外婆，居然會說出這麼沮喪悲觀的話。她緊緊地抱著阿蜜，眼眶濕濕地說：「婆，這段日子您辛苦了。」

「阿姨，對不起，我總是晚來一步。」小青自責著。

阿蜜對小青搖了搖頭，「生命有定數，跟妳沒有關係。」她說著輕輕地拿起了玉環握著她的手，站了起來，「我們先出去吧，不要吵到他睡覺。」

她們走出了房間來到客廳，卻驚見手拿著一條魚，坐在椅子上睡著的阿振。

「耶……他什麼時候來的？」看著口水流的滿嘴邊的阿振，玉環手邊擦著眼角的淚邊笑著。她走到阿振旁，拿起了他手上的魚叫了一聲：「阿振。」

「誰……誰偷我的？」阿振喊著睜開了眼睛，「哦……玉環，嚇我一跳，我還以為是貓哦。」他笑了笑，嘴角的口水滴了下來。他趕緊用手擦著口水，尷尬地笑著說：「不好意思……我剛才進來，聽到妳們在後面唱歌給外公聽。我想，先不叫妳們，所以坐在這裡。結果聽一聽，就睡著了。」

「這麼好聽啊？」小青笑著問阿振。

阿振站了起來，開心地露出他那兩排大白牙笑著說：「阿姨，您回來了！太好了！這樣外婆跟玉環就有人幫忙了。」

阿蜜摸著阿振的肩膀，對著小青說：「小青，妳跟小玉不在的時間，都是阿振在照顧我們的。他可是我家的恩人哦！」

小青對阿振點了個頭，「謝謝你了，大帥哥。阿姨今晚煮好吃的請你。」她笑著。

「沒什麼，阿姨。」阿振揮揮手笑著，「我跟玉環那麼多年的好朋友，她的家人就跟我的家人一樣。」她看了玉環一眼。

小青可以看出來，阿振非常喜歡玉環。她逗著阿振：「這樣子哦？都是一家人了，這麼親。那麼什麼時候，要來跟我們玉環把親事訂一訂啊？」她笑著。

「我……我……」阿振不好意思地摸著後腦勺，往玉環看去。

玉環手插著腰抗議地說：「阿姨，您不要一回家就亂說話啦。我不會是阿振喜歡的型啦！」

「誰說妳不是我喜歡的型？」阿振手也插在腰上說著。

「所以，就是了？」小青問著，只見阿振的臉紅了起來。

阿振緊張的抓著大腿兩側，「阿姨，我……」他尷尬地臉更紅了。

看著害羞地不知所措的阿振，玉環心想不會吧？他喜歡我？

「對，他很喜歡妳，而且很久了。」小青在心中用感應術跟玉環說著，「妳是不是心中有別人？要不然這麼明顯，不用讀心術都可以看得出來。」

玉環看了小青一眼，她轉頭看著滿臉通紅的阿振，心想對哦！我怎麼那麼笨！

「妳們不要逗阿振了。」阿蜜微笑的說，「要請人家吃飯，還不快去準備」

晚飯的時候，外公好多了，尤其在看到小青後。

「我看，只有我生病，妳才會回來。」坐在餐桌旁的阿木對著小青說著，搖了搖頭笑著。

「姨丈，對不起。」小青很愧疚地看著坐在一旁的阿木。

「我開玩笑的。怎麼？我一生病，大家都沒有幽默感了？」阿木笑著，然後挾起盤中的菜，放在小青碗裡說：「吃，吃。」

小青點頭微笑著，「姨丈，謝謝。」

阿木開心地笑著，他轉過頭感激地對著坐在他對面的阿振說：「謝謝你，阿振。又帶新鮮的魚來。」然後他看著大家繼續說：「多虧阿振，這兩年的照顧幫忙。這樣背我，上上下下去看醫生，對我們如自己的家人，我真的不知要如何感謝了。」他眼眶紅紅地往阿振看去。

阿振揮著手有些不好意思地說：「外公，別這麼說，都是小事。我只是出個力而已。」

「不止出力，還很盡心。」阿蜜強調著，她看著大家繼續說：「阿振總會常常拿魚來，看外公的藥沒了，就會主動去醫生那拿藥給我們。看到我們家屋頂、菜園壞了，就主動來修，也沒有跟我們收過一分錢。這樣的好人，真的很難找了。」她往玉環看了一眼。

「這麼好的男人！真可惜。就小我太多了。否則我一定牢牢抓住他，不讓他跑掉。」小青說著看了一眼阿蜜，然後又看了一眼玉環。

玉環知道家人的心意，她微笑地對著阿振說：「我看，我們家人真的太喜歡你了，阿振。我根本不用回來的，有你在就夠了。不到兩年的時間，公跟婆的心，就給阿振收買走了。」她說著假裝沉下了臉，輕嘆了口氣，「哎……我現在終於明白，什麼是重男輕女了。」

阿振緊張地說：「玉環，不是的。外公外婆還是最疼妳的。」他往阿木和阿蜜看去。

「小玉，妳哦……」阿蜜邊說邊指著玉環，「看人家阿振善良，就捉弄人家。真的是只有阿振，才有這種度量。」她搖著頭。

玉環聳了聳肩笑著。

「哦……是開玩笑的哦！」阿振鬆了一口氣笑著。

「來，大家吃吧。我好久都沒有這麼有胃口了。」阿木開心地說著，便大口地吃起飯來了。

他們開心地吃著飯。

晚飯完，在送走阿振後，玉環跟小青在廚房打掃著。

「這是我回家後，第一次外公能出來坐著吃飯。那個水晶真的很有效。」玉環邊洗碗邊開心地說。

正擦著爐灶的小青說：「但是，我只有那麼一小顆，也不知道可以用多久？」

玉環放下手中的碗，看著身旁的小青問：「那可不可以再去拿啊？」

小青挑著眉毛看著她，「妳是說，偷吧？」

「那我去！月婆要罰，就罰我。」玉環語氣堅決著。

小青伸手握住了玉環的肩膀，「妳好好在家，照顧他們。不要來淌渾水，我來想辦法。」

「阿姨，我……」玉環來不及說完便被小青的話打斷，「好了，別說了。他們需要妳。不過，誰是仁德？我可以感覺，這個名字一直在妳心中。」她直直地盯著玉環看。

「他是我小老闆。」玉環輕描淡寫地說著，低下了頭繼續洗著碗。

小青繼續的問：「那為什麼，妳一直把他記在心中呢？」

「阿姨，我……」玉環咬著下嘴唇，不知如何回答。

「這麼難以開口？我想他一定是妳喜歡的人。」小青笑著。

玉環沒說話，繼續洗著碗。

「怪不得，妳都沒有看到阿振那麼喜歡妳。」小青說著，只見玉環的臉突然落寞了下來。

「好了，好了，這種愛來愛去的故事，我也不是很有興趣。妳想說再說吧！」小青假裝一臉不在意的樣子。

「反正我們現在沒有在一起，所以也沒什麼好說的。」玉環輕輕的說著。

小青睜大了眼，抓住了玉環的手臂，「哦……所以之前有在一起？」她好奇地問。

玉環拿起了她的手說：「阿姨，您會讀心術，所以我也騙不了您。」

小青翻了個白眼，輕嘆了口氣，「要不是妳把心門關得那麼緊，我早就可以用讀心術了。」

「哦……原來也有阿姨讀不到的。」玉環笑著。

小青點頭笑著，「我不是月婆，我還在學習中。」她關切的雙眼看著玉環，「小玉，阿姨可以感覺到妳很在意仁德。」

「我……」玉環吐了口氣。

「我一提他的名字，妳的心就怦的跳了好大一下。」小青說著牽了起玉環的手，「阿姨相信，會是妳的，終究是妳的。一切順其自然，強求來的，未必是好的。」

玉環點點頭，「我知道。」

「雖然，阿振是很好的人。但是，妳不要因為我們大家覺得他很好，對我們家有恩，就去跟他交往。」小青說著握緊了玉環的雙手，「妳就順著妳的心走，就可以了。」

玉環微笑著，「阿姨，我知道。我也不一定要結婚啊！我可以跟您一樣啊！」

「真的嗎？」小青問著皺起了臉，嘴角下壓，一副很無奈地看著玉環，「那我可憐的阿姨跟姨丈，不就都抱不到曾孫了。」

玉環兩手攤開，聳著肩膀，開玩笑地說：「哦……這個我也沒辦法了。」

小青笑著，玉環也笑了。她拉起了玉環的手說：「好了，不說這個了。我們到客廳，妳告訴阿姨，這幾年裡，妳都發生了什麼事了。」

她們走到了客廳，坐在椅子上。

玉環慢慢的，把金子山所發生的一切事情，告訴了小青。

小青睜大眼睛吃驚地說：「這麼多事啊！不會比阿姨的少哦！」

「阿姨，難道月婆不知道，那個總理老婆的事？她為什麼讓她這樣傷害人類？還差一點傷了文治。」玉環一臉的氣憤。

「小玉，放心，那個女人，月婆會把她帶回去。」小青說著，「只是，當初發現她時，戰爭已經開始。月婆忙著要所有在地球上的月亮人去救人，所以沒有及時去抓她回去。但是現在，已經有很多我們的人，要把她抓回月亮了。」

「為什麼她會這樣？我們不是應該來保護地球的嗎？」玉環很不解地看著小青。

「雖然我們有地球人沒有的能力。可是，我們還是人，還是有七情六慾。像她這樣的月亮人，也不止她一個。藉著自己的特別能力，自認為高人一等，招搖撞騙，甚至讓別人當成神來膜拜的都有。那也是月婆要我去阻止的事。那也是為什麼，我不能留下來的原因。」小青解釋著。

玉環難以置信地看著小青，「哇……阿姨，我一直以為我們都是好人。沒想到，我們也有破壞、傷害地球的人。」

小青長嘆了口氣，「哎……當我知道這些事時，我也很難過，但並不驚訝。因為人大部分都是自私的。」她無奈地說。

「也是。」玉環點著頭，心想小青有這麼多事要做，不能因為外公的事把她耽誤了。「阿姨，您這次可以待多久？」她問。

「就幾天。」小青回著，「而且我要趕快再去拿水晶。所以，他們就要麻煩妳了。」她有些愧疚地看著玉環。

玉環不捨地抱住了小青說：「我會的，您不要擔心。告訴月婆，要罰，罰我。」

小青輕輕拍著玉環的背笑著，「罰妳，那誰來照顧他們？」她逗著玉環。

「也是……做人真難。」玉環說著，頭便往小青肩膀上靠去。

小青摸著玉環長長的黑髮，笑著說：「是不容易。但是別擔心，只要我們有著愛人的心，一切到最後都會沒事的。」

玉環抬起頭微笑地看著小青，「嗯。」她感到好久以來沒有的母愛，她緊緊地抱住小青。

過了兩天的晚上，天空忽然出現了一大片的流星雨。

「不好了，怎麼這麼多！」站在庭院的小青，擔心地看著海平面上的流星雨說著。

「哎……真的，今晚特別多。」站在一旁的阿蜜驚訝的說。

「阿姨，我……」小青說著便被阿蜜的話打斷，「妳必須離開，我懂。進去陪陪妳姨丈吧。」阿蜜牽起了小青的手，走進了屋裡。

小青跟阿木解釋了流星的情形。

「是這樣哦！我還以為是天上的星星太老了，掉下來了。」躺在床上的阿木笑著。

小青握著阿木的手說：「我先回去幫忙，我怕會有很多人受傷，而且也要去拿水晶回來。」

「小青，不要擔心我，妳就安心的去。這裡有妳阿姨及小玉，就可以了。」阿木說著拍了拍小青的手，慈藹地笑著。

小青伸手抱住了阿木，「我會很快回來的。」她不捨地說。

第二十七章

謝謝妳，仙女

小青離開後的一個月，紫水晶的光慢慢不見了。春天的雨下得不停，阿木不止痛風回來了，連風濕也來了。

為了能減緩外公的疼痛，玉環不眠不休地誦著經文，可是都只能維持一下子。外公因為吃了很多止痛藥，現在連胃也開始痛了。

躺在床上的阿木痛苦的呻吟著，病痛折磨的他瘦得只剩下皮包著骨，都快不成人形了。

蹲在阿木床邊，玉環心疼地摸著他腫脹的腳，她嘴上緩緩地誦著經文，而內心卻在哀求著：「阿姨，快回來啊！！」

阿木睜開了眼睛，看著疲憊雙眼下帶著黑眼圈的玉環，他虛弱地說：「小玉，妳休息吧。我看妳已經好幾晚沒睡了。」

玉環輕輕搖著頭微笑著，「公，我不累。」她說著繼續誦著經文：「Om……Shanti……Om……Shanti……」

阿木摸著玉環的手說：「外公這一輩子，有妳跟妳外婆，已經很滿足了。唯一希望的是，妳將來有個好歸宿。」他那凹陷的雙眼下充滿著關愛。

看著雙頰凹下，臉色蒼白的外公，玉環擔心又不捨地說：

「公，您不要說話，好好休息。」

阿木慢慢的說：「我知道，妳們都有特別能力。但是有個伴，日子真的比較好過。」他吸了口氣，握緊了玉環的手，「來，幫外公坐起來。」

玉環馬上伸手扶了他起來。

他喘了一口氣後，繼續說：「像我跟妳婆一樣，互相作伴，互相照顧。雖然這些日子，都是她照顧我比較多。但是夫妻嗎，總沒有辦法論斤論兩來算，誰付出的比較多。」他帶著滿足的眼神微笑著，握住了玉環的手，「小玉，平常的時候，能有個人在家等妳；難過時，能有個人依靠。這就是一個溫暖又幸福的人生。外公希望妳，能擁有我跟妳外婆有的。這個跟當月亮來的女兒，是沒有抵觸的。」

玉環心想外公應該不知道，外婆因為生子能力變弱的事。她微笑著，「公，我會記住您說的。您不要擔心我。」

阿木也微笑著，「那就好。如果外公走了，妳幫我照顧妳外婆。她外表看起來很勇敢，很獨立。其實我知道，她把我當成她生命的中心。」他說著握緊了玉環的手，「所以，萬一外公比她先走，妳要多花一些時間陪她，好嗎？」他殷切地看著她。

看著外公那雙充滿著愛與不捨的雙眼，玉環紅了眼眶，「公，您不會的。」她搖著頭，聲音哽咽著，「我不會讓您先走的。」

「小玉，生命自有定數，不能強求的。該放手，就要放手。這樣日子才好過，知道嗎？」阿木說著摸摸玉環的臉微笑著，「答應我，好好照顧您自己及妳外婆，好嗎？」他關愛的雙眼落在玉環含淚的臉上。

玉環點著頭，「我會的，公。」她伸出雙手緊抱著阿木的身體，掉下了淚珠。

「啊……啊……啊……」阿木小聲叫著。

玉環馬上鬆開了手，緊張地邊掉淚邊抱歉的說：「對不起，公，我弄痛您了。」

阿木用手擦了擦玉環的臉，「傻瓜，不要哭。妳們月婆不是說，有天我們都會在靈的世界相會。所以我們的分離，不會是永久。」他慈藹地笑著。

玉環心想，外公是在跟她告別嗎？她的心感到好難過。她點著頭說：「公，對，沒有永久的別離。」

在大廳的阿蜜，聽到了一切。她掉著淚，看著黑暗的天空，跪在門口暗暗的在心中祈求：「月婆，如果阿木的時間已經到了，請您幫忙，不要讓他有痛苦地走，我求您！！」

在山上，玉環跟阿振採著止痛的草藥。

彎著腰的玉環一句話也沒說，她低著頭，努力地採著。

阿振從水壺裡倒了一杯水，遞給她說：「玉環，休息一下，喝口水。」

「我不累，我趕快採完，可以回去煮藥湯。」玉環低著頭邊說邊採著草藥。

阿振把水杯拿到玉環面前，「妳已經一個小時都沒有休息了。喝口水，再採。」他關心的說。

玉環抬起頭，語氣激昂地說：「我告訴你了，我不累！我不累！」

「妳怎麼了？」阿振皺起了眉，擔心地看著她。

玉環這時才發覺自己太激動了，她抱歉地說：「對不起。我不該那樣對你。」

阿振搖搖頭微笑著，「沒關係，我知道，妳現在的壓力一定很大。」

玉環拿下他手中的水杯，喝了口水。「我真的很怕失去我外公。」她說著淚珠從眼角掉了下來。

阿振握住了玉環的肩膀，關心又擔憂地看著她，「玉環。」他輕聲叫著。

玉環突然抱住了阿振，放聲地大哭：「我什麼都不能做，只能看他痛苦，我有的能力，一點用都沒有，我……」她的肩膀顫抖著。

阿振把她緊緊地抱在懷裡，「我知道，我知道妳一定很痛苦。妳就哭吧。」他的話語裡盡是疼惜。

串串的淚珠不斷地從玉環的雙眼湧出，好似把她這些日子來所受的苦，一併都哭出來了。

阿振靜靜地抱著她，他的手輕輕地撫著玉環的背。

一會兒後，玉環的情緒慢慢平復了。她紅腫的雙眼抱歉地看著阿振說：「對不起，把你的衣服都哭濕了。」

阿振輕輕搖頭微笑著，「沒關係，一會就乾了。」

此時的玉環，有如在夢中驚醒一樣。從以前到現在，阿振總是在她身邊靜靜地保護她、支持她。而在不知不覺中，她也習慣她的生命裡有阿振了。這不就是外公說的家嗎？她的心感動著。「謝謝你，總是在我身邊鼓勵我。」她說著，又再次抱住了阿振。

阿振的心跳得好快，他輕輕地抱著玉環說：「只要妳需要我，我會一直在妳身邊，因為妳是我的天鵝。」

「什麼？天鵝？」玉環說著放開了抱阿振的手，她噗嗤的一聲笑了出來。

阿振摸著頭不好意思地笑著，「以前上自然課時，有說到啊。天鵝一輩子只有一個伴侶，如果其中一隻先走了，另一隻就永遠單身直到老死啊。」

他的話語感動溫暖著玉環的心，原來阿振對她是如此的深情。會讀心術的她，怎麼之前一點都沒有察覺到？她直直的盯著阿振看著。

阿振摸著頭有些臉紅地問：「我……說錯了嗎？沒有吧？我記憶力可是很好的。」他笑了笑。

玉環牽住了阿振的手，「謝謝你，阿振。」

心跳的好快的阿振，遮不住雀躍歡喜的心，他滿臉笑容地看著玉環。

就在此刻，玉環可以清楚的感應到，阿振心中的愛及喜悅，是如此單純跟明亮。

「救命啊！救命啊！」一個老婦人的叫聲傳到玉環的耳裡。

「怎麼有人在喊救命？」玉環往聲音的方向一看，是海邊傳來的。

「我們回家吧。」阿振微笑地牽起了玉環的手。

「你等我一下，我馬上回來。」玉環說著便拿出她口袋裡的手帕，圍住了鼻子及嘴巴。她蹤身往上一跳便快速地往聲音飛去。自從遇到文治後，玉環就隨時放一條手帕在身上。

「玉環，妳要去哪？」站在山坡上的阿振叫著。「哇！！她飛更快了。」他驚訝地看著，如風般迅速地往海邊飛去的玉環

女人求救的聲音，帶玉環飛到隔壁村的海岸邊。

在海上有一位老婦人，一直被浪往外海帶去。玉環快速地飛到她身邊，把她拉起。喝了很多口水的老婦人，大口呼吸著。她看著玉環沒力地叫著：「仙女。」

玉環很快地把她放在岸邊，然後用手拍著她的背。老婦人

咳出了很多水，

玉環微笑地說：「您沒事了。」一說完，她便很快地飛走了。

「謝謝您，仙女。」老婦人邊咳邊感激地看著往天空飛去的玉環。

「我回來了。」玉環叫著正彎腰低著頭在拔草藥的阿振。

阿振抬起了頭，「哇……那麼快！」他說著便站了起來，「妳是不是去救人了？」他笑著。

玉環點著頭嘴角上揚地說：「嗯，我們回家吧。」就在此刻，她忽然覺得心中的那些痛苦好似也少了許多。

阿振豎起兩根大拇指，很佩服地說：「妳好棒！我真以妳為傲。」他露出那兩排又白又亮的大白牙笑著。

阿振溫暖的話語，燦爛的笑容鼓勵著玉環。她不再覺得自己是一個跟大家不一樣的人。只要阿振在，她心裡就感到一分溫暖及安定。她牽起了他的手，微笑地說：「謝謝你。」

他們一起開心地往回家的路上走去。

ＣＲ

又過了一個月，小青帶著紫水晶回來，可是阿木已經不醒人事了。

「小青，謝謝妳。」坐在阿木床邊的阿蜜，對著蹲在床旁的小青說著。

小青握住了阿蜜的手，「阿姨，月婆說，姨丈的時間到了。她叫您放心。這個紫水晶，會讓他沒病痛地走。」她說著眼淚流了下來。

阿蜜伸手拭著小青的臉上的淚，她眼眶紅紅地說：「我知道，這對他是好的。他受的苦也夠多了，要讓他去休息了。」

「阿姨……」小青邊哭邊抱住了阿蜜。

阿蜜摸著小青的臉，「我們不要哭，妳姨丈才能安心的走。」

小青擦了擦眼上的淚，點著頭。

「我們來誦經吧。」阿蜜說完，她們便開始誦：「Om……Om……Om……Shanti……」

過了三天後，阿木離開了人世。

小青也在一個月後，離開了玉環跟阿蜜，繼續幫著月婆，找那些在地球上做壞事的月亮人。

ↂ

阿木離開後，阿蜜每天花很長的時間打坐。為了養家，玉環除了很努力地到海邊拔著海菜，也養雞種菜拿到旁邊的鎮上去賣。她也找時間靜心打坐。之前為了外公和仁德的事，她的心充滿著擔憂和難過，所以一直無法完全靜下來。現在她的心靜了後，她可以清楚地感應到，那些正受危難需要幫忙的人。從此之後，玉環也幫助了很多人。時間很快地過了一年，而仙女的故事又再度被講起。

站在大廳裡的玉環跟阿蜜，看著大廳內掛的唯一一幅古人的畫。

「小玉，這些帶著光環的七仙女們，就是我們的祖先。」阿蜜對著站在她一旁的玉環說。

「真的啊！」玉環又驚又喜地看著外婆，「婆，我就在想，為什麼逃難時，您保護這幅畫，而且一定要帶在身上。」她看著圖，又看看她身旁的外婆說：「婆，您跟她們還長得蠻像的。」

阿蜜笑了笑，「是啊，那個老的像我。不，應該說我像那個老的」她舉起手，指著畫裡的年輕女孩說：「妳跟這個年輕的，也蠻像的。」

玉環點頭笑著，「我也覺得。」然後她一副好奇地問：「婆，她們頭上為什麼有光環？」

於是，阿蜜把七仙女的由來告訴了玉環。

「婆，為什麼您之前都沒有告訴我？現在才說。」玉環邊問邊猜想著外婆一定是有什麼話要告訴她。

阿蜜看著玉環，「小玉，這陣子妳去外面救了很多人，而人們也開始談論起了仙女的事。」她語氣有些沉重地說。

「婆，據我所知，他們應該沒有說什麼不好的吧。」玉環微笑著。

阿蜜長嘆了口氣，「哎……他們捕風捉影的說著仙女的故事，而且還添加了很多不真實的事情。婆擔心，好奇心會驅使人去做不好的事。」她神色凝重的看著玉環。

「什麼意思？」玉環皺起了眉頭。

「這七仙女，也是地球上的人取的名字。我們的祖先，有幾個愛上了地球人，她們隱藏著她們的特殊能力，留在地球上結婚生子。所以，也才有了我們這些在地球上的月亮人。」阿蜜說著，又深深地嘆了口氣，「哎……有些就是被當成巫師，或是妖怪被人類追殺著。」

「什麼？」玉環不敢相信地張大了眼。

「婆之前沒告訴妳，是因為妳沒有到處去救人。現在，仙女的事已經傳開，婆覺得必須要讓妳知道，我們這七位祖先所發生的事。她們也是跟妳一樣，單純的只有一顆救人的心。但是人類啊……人心難測。」阿蜜搖了搖頭。

玉環皺起了額頭，「所以，婆，是不是我也會有危險？」她有些擔心地看著阿蜜。

「有前車之鑑，還是小心點。婆覺得，還是先努力打坐，靜心，訓練自己的能力。」阿蜜說著，手便往下指去，「最近地震也不少，我們要做好準備。不知地下的石獸，什麼時候會再跑出來。」

「那些需要幫助的人怎麼辦？」玉環擔心著。

阿蜜握住了玉環的手，「需要幫助的人很多。妳要救人前，則要先保護好自己。婆覺得，妳可以找別人幫忙，不要每一件都是自己出面。」她說著表情忽然變得嚴肅起來，「除非是生死旦夕的事。而且妳救了人後，馬上離開，不要開口說話。之前就有很壞的人，故意步下陷阱，假裝有人受傷、受困，引出我們的人來，要抓我們。」

「怎麼有人這麼壞？我們幫他們，救他們，怎麼可以這樣對我們？」玉環很生氣地握起了拳頭。

阿蜜嘆了口氣搖了搖頭，「哎……人們對不懂的事情，除了好奇心，還會有恐懼感。我想他們應該是怕我們的能力吧。」

玉環終於了解，為什麼外婆希望她過一般人的生活，為什麼阿姨會對人類這麼失望了。她握緊了外婆的手，語氣堅定地說：「婆，我知道了。您別擔心。」

阿蜜點著頭，「好，我知道，妳不會讓婆擔心的。不過，如果婆能有個曾孫抱，我這輩子也圓滿了。」她笑著。

玉環嘟起了嘴，「婆，這麼想要我嫁出去哦？」她撒嬌著。

阿蜜的手輕輕地掐了一下玉環的臉頰笑著，「可不要讓阿振一直等下去啊！」

「婆……」玉環不好意思地低下了頭。

只要玉環有空，就會在晚上飛到教會，去看小朋友。

而阿振也會每個月一天，跟玉環坐火車去看他們。

這天晚上，玉環自己飛來了教會，吳修女拿了一封信給玉環。

玉環打開了信。

「文治！」玉環既驚又喜地讀著信。

玉環：

謝謝妳！我把這個責任一丟給妳，就這麼久，真是對不住。但是事實證明，妳做得比我好。小朋友們真是幸運有妳！我一切安好，只是那個女人還沒抓到前，我還是先不回去，免得拖累他們。

出來了這麼久才發現，世界有好多不幸的人，需要幫忙的人還真多啊！我想，用我的方式救人，是不夠的。所以，我回學校讀書了。我找了一份馬戲團的工作，隨便翻個兩下，就有錢賺，也不錯。我希望在我回月亮前，能夠將自己所學的貢獻出去。對了，忘記告訴妳，我現在主修醫學，想不到吧？妳好好保重自己，後會有期！！

文治

「修女，文治真棒！」玉環開心地說著，心想他所學的，不僅可以幫助地球的人，還可以回月亮上，幫助上面的人。也許有天，他可以用月亮上的植物，為所有的病找到解藥。

吳修女開心地點著頭，「是啊，他總是給我驚喜。不止每個月寄錢回來，現在還要當醫生了。」她驕傲又滿足的笑著。

受了文治的啟發，玉環決定要回學校唸書。她鼓勵阿振跟她一起完成學業，可是阿振覺得自己太老了。於是玉環回去學校，問老師有關他們復學的事。

「我問過學校老師了，我們可以在家自修，自己讀。」玉環開心地對著坐在大樹下的阿振說。她拍了拍他的肩膀笑著，「所以你不用擔心比別人老。只要能通過中學畢業考試，我們就有中學學歷了。」

阿振皺起了眉頭看著她，猶豫地說：「真的要讀哦？不知道考得過嗎？那麼久沒讀了……」

玉環手插著腰，頭傾著一邊，嘟著嘴說：「我可不要你做我的呆頭鵝哦。」

阿振的心跳加速著，他張大了眼睛，「什麼？什麼意思？」他驚喜萬分地問。

玉環微笑著，「你說呢？」

阿振激動地握住了玉環的兩隻手臂，「妳願意？妳真的願意做我的天鵝？」他那殷切的雙眼直直盯著她。

玉環慢慢地點著頭，有些嬌羞地笑著，「嗯。」

激動又興奮的阿振，一把抱起了玉環，一直不停地轉著。「哇！！！哇！！！哇！！！」他大叫著。

「好了，好了，頭不暈啊？」玉環笑著。

阿振停了下來，緊緊地把玉環抱住。

被阿振抱在懷中的玉環，食指摸著他的鼻子說：「先別高興那麼早，你要通過中學考才可以。」

「好的，沒問題！！我一定可以的！！」阿振興奮地說，「走，我們回家讀書去。」他牽起了玉環的手。

「還有一點，我外婆……」玉環還來不及說完便被阿振的話打斷，「外婆當然跟我們住啊！我早就想好了，把我家下面那塊地，蓋一個大一點的房子，把外婆帶來一起住。」他緊緊地握著玉環的手，滿臉喜悅地看著她。

玉環頓時濕了雙眼，「阿振，謝謝你，一直都在我身邊，照顧我、保護我。」她感激地看著他。

阿振伸手摸著玉環的臉，微笑地說：「以後我們就是夫妻了，不要再說謝謝了，好嗎？」

「夫妻！」玉環的心感到一陣溫暖，我就要有自己的家了。她含著淚感動地點著頭。

阿振牽起了她的手，他們一起開心地往玉環的家走去。

「我還要在家前面，種兩株妳最愛的，香香的玉蘭花。還有……」阿振開心地述說著他們將來的家。

頭靠在阿振肩膀上的玉環，嘴角上揚微笑的沈浸在阿振描繪兩人美好未來的景象中。

他們花了一年的時間，一起在家自修，把中學讀完。也在同年底阿振接到了兵單。

走在玉環旁，阿振一手幫玉環提著裝滿海菜的竹籃，一手牽著玉環的手說：「玉環，我接到兵單了。明年初要入伍服役一年，等我回來，我們就結婚吧！」

看著如此真誠愛她的阿振，玉環感動地笑著。

「妳這樣是答應嗎？」阿振緊張地看著玉環。

玉環嬌羞的點頭微笑著。

阿振握緊了玉環的手，開心地大叫：「太好了！」他一臉認真地看著玉環，「還有，如果妳跟外婆，或是家裡有什麼需要幫忙，就跟我哥說，他已經答應我會來幫忙。」

看著深愛她的阿振，玉環心裡滿是感動，她感激地說：「謝謝你，阿振，總是替我想這麼多。」

阿振一把把玉環抱入了懷裡，「能照顧妳，對我來說是一件幸福的事。」他溫柔又深情的說。

在阿振那溫暖又強壯的手臂裡，玉環感到無比的安全及幸福。她抬起頭，看著一臉陽光笑容的阿振，「阿振，難道你都沒有怕過我？不在乎我跟你們不一樣？」她有些懷疑地看著他。

「怕妳？為甚麼要怕妳？」阿振微笑著，「妳不要擔心，我不是那個大少爺，一看到妳飛，就嚇到昏倒。」他翻了個白眼笑著。

玉環驚訝地看著他，心想他怎麼從來沒提？他知道仁德跟她的事嗎？她有點緊張地問：「你怎麼知道？」

看著神情有些慌張的玉環，阿振放下手上的竹籃，他握住了玉環的雙手，微笑地說：「妳不要緊張，那晚我去找妳剛好看到。而且，我知道那小子對你有意思。」

玉環緊張地吞了口水，她皺起了眉頭，「你怎麼知道？」

阿振挑著眉毛笑著，「不要忘了，我是男人，而且是愛妳的男人。所以，我當然知道那小子是否喜歡妳。」

玉環心想，那他看得出來她喜歡過仁德嗎？

「那……」玉環正張口要說時，阿振伸手擋住了她的嘴，「妳不用擔心我會吃醋。因為，我才是最終抱得美人歸的人。」他露出兩排雪白的牙齒，開心地笑著。

玉環心裡鬆了一口氣，她微笑地問：「所以，你真的不怕我？」

阿振那充滿著愛的雙眼，現在又多了一分敬佩地看著她說：「我怎麼會怕妳！妳有的能力，我為妳感到驕傲。但最讓我珍惜的、愛的，是妳愛人、幫助人的心。再說，我有了超能力的太太，我這輩子可安全了。」他滿足地笑著，又再次抱住了她。

玉環的心深深被感動著。這樣愛她、護她、懂她的人，這世界上應該就只有阿振了。躺在阿振懷裡，她微笑地說：「謝謝你，你安心的去當兵吧，我在這裡等你回來。」

阿振興奮地快飛到雲端了，他緊緊地抱著玉環。

在阿振懷中的玉環，清楚地聽到他激動的心跳聲。

此刻的他們，深深的，且很珍惜的，擁抱著幸福。

隔年年底，阿振退伍後，就馬上跟玉環結了婚。

過了一年，玉環生下了一品。阿蜜如願以償的，在她走之前抱到了曾孫。他們一起很愉快地度過四年的光陰。而在玉環懷小茹的那年時，因為一次大地震，而釀成的海嘯意外中，阿蜜為了不讓懷著身孕，大著肚子的玉環去救一艘漁船的人。她用盡了她所有的能力，在狂風暴雨中，將船拉回岸邊後，就此昏迷不醒。一個月後她便離開了人世。

雖然玉環難過了很久，但是她深深地知道，外婆希望她能有個平安快樂的生活。隨著四個小孩陸續的出生，她的感應力慢慢地減少，也沒有辦法飛得像以前那麼快，那麼高。而她的力氣也不像以前一樣強大，所以漸漸的也很少用她的能力去救人。她專心地照顧著家庭，和阿振過著一般的漁村生活。

粉橘色的夕陽，透過半遮的窗簾灑了進來，落在被一層厚厚的黏膜包著的，剛出生女嬰身上。安靜的躺在中年女人手中的小嬰兒，像似一顆閃亮發光的球。

「哦……她真的很特別啊！」中年助產士微笑的對著一旁，滿臉驚訝的中年玉環跟阿振說著。

「這樣的嬰兒是很少有的……」助產士邊說邊用她的指甲，小心的把這層黏膜從小嬰兒身上撥開，然後從她小小的身上撕下來。全身像似裹了油一樣的小嬰兒，安靜的像睡著般。

「奇怪……怎麼沒出聲？」有些被嚇到的中年助產士，邊說邊摸著小嬰兒的脈搏。她馬上用她兩根手指，伸到小嬰兒的嘴裡。

而站在小嬰兒旁的玉環跟阿振，緊張擔心的看著小嬰兒。

不到幾秒鐘的時間，助產士的手指勾出一小團卡在小嬰兒喉裡的血塊。

「哇……哇……哇……哇……」小嬰兒響亮的哭聲，填滿了把整個屋內。助產士花了很長的時間，才把小嬰兒身上的油洗乾淨。小嬰兒這時才開心的笑著，她的爸媽也才放心了。

回家後的小嬰兒很愛笑，她甜美的笑容，就有如陽光般發亮著。她為全家帶來很多的喜悅。加上她出生時，就如一個發光的球，所以玉環跟阿振給她取名叫「小光」。

國家圖書館出版品預行編目資料

月亮來的女兒 前傳：玉環／Mrs.Q著. --初版.--臺中市：白象文化事業有限公司，2021.10
面； 公分
ISBN 978-626-7018-41-5（平裝）

863.59 110012645

月亮來的女兒 前傳：玉環

作　　者 Mrs.Q
校　　對 Mrs.Q、李婕
插　　畫 楊亦玄 grace1102777@gmail.com
發 行 人 張輝潭
出版發行 白象文化事業有限公司
412台中市大里區科技路1號8樓之2（台中軟體園區）
出版專線：（04）2496-5995　傳真：（04）2496-9901
401台中市東區和平街228巷44號（經銷部）
購書專線：（04）2220-8589　傳真：（04）2220-8505
專案主編 水邊
出版編印 林榮威、陳逸儒、黃麗穎、水邊、陳婕婷、李婕
設計創意 張禮南、何佳諠
經銷推廣 李莉吟、莊博亞、劉育姍、李如玉
經紀企劃 張輝潭、徐錦淳、黃姿虹、廖書湘
營運管理 林金郎、曾千熏
印　　刷 基盛印刷工場
初版一刷 2021年10月
定　　價 380元